国威 著

「三味」与「三美」
——以中国电视剧为中心的编剧艺术研究

本书为华侨大学高层次人才科研启动项目(17SKBS227)成果

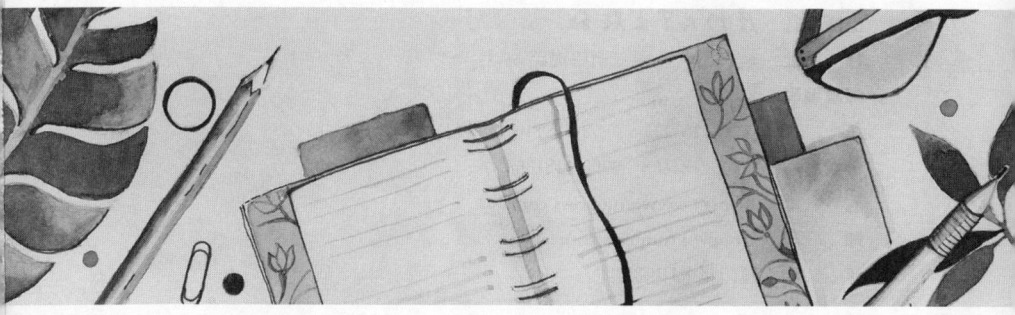

厦门大学出版社　国家一级出版社
XIAMEN UNIVERSITY PRESS　全国百佳图书出版单位

图书在版编目(CIP)数据

"三味"与"三美":以中国电视剧为中心的编剧艺术研究/王国威著.—厦门:厦门大学出版社,2020.5
ISBN 978-7-5615-7448-5

Ⅰ.①三… Ⅱ.①王… Ⅲ.①电视剧—编剧 Ⅳ.①I053.5

中国版本图书馆 CIP 数据核字(2019)第 110418 号

出 版 人	郑文礼
责任编辑	韩轲轲
封面设计	李夏凌
技术编辑	朱 楷

出版发行 *厦门大学出版社*

社　　址	厦门市软件园二期望海路 39 号
邮政编码	361008
总　　机	0592-2181111　0592-2181406(传真)
营销中心	0592-2184458　0592-2181365
网　　址	http://www.xmupress.com
邮　　箱	xmup@xmupress.com
印　　刷	厦门集大印刷厂

开本	889 mm×1 194 mm　1/32
印张	9.25
字数	229 千字
版次	2020 年 5 月第 1 版
印次	2020 年 5 月第 1 次印刷
定价	68.00 元

本书如有印装质量问题请直接寄承印厂调换

厦门大学出版社
微信二维码

厦门大学出版社
微博二维码

目 录

绪　论 …………………………………………………………… 1

第一章　"三味说"：真味、趣味、味外之味 ………………… 11
　　第一节　真味：电视剧编剧艺术的第一境界 ……………… 12
　　第二节　趣味：中国电视剧编剧艺术的第二境界 ………… 32
　　第三节　味外之味：中国电视剧编剧艺术的第三境界 …… 66

第二章　"三美说"：成拍之美、成演之美、成看之美 ……… 80
　　第一节　成拍之美：编剧与导演 …………………………… 81
　　第二节　成演之美：编剧与演员 …………………………… 102
　　第三节　成看之美：编剧与观众 …………………………… 121

第三章　"出入说"：中国电视剧编剧改编原则 ……………… 140
　　第一节　我国文学作品改编电视剧的现状描述 …………… 140
　　第二节　文学作品改编电视剧的原则 ……………………… 148
　　第三节　文学作品改编电视剧的典型案例分析 …………… 156

第四章　全球化语境下我国编剧艺术发展策略 ……………… 164
　　第一节　引进来：吸收国外的编剧方法与理念 …………… 164
　　第二节　走出去：文化自信与中国精神 …………………… 177

第五章 文化自信视域下我国古典编剧理论资源的当代价值 ………… 185

第一节 由"情景"看我国古代剧作法的特色
——以李渔编剧艺术"情景说"为例 …………… 185
第二节 李渔编剧艺术"三美说"新论 …………………… 206
第三节 李渔戏剧人物理论新解 …………………………… 226
第四节 技、美、道三位一体：李贽戏剧理论新建构 …………………………………………………… 237

结　语 ……………………………………………………… 258

参考文献 …………………………………………………… 261

后　记 ……………………………………………………… 289

绪　论

　　编剧，既指剧本创作，又指剧本创作的人，二者一体两面。

　　纵观中外编剧理论发展史，对于剧本的重视由来已久。在我国，明代朱权在《太和正音谱》中说："杂剧，俳优所扮者谓之'娼戏'，故曰'勾栏'。子昂赵先生曰：'良家子弟所扮杂剧，谓之'行家生活'，娼优所扮者谓之'戾家把戏'。良人贵其耻，故扮者寡，今少矣，反以娼优扮者谓之'行家'，失之远也。或问其故何哉？则应之曰：'杂剧出于鸿儒硕士、骚人墨客所作，皆良人也。若非吾辈所作，娼优岂能扮乎？推其本而明其理，故以为'戾家'也。'关汉卿曰：'非是他当行，本事我家生活，他不过为奴隶之役，供笑献勤，以奉我辈耳。子弟所扮，是我一家风月。'虽是戏言，亦合乎理，故取之。"[①]清代李渔指出："吾论演习之工，而首重选剧者，诚恐剧本不佳，则主人之心血、歌者之精神，皆施于无用之地，使观者口虽赞叹，心实咨嗟。何如择术务精，使人心口皆羡之为得也。"[②]当代导演谢飞说："我越来越认识到剧作的重要性，只有剧本搞好了，影片拍摄时各部门的创造才有依托，你才能在色彩、构图、镜头组接、机器运镜、场面调度等各个方面出光彩。反过来说，如果失去了剧作

---

　　① 朱权：《太和正音谱》，中国戏曲研究院编：《中国古典戏曲论著集成》（三），中国戏剧出版社1959年版，第24、25页。
　　② 李渔：《闲情偶寄·选剧第一》，《李渔全集》第三卷，浙江古籍出版社1992年版，第67页。

这一根本依托,即使你在这些方面创造出某些光彩,也不过是无根的浮萍,让人感到白辛苦一场。"①汪流认为:"影视剧本是影视剧的基础,尽管在影视编剧手里的'银幕或屏幕形象',尚处在用文字表现的阶段,但它却能'独立地描绘出鲜明的生活图画'(巴拉兹语)。所谓'独立的',是指它将适宜于体现在未来的银幕或屏幕上,是一种用独特的银幕或屏幕画面来构造形象的剧本。因此,它虽是文字的,却已经能够充分地向未来以导演为首的再创造者们提供出拍摄影视剧的'基础',包括思想和艺术这两个方面的基础。可见,影视艺术是离不开这个'基础'的;离开它,就意味着离开了影视艺术的思想和形象。可以这样说:影视剧本决定了未来影视剧反映生活的深刻程度和艺术造诣的高下。"②在西方,美国编剧悉德·菲尔德提出:"一个导演可以拿到一部伟大的电影剧本拍摄成为一部伟大的影片,他也可能拿到到一部伟大的电影剧本而拍摄成一部糟糕的影片,但是他绝不可能拿到一部糟糕的电影剧本而拍摄成为一部伟大的影片。"③美国导演保罗·沃尔什强调,"如果剧本不行,那末,即使有世界上最著名的'明星',有最富于创造性的摄影师,有雄厚巨资,也无助于创作出优秀的影片来"。④ 日本编剧野田高梧说:"影片的优秀性决不是仅靠导演的技巧而赢得,也不是仅靠演员的出色表演而决定,根本还在于剧本的优劣。"⑤凡此种种,皆在强调剧本的重要性,而首个赋予剧本以生命的人,毫无疑问是编剧(剧作者),因此,编剧的重要性也由此可见。所以,苏联电影理论家费雷里赫在《银幕的剧作》中明确指出:"不

---

① 谢飞:《电影剧作的意义》,《北京电影学院学报》1994年第1期。
② 汪流:《电影编剧学》,北京广播学院出版社2000年版,第1~2页。
③ (美)悉德·菲尔德:《电影剧本写作基础》,中国电影出版社2002年版,第225页。
④ 转引自(苏)谢·尤特凯维奇:《转换器》,《世界电影》1985年第3期。
⑤ (日)野田高梧:《剧作结构的基础》,《世界电影》1984年第4期。

应当忘记,在一部影片的制作者们中间,编剧正是头一个接触素材的人。正是编剧,早在影片创作的文学阶段,就要对素材做出最先的电影式的处理。编剧在观察生活时的思考深度、眼光的敏锐程度,他在安排情节时对电影特性的体会深度,正是这些决定着以后导演所要走的道路,决定着导演运用他们掌握的电影表现手段的限度。"①

具体到电视剧领域,编剧的重要性,还可以从以下一组数据看出。根据《全球电视剧产业发展报告(2016)》发布的相关数据显示,2015年我国电视和网络视频市场共生产电视剧773部、21546集,平均每天生产59集。② 电视剧生产取得如此优异成绩,无疑离不开编剧们的辛勤付出。

然而,与成绩相伴而生的则是问题。2017年3月20日,北京春季电视节目交易会开幕,会上公布了由索福瑞提供的收视数据,数据显示,2016年76%的电视剧收视率低于0.5%,0.5%到1%之间的收视率水平的电视剧占有率为17%,收视率破1%的总共有7%左右,收视率1%～2%占到6%,收视率大于2%的仅占0.4%。由此,专家们给出了以下结论:看到了收视率热度的提升,看到了演员明星价格的提升,看到了所谓的"大剧"单价的提升,却没有看到真正大剧的诞生。③ 再往前推,据相关数据统计,2013—2014年中,我国每年约有20%的电视剧在摄制完成后就因质量、题材等原因无电视台采购而被市场淘汰。有论者指出,导致这一现象的主要原因是精品剧的稀缺,而导致精品剧稀缺的直接原因则是好

---

① (苏)C.弗雷里赫:《银幕的剧作》,杨纳译,中国电影出版社1963年版,第5页。

② 李彦:《〈全球电视剧产业发展报告(2016)〉发布》,《中国新闻出版广电报》2016年8月30日。

③ 杨文杰:《北京影视著作权专家鉴定委员会成立 精品原创电视剧将恢复一剧四星》,《北京青年报》2017年3月21日。

编剧、好导演、优秀制作团队的缺失。① 编剧高满堂在接受《文艺报》采访时,不无忧心地说:"我参加过一个剧本讨论会,听完之后总结说,七个故事最后就一个故事,你中有我,我中有你。看一些同行的剧本,基本上一模一样。故事都丧失了叙事的艺术个性,同质化现象严重。"② 以上论述皆在表明,若要提高电视剧的艺术质量,需以剧本艺术质量的提升为前提,而提升剧本质量的关键则在于编剧艺术创作水平的提升。基于此,本书将中国电视剧编剧作为研究对象。通过对中国电视剧编剧立体式、全方位的描述和考察,以期从深层次上找到制约当前中国电视剧事业发展的问题和根源。

一、研究创新

(一)观点的创新

在本书中,笔者提出了"升阶说""三美说""出入说""三味说"等几个新概念。具体表现如下:

1.三美说

"三美说"是本书提出的新范畴,其内涵包括:成拍之美、成演之美、成看之美。具体表现为:"成拍之美"所要解决的是编剧与导演的关系,即编剧创作的剧本要"好拍";"成演之美"所要解决的是编剧与演员的关系,即编剧创作的剧本要"好演";"成看之美"所要解决的是编剧与观众的关系,即编剧创作的剧本要"好看"。

2.出入说

---

① 章小雨:《中国电视剧2011年—2016年状况分析》,《视听》2016年第7期。

② 徐健:《优秀的剧作家一定是对文学无限崇尚的人——访全国政协委员、编剧高满堂》,《文艺报》2017年3月16日。

"出入说"是本书提出的新范畴。王国维说:"诗人对宇宙人生,须入乎其内,又须出乎其外。入乎其内,故能写之;出乎其外,故能观之。入乎其内,故有生气;出乎其外,故有高致。"[①]受其启发,本文提炼出"出入说",以此作为讨论中国电视剧编剧改编原则的理论依据。

3.三味说

"三味说"是本书提出的新范畴,其内涵包括:真味、趣味、味外之味。具体表现为,"真味"是中国电视剧编剧艺术的第一境界,"趣味"是中国电视剧编剧艺术的第二境界,"味外之味"是中国电视剧编剧艺术的第三境界。

(二)方法的创新

1.观察法

这里的观察法,包括个人的创作体悟、资料的研读、亲临拍摄现场的实地考察,同时还包括观看研究大量的优秀电视剧。

2.文献研究法

本书选取的历史文献主要有老子的《道德经》、孙武的《孙子兵法》、吕不韦编的《吕氏春秋》、钟嵘的《诗品》、司空图的《二十四诗品》、顾瑛的《制曲十六观》、朱权的《太和正音谱》、徐渭的《南词叙录》、李开先的《词谑》、何良俊的《曲论》、王世贞的《曲藻》、王骥德的《曲律》、李贽的《杂说》、徐复祚的《曲论》、潘之恒的《潘之恒曲话》、张琦的《衡曲麈谈》、祁彪佳的《曲品》和《剧品》、孟称舜的《〈古今名剧合选〉序》、金圣叹的《读第六才子书西厢法》、李渔的《李笠翁曲话》、王国维的《人间词话》等。国内的研究论著有顾仲彝的《编剧理论与技巧》、叶长海的《中国戏剧学史稿》、汪克敏的《表演艺术语言对白训练》、胡爱民的《台词:表演中台词阐释的艺术》、谭

[①] (清)王国维:《人间词话》,陕西师范大学出版社2005年版,第62页。

需生的《论戏剧性》、谢晋的《我对导演艺术的追求》、金浦元的《接受反映文论》、庄庸的《网络文学评论评价体系构建——从顶层设计到基层创新》等。国外的文献主要有德国黑格尔的《美学》、英国威廉·阿契尔的《剧作法》、美国贝克（G.P.Baker）的《戏剧技巧》、美国劳逊（J.H.Lowson）的《戏剧与电影的剧作理论与技巧》、美国罗伯特·麦基的《故事：材质、结构、风格和银幕剧作的原理》、英国福斯（E.M.Forster）的《小说面面观》、美国布鲁斯东（G.Bluestone）的《从小说到电影》、美国温斯顿的《作为文学的电影剧本》、苏联B.普多夫金的《论电影的编剧、导演和演员》等。本书的"三味说"正是在对以上所列前人文献进行系统梳理、认真研读、切实消化的基础上提出来的。

3.跨学科研究法

本书吸收借鉴了哲学、美学、艺术学、叙事学、戏剧学、电影学、传播学等诸多学科的相关理论。首先，我们运用哲学、美学、艺术学相关理论来确立电视剧剧本的艺术地位，保证中国电视剧编剧研究的诗学高度。其次，戏剧学、叙事学等相关理论的引入，在保证电视剧创作层面上的可言说性的同时，也避免了经验性的、创作谈式逻辑性不强的叙述风格，从而确立了编剧研究的学理性和逻辑性。再次，电影学、传播学等诸学科相关理论的引入，保证了电视剧编剧研究的理论视野的开阔度，从而使得电视剧编剧的研究具有了动态性、系统性、开放性和前瞻性。

二、文献综述

在我国，自第一部电视剧（《一口菜饼子》）诞生，电视剧便与戏剧结下了不解之缘。据导演胡旭回忆，该剧"既不同于舞台剧演出实况转播，又不同于电影那种样式，当时不知应该叫什么名称，我就说叫它电视剧吧"。① 这段话不仅解释了"电视剧"一名在中国的由来,同时,也从另一个侧面说明了电视剧和戏剧的渊源。虽然经过几十年的发展,随着认识的加深,大家现在已经清楚地知道电视剧和戏剧本质上的区别,但不可否认,二者之间的确有共性的东西存在,尤其是在剧本的创作上,后者更是为前者提供了借鉴,积累了经验。这个意义上来说,汲取优秀的戏剧理论,对于电视剧编剧研究来说大有裨益。

戏剧理论方面,在中国,如上文所述,朱权、李开先、何良俊、徐渭、王世贞、李贽、汤显祖、潘之恒、徐复祚、王骥德、冯梦龙、祁彪佳、吕天成、孟称舜、金圣叹、丁耀亢、黄图珌、李渔、王国维等一代一代的戏剧理论大家提出的著名论断,无一不滋养着当下中国电视剧编剧的艺术创作和理论研究。

在西方,从亚里士多德的《诗学》,到莱辛的《汉堡剧评》、黑格尔的《美学》,再到阿契尔的《剧作法》(1964)、乔治·贝克的《戏剧技巧》(1961)等理论著作中关于戏剧的论断,穿越时空,对当前的电视剧编剧来说,依然是黄钟大吕,有着重要的参考价值和借鉴意义。

电影、电视出现以后,国外有关影视编剧的理论书籍较为著名的有:普多夫金的《论电影的编剧、导演和演员》(1957)、劳逊的《戏剧与电影的剧作理论与技巧》(1978)、布鲁斯东的《从小说到电影》(1981)、温斯顿的《作为文学的电影剧本》(1983)、新藤兼人的《电影剧本的结构》(1984)、拉约什·埃格里的《编剧的艺术》(1987)、维尔的《影视编剧技巧》(1991)、悉德·菲尔德的《电影剧本写作基础:从构思到完成剧本的具体指南》(2002)、布鲁姆的《电视和银幕写作:从创意到签约》(2003)、麦基的《故事:材质、结构、风格和银

---

① 黄维均:《电视剧与戏剧》,《电视剧研究资料选编》(第 1 辑),中国电视剧制作中心 1984 年版,第 124 页。

幕剧作的原理》(2016)等等。

目前，我国出版的编剧研究的理论著作，已知的主要有：顾仲彝的《编剧理论与技巧》(1981)、马琦的《编剧概论》(1981)、谭霈生的《论戏剧性》(1984)、翁慕、杨文虎的《电视剧编剧常识》(1985)、路海波的《电视剧编剧技巧》(1986)、吴俊融的《电视编剧艺术》(1988)、桂青山的《影视编剧教程》(1997)、秦俊香的《电视剧的戏剧冲突艺术》(1997)、周涌的《影视剧作元素与技巧》(1999)、于艾平的《编剧十论：电影剧本精品赏析》(1999)、陈晓春的《电视剧创作理论·技巧·案例》(1999)、汪流的《电影编剧学》(2000)、姚扣根的《电视剧创作手册》(2001)、宋家玲的《电视剧编剧艺术》(2002)、杨新敏的《电视剧叙事研究》(2003)、陈吉德的《影视编剧艺术》(2006)、王超的《编剧课堂：从文字到艺术》(2007)、王强的《电视剧创作》(2008)、塞河沿的《编剧的艺术》(2010)、张觉明的《实用电影编剧》(2008)、陈立强的《电视剧理论与编剧技法》(2012)、陈祖继的《影视编剧教程》(2013)、王彦霞的《中国电视剧创作史论》(2015)等等。

近几年国内学术期刊上发表的关于电视剧编剧研究的文章，以及未出版的硕士、博士研究生的毕业论文，数量很多。如张宏森的《编剧的意义及其他——从一个侧面谈中国电视剧艺术》(2000)、陈林侠的《二十世纪文学改编与影视编剧的命运》(2007)、何可可的《剧本究竟有多重要——电视剧制片管理》(2002)、孙哲与王雅倩的《习惯领域视角下影视编剧创新关键途径研究》(2013)、李娴娴的《影视作品的著作权问题研究》(2012)、申惠善的《简述韩国电视剧编剧体制》(2006)、沈洁的《新世纪中国电视剧编剧问题研究》(2007)、侯娴的《王海鸰家庭伦理剧研究》(2009)、季玢的《从中心到边缘：20世纪中国戏剧文学观念的变迁》(2009)、朱凌云的《当前形势下编剧如何创作电视剧本》(2011)、李盛龙的《当前电视剧编剧体制的问题与思考》(2009)、张婧的《对我国电视剧编剧问题的分析与探讨》(2012)、何昱洁的《浅议习惯领域视角下的影视编剧创新的关键途径》(2013)、李雷的《影视编剧的身份定位再反思》(2014)、李道新的《资本逻辑与影视编剧的身份定位》(2014)、蔡东民的《李渔戏曲编剧研究》(2013)、李晓的《赵冬苓"家国主旋律"类型电视剧作研究》(2013)、于蕊的《赵冬苓影视剧作品研究》(2013)、叶慧娟的《王丽萍电视剧研究》(2013)、弓旭的《六六电视剧女性形象研究》(2013)、常溪的《论严歌苓小说的影视化特质》(2013)、蒋琳的《严歌苓小说改编电视剧的探究：以小说〈小姨多鹤〉的改编为例》(2014)、王子沺的《高满堂电视剧编剧艺术研究》(2013)、王瑜的《高满堂电视剧作研究》(2014)、韩亚娟的《关于王丽萍的电视剧剧本写作的研究》(2015)、郭玥岑的《中国电视剧编剧现状浅谈》(2016)、章小雨的《中国电视剧 2011 年—2016 年状况分析》(2016)、房华的《中国电视剧编剧产业化发展》(2016)等等。

以上所列文献为本书的研究提供了基本的保证，在博采众家之长的基础上，本书将对中国电视剧编剧做一个通盘考察，以期为中国电视剧编剧理论体系的构建提供某种借鉴。

三、研究框架

本书以"三美""出入""三味"三个相对独立又相互联系、相互渗透的理论观点统摄全篇，并以此为切入点，对中国电视剧编剧进行立体式、全方位的描述和关照。在此总体思路的导引下，本书共分六个部分。

绪论部分：说明本书的研究对象、研究问题、研究方法、框架及其价值。

第一章："出入说"。本章尝试提出"出入说"，其内涵包括"入乎其内""出乎其外"。重点讨论中国电视剧编剧改编原则，以期对新媒体时代编剧在改编过程中遇到的新问题做出解答。

第二章:"三美说"。本章尝试提出"三美说",其内涵包括成拍之美、成演之美、成看之美。重点讨论中国电视剧编剧与导演、演员、观众合作宗旨,以期为编剧与导演、演员、观众的关系问题做出解答。

第三章:"三味说"。本章尝试提出"三味说",其内涵包括真味、趣味、味外之味。重点讨论中国电视剧编剧创作境界问题,以期完成电视剧艺术境界的新建构。

第四章:全球化语境下中国电视剧编剧研究新论。将中国电视剧编剧研究置放于中西文化这一宏大坐标系中,以"引进来、走出去"文化战略为指导,提出新方案,应对新挑战。新方案包括完善编剧体制、扩充题材类型、更新叙事策略、坚定文化自信、展示中国精神等。

第五章:文化自信视域下我国古典编剧理论资源价值新阐发。我国古代的戏剧理论家关于剧本创作提出了诸多宝贵观点,这些优秀的编剧理论对我们今天的剧本(电视剧剧本)创作依然具有重要的借鉴意义,因此对我国的古典编剧理论资源进行发掘和整理,推动其创造性转化、创新性发展,对于我们当前的电视剧剧本创作及我国特色编剧理论体系的构建意义重大。

结语:该部分对本书的主要内容进行总结,归纳本书的理论贡献。最后阐述本书研究的不足以及未来研究方向。

第一章 "三味说"：真味、趣味、味外之味

"三味说"是本文尝试提出的一个新的剧本创作理论，其内涵包括真味、趣味、味外之味。在逻辑关系上，此三者既逐次递进，又相互关联，从而形成了电视剧剧本创作的三种艺术境界。该理论立足本土，发掘、整合我国优秀的传统文化资源，将"真味""趣味""味外之味"引入电视剧剧本创作领域，并加以适当改造，从而实现确立电视剧剧本艺术地位，提升电视剧剧本美学品位，建构我国电视剧编剧理论新型体系之目的。

依照"三味说"的评价标准，一部真正意义上的电视剧，至少要具备"真味"和"趣味"。若没有"真味"，电视剧就失去了其存在的根基。若没有"趣味"，电视剧亦不能称为真正的艺术。但需要指出的是，此二种境界，绝非是一部电视剧的终极追求。诚然，一部剧达到了此两种境界，会热闹，会好看，但热闹和好看，并非电视剧剧本的全部追求。当前，电视剧产业发展很快，但也存在着有"数量"缺"质量"，有"高原"缺"高峰"的缺憾。究其原因，最为重要的一点即在于大多数电视剧缺乏一种能够穿透观众灵魂、抵达观众心底、温暖观众心理的"精神性"的东西，这种东西我们称之为"味外之味"。对于电视剧剧本创作来说，这是一种可以超越时空的最高艺术境界，也是所有电视剧编剧应该追求的创作理想。我们称之为电视剧剧本创作的第三艺术境界，也是最高境界。当然，这个境界不是所有的编剧都能达到的，也不是每一部电视剧的剧本创作都能实现的。把握"真味"不易，营造"趣味"已难，若要生成"味

外之味"更是难上加难,但唯有其难,方显可贵,正如康尔所言:"清醒的意识、执着的追求以及足够的艺术才华,是电影人闯过这道难关、进入更高境界的前提与条件。"[1] 电影如此,电视剧亦然。

第一节 真味:电视剧编剧艺术的第一境界

我国的古代文论习惯采用"近取诸身"的思维模式,"味"便是由此而产生的一个美学范畴,其中,就包括"真味"说。如欧阳修在《水谷夜行寄子美圣俞》中写道:"近诗尤古硬,咀嚼苦难嚼,初如食橄榄,真味久愈在。"[2] 吕天成在《曲品》中点评旧传奇时提出,"极质朴而不以为俚,极肤浅而不以为疏。商彝、周鼎,古色照人;元酒、太羹,真味沁齿"。[3] 这里"真味"成为评价诗词和戏曲艺术水平的一个重要标准。本文将其延用于电视剧剧本创作领域,并赋予其以新的理论内涵,即电视剧剧本创作中对社会人生、世间万物"本色"的如实反映和呈现。换句话说,"真味"所强调的是电视剧剧本创作中对"真"的一种把握和追求。

纵观我国文艺理论的发展历史,关于"真"的讨论,由来已久。如庄子认为:"真者,精诚之至也,不精不诚不能动人。"[4] 明代徐渭《西厢序》谓:"世事莫不有本色,有相色。本色,犹俗言'正身'也;相色,'替身'也。'替身'者,即书评中'婢作夫人,终觉羞涩'之谓

---

[1] 康尔:《营造意味:电影艺术提升品位的路径》,《东南大学学报》2013年第6期。

[2] 曾枣庄主编:《欧阳修诗文赏析集》,巴蜀书社1989年版,第32页。

[3] (明)吕天成:《曲品》,中国戏曲研究院编:《中国古典戏曲论著集成》(六),中国戏剧出版社1959年版,第209页。

[4] (清)王先谦集解:《庄子集解》,上海书店出版社1986年版,第207页。

第一章 "三味说":真味、趣味、味外之味

也;'婢作夫人'者,欲涂抹成主母而多插带,反掩其素之塌也。故余此本中贱相色,贵本色。众人啧啧者,我煦煦也。岂惟剧者,凡作者莫不如此。"①这里,徐渭提倡"本色",即标举"真性"。②李贽提出"童心说",认为:"天下之至文,未有不出于童心焉者也。"③"童心者,真心也。若以童心为不可,是以真心为不可也。夫童心者,绝假纯真,最初一念之本心也。"④这里,强调的"童心"即"真心"。顾曲散人更是要言不烦地表示:"子犹诸曲,绝无文彩,然有一字过人,曰'真'。"⑤曹雪芹在《红楼梦》第一章中写道:"其间离合悲欢,兴衰际遇,俱是按迹寻踪,不敢稍加穿凿,致失其真。"⑥李渔在《闲情偶寄》"剂冷热"一节中强调:"传奇无冷、热,只怕不合人情。如期离、合、悲、欢,皆为人情所至,能使人哭,能使人笑,能使人怒发冲冠,能使人惊魂欲绝,即使鼓板不动,场上寂然,而观者叫绝之声,反能震天动。"⑦又说,"王道本乎人情,凡作传奇,只求于耳目之前,不当索诸闻见之外,无论词曲,古今文字皆然。凡说人情物理者,千古相传,凡涉荒唐怪异者,当日即朽"。⑧ 这里的"人情物理"指的即"真实"。

西方文论同样注重对于真实的强调。如黑格尔认为:"艺术家

---

① (明)徐渭:《西厢序》,隗芾、吴毓华编:《古典戏曲美学资料集》,文化艺术出版社1992年版,第102页。
② 叶长海:《中国戏剧学史稿》,上海文艺出版社1986年版,第109页。
③ (明)李贽:《焚书 续焚书》,岳麓书社1990年版,第98页。
④ (明)李贽:《焚书 续焚书》,岳麓书社1990年版,第97页。
⑤ 顾曲散人:《太霞曲语》,郭绍虞主编:《中国历代文论选》第4册,上海古籍出版社1980年版,第195页。
⑥ (清)曹雪芹、高鹗:《红楼梦》,华夏出版社2007年版,第4页。
⑦ 李渔:《闲情偶寄·剂冷热》,《李渔全集》第三卷,浙江古籍出版社1992年版,第69页。
⑧ 李渔:《闲情偶寄·戒荒唐》,《李渔全集》第三卷,浙江古籍出版社1992年版,第13~14页。

之所以为艺术家,全在于他认识到真实,而且把真实放到正确的形式里,供我们观照,打动我们的情感。"①又说:"人物性格的基础必然永远是有实体性的东西。"②并指出:"真正艺术家用来作为理想性格的意蕴和情致所寄托的不是这些神奇鬼怪的东西,而是性格所熟悉的现实生活的旨趣。"③苏联文艺理论家卢纳察尔斯基说:"艺术家应该诚实,应该从现实生活中撷取形象。凡是用臆造的形象偷偷替换生活形象的作家,都是说谎者……艺术家在再现生活时,也应该达到最大限度的客观性,他无论如何不能偷换事实,但同时,他既要丝毫不背离真实,又能够而且应该指出善恶,用艺术形式表达自己对所描绘的现象的意见。"④德国浪漫主义的先驱赫尔德认为,"真是一切美的基础"。⑤

以上例子,皆在说明"真实"在文艺创作具有重要的基础性作用,具体到电视剧剧本创作领域,道理亦然。编剧高满堂在回答记者关于"剧本的最高境界是达到让观众相信这个故事是真的,在创作时有哪些方面渴望得到观众的相信"的提问时,如此说道:"不仅要让观众相信你的故事,更要把观众拉进你的故事中,进入到你故事的情感逻辑、命运逻辑、生活逻辑之中。《最后一张签证》这样的历史题材,如果你在历史事件的细节上瞎编乱造,就极可能毁掉整

---

① (德)黑格尔:《美学》(第一卷),朱光潜译,商务印书馆1979年版,第352页。

② (德)黑格尔:《美学》(第二卷),朱光潜译,商务印书馆1979年版,第249页。

③ (德)黑格尔:《美学》(第一卷),朱光潜译,商务印书馆1979年版,第310页。

④ 中国社会科学院外国文学研究所外国文学研究资料丛刊辑委员会:《外国理论家、作家论形象思维》,中国社会科学出版社1979年版,第136页。

⑤ 王仲:《追求真理歌颂美善——学习江泽民在七次文代会上讲话的一点体会》,《美术》2002年第2期。

个故事。外交官在国外享多少权利,就受到多少限制,不能胡来,主角能干什么不能干什么一定要非常清楚……作为编剧我不能任性。"①作为一个具有丰富创作经验的电视剧编剧,高满堂的这段话有力地表明了"真实"对于电视剧剧本创作的极端重要性。

以中国第一部室内电视连续剧《渴望》为例,该剧在1990年播出时曾引起万人空巷的收视盛况,创造了中国电视剧史上的收视神话。究其原因,和这部剧本身所展示出来的"真"密不可分。正如有论者所说,该剧通过对剧中人物刘慧芳、王沪生、孙大成等几对年轻人之间情感纠葛的讲述,"将人生的、人性的一切有机地融入到社会大时代的背景中,加上演员的出色表演,具有较高的社会审美的价值。也向中国观众展示了'真实'的力量"。② 换句话说,"真实"使这部剧产生了美感,产生了令观众无法抗拒的吸引力,引发了观众强大的共鸣和感动,在这种共鸣和感动中,观众最终也接受了精神的洗礼。

再如2016年在中央电视台电视剧频道播出的电视剧《生命中的好日子》,该剧自播出之日,好评如潮,之所以有此佳绩,究其原因,重要的一点就在于创作者对于"真"的把握和追求。正如有论者所说,"为真实再现'50后'一代的青春岁月和逝去年代的历史质感与生活质感,电视剧《生命中的好日子》用各种影像符号和视听元素,努力还原那段生活印记,如厂房、田野、标语、口号、红宝书、二八自行车、灰蓝制服以及穿插的纪录影像和《年轻的朋友来相会》《在希望的田野上》等带有强烈时代符号的音乐歌曲,撩动人们的怀旧情感和尘封的记忆。作品中对于逝去年代里真挚、纯洁、

---

① 西君、雅子:《〈最后一张签证〉编剧高满堂:作为编剧我不能任性》,网址:http://mt.sohu.com/20170119/n479111889.shtml。

② 金鹰网:《90年代经典电视剧——〈渴望〉》,网址:http://ent.hunantv.com/e/20080728/26776.html。

富有人情味的刻画,更是引发人们对那个物质匮乏但精神充实的岁月的缅怀。"① 为此,这部电视剧受到《人民日报》发文表彰,称其将"国家的历史、改革之路与个人、群体的命运紧密联系在一起,既是一部不断深化改革开放的时代画卷,又是一部反映普通人精神命运的心灵史诗"。②

由此可知,"真实"是一部电视剧的生命线,也是其赢得观众的重要法宝。反之,电视剧创作中,编剧如果放弃了对"真实性"的追求,那么也就无疑等于走向了一条自我放逐的道路,落得个像马克思所批评的"文学天才"托马斯·卡莱尔一样没落的命运:"因为他企图违抗历史斗争,坚持自己不为人承认的、凭直觉产生的预见。"③ 这样的教训很多,电视剧编剧应当引以为戒。

需要提醒的是,我们这里所说的"真实",只是创作层面上的真实,即所谓的艺术真实,它和生活真实存在着重要的关联,但二者之间却不能画等号,艺术真实不是对生活真实的自然主义的摹本,而是对它的反映。艺术家应该"以历史的和审美的眼光,透过生活真实的表层对社会生活的内蕴作出艺术的揭示和表现"。"艺术真实是对生活真实的超越和飞升,作家只有在广泛观察与深刻体验社会生活的基础上,认识和感悟其内蕴——主要是本质性的东西,并驾提炼与集中,才能创造出艺术的真实。"④ 正如恩格斯所说:"一个事物的概念和它的现实,就像两条渐近线一样,一齐向前延

---

① 黄钟军:《"后知青"时代的"中国梦"书写——浅析电视剧〈生命中的好日子〉》,《中国电视》2016年第7期。

② 钱力:《奋斗成就美好生活——评电视剧〈生命中的好日子〉》,《人民日报》2016年6月17日。

③ (德)马克思:《"新莱茵报政治经济评论"第4期上发表的评论》,《马克思恩格斯全集》(第7卷),人民出版社1959年版,第300页。

④ 童庆炳主编:《文学理论教程》,高等教育出版社1998年版,第137、141、138页。

伸,彼此不断接近,但是永远不会相交。"①为此,列宁强调,"艺术并不要求把它的作品当作现实"。② 这些道理,对于电视剧编剧的创作同样具有指导意义。

编剧在创作过程中,为了塑造真实的人物、真实的情节、真实的环境,注重对细节的刻画与描写,理所应当,但这也并不等于说编剧必须做到事无巨细地将肉眼看到的周遭的一切一网打尽,皆录笔下。而是说,在面对铺天盖地的生活素材时,编剧应有所选择,有所取舍,否则,"不求神似而一味地追求表面的酷肖,很容易走向自然主义的道路,并不能达到艺术的真实"。③ 这段话可以帮助我们更好地认识生活真实和艺术真实的区别。既然"真实"对于艺术创作来说如此重要,那么,具体到电视剧剧本创作中,又该如何做到"真实"呢?本文认为,至少应在以下几点着力:

一、真实的生活

毛泽东说:一切种类的文学艺术的源泉究竟是从何而来的呢?作为观念形态的文艺作品,都是一定的社会生活在人类头脑中的反映的产物。革命的文艺,则是人民生活在革命作家头脑中的反映的产物。人民生活中本来存在着文学艺术原料的矿藏,这是自然形态的东西,是粗糙的东西,但也是最生动、最丰富、最基本的东西。在这点上说,它们使一切文学艺术相形见绌,它们是一切文学艺术取之不尽、用之不竭的唯一的源泉。这是唯一的源泉,因为只

---

① 《马克思恩格斯选集》(第 4 卷),人民出版社 2012 年版,第 515 页。
② (苏)列宁:《哲学笔记》,人民出版社 1998 年版,第 66 页。
③ 黄海清:《论艺术之真及其与美、善的关系》,《齐鲁学刊》1982 年第 6 期。

能有这样的源泉,此外不能有第二个源泉。① 由此,毛泽东号召作家必须深入到人民群众的生活中去,"中国的革命的文学家、艺术家,有出息的文学家、艺术家,必须到群众中去,必须长期地无条件地全心全意地到工农兵群众中去,到火热的斗争中去,到唯一的最广大最丰富的源泉中去,观察、体验、研究、分析一切,一切阶级,一切群众,一切生动的生活形式和斗争形式,一切文学和艺术的原始材料,然后才有可能进入创作进程"。②

编剧王兴东在某次交流会上与一个研究生的对话很有趣,也极其生动地说明了深入地了解真实的社会生活对于影视剧创作的重要性,转录如下:

> 研究生:"王老师,我认为艺术创作主要是想象能力,没有必要非得深入生活不可。"
> 我(王兴东):"你喝牛奶吗?"
> 研究生:"喝。"
> 我:"花斑母牛为什么能产奶?而公牛不产奶?"
> 研究生思忖片刻:"母牛就是产奶的品种。"
> 我:"母牛有几个乳头?一天能产多少斤奶?"
> 研究生:"不知道。"
> 我:"你妈妈只有生下你,乳房才有奶。母牛也是,只有生了牛犊后才能有奶。于是用人工授精,让母牛每年怀孕产子,产子生奶,人才能不断地挤牛的奶喝,一头奶牛四个奶头,最高日产30多公斤。"

---

① 毛泽东:《在延安文艺座谈会上的讲话》,人民出版社1975年版,第19页。
② 毛泽东:《在延安文艺座谈会上的讲话》,人民出版社1975年版,第20页。

第一章 "三味说":真味、趣味、味外之味

研究生一时无话。

我:"其实我也不明白,去了内蒙的昭君牧场才知道的。一切艺术的想象力,都是从生活的跑道上起飞的。你知道巴金是怎样成为作家的?"

研究生:"我想想,记得巴金先生自己说过,'我主要的一位老师就是生活,中国社会的生活,我在生活中的感受使我成为作家。'"

我:"争论有句号了。"①

无独有偶,编剧王丽萍在一次编剧课堂上谈到自己创作电视剧《双城生活》的经历时,如此说道:"因为这部戏我还特别跑到伦敦去,想去看看《双城记》的作家狄更斯的博物馆。那是2010年12月31日的晚上6点多,当我走到那个地方的时候手机震荡不停地响,我穿过闪着黄色灯光的长廊,走过飘面包香味的房间,来到一个小院,那里有一个长凳,墙上有着斑斓的树叶和远方刚刚闪烁的路灯,一切都刚刚好,安静极了。我默默打开手机,上面有很多国内的人给我发来的短讯,说新年快乐。而此时此刻,因为时差,我比别人多了6个小时的幸运,6个小时后我才迎来新的一年。这种特别的感觉,让我表现在电视剧里。"②凡此种种,皆在表明这样一个道理:艺术来源于生活,生活是艺术的唯一源泉。同理,作为一种独特的艺术样式,电视剧只有反映了真实的社会生活,才会产生美感,才会引起观众的共鸣,并进而对观众产生吸引。这就是我们常说的要"接地气",电视剧要"接地气",就要求编剧走

---

① 王兴东:《与研究生的争论:要不要深入生活?》,网址:http://blog.sina.com.cn/s/blog_706cdd3101015fsw.html。

② 王丽萍:《现实题材的创作思考》,网址:http://www.pailechuanmei.com/index.php/arc/show/id/73.html。

出房间，深入到群众中去，去拥抱火热的生活，切实了解百姓疾苦，创作出真正能反映出老百姓愿望、利益、诉求的作品。如近几年播出的《蜗居》《心术》《浮沉》等现实题材的电视剧，之所以受到观众喜欢，究其原因，重要的一点就在于这些作品所表现的内容是与普通民众息息相关的住房、医疗、就业等问题，在于编剧对于这些问题的关注和思考，"触及了当代生活或者当代人思维困境中的一些核心命题"。[①] 观众欣赏这些电视剧所讲述的趣味盎然的故事，在产生情感上的共鸣的同时，也从其故事背后所包含的人生哲理中得到某种启迪。而反观当下一些所谓的"跟风剧""雷剧"和"神剧"，之所以遭到观众的质疑和反感，原因其实很简单，就在于这些作品所讲内容严重脱离生活，不接地气，人物形象不饱满、不真实，让人一眼就能看出"作者对于这种人物原来并不熟悉，与其说是从现实生活取来的，还不如说大半是主观的推测或想象"。[②] 编剧史航也表达了类似的感慨，"目前很多编剧思想幼稚天真，缺乏想象力，更不了解生命的本质，只看到人前显贵，看不到人后受罪，这是编剧缺乏人生阅历的表现，写权贵看不到权贵的阴影，写富丽堂皇看不到背后的混沌"。[③] 为此，有论者一针见血地指出，"缺乏想象力，与艺术体验的缺失脱离不了关系，要想创造出成熟的好作品，亲身的体悟是必须的，每天坐在家里写东西，是写不出来的"。[④]

切实从现实生活出发，将剧本创作建立在真实生活这一坚实基础之上，电视剧才会为百姓喜闻乐见。以高满堂为例，如由他做

[①] 屈菡：《现实题材电视剧：接地气聚人气》，《中国文化报》2012年8月1日。

[②] 胡风：《胡风全集》，湖北人民出版社1999年版，第38页。

[③] 张婷婷：《中国编剧被指"想象力"匮乏 与好莱坞仍有差距》，《法制晚报》2014年4月21日。

[④] 东东：《别再当键盘侠骂编剧了，烂的原因在这呢》，网址：http://chuansong.me/n/1613912138326。

编剧,2014年在山东卫视、北京卫视、河南卫视、黑龙江卫视播出的电视剧《老农民》。这部剧从1948年讲起,一直到2006年国务院取消农业税结束。时间跨度长达半个世纪,故事的背景几乎涉及了新中国成立以来互助组、合作社、初级社、高级社、人民公社等所有重大事件。故事通过对主人公牛大胆和马仁礼为代表的两家之间的恩怨讲述,演绎了山东黄河岸边麦香村这片土地之上的生命和感动,讴歌了中国农民坚韧、吃苦耐劳、勤俭节约的伟大精神。这部剧播出后,影响极大,豆瓣评分高达8.6。我们不禁会问,这部剧为何能取得如此成就呢?一个重要的原因就在于"真实"。正如编剧高满堂在接受采访时所说,"拍中国农民的60年,如果失了一个'真'字,一切都成妄谈,这是我最基本的想法"。① 60年的变迁,翻天覆天,高满堂要通过创作来"纪录"下这一深刻的变迁,而为了这次"纪录",5年间,他踏遍河南、山东、辽宁、黑龙江和浙江五个省份进行采访。② 按他自己的话说,"这5年我不是行走在繁华的大街上、不是坐在咖啡桌旁、不是吹着空调、不是道听途说,是我用自己的双脚走路,用自己的肩膀担当,用自己的心和农民进行了一次对话"。③ 这就叫走进真实的生活。正是剧作家这种深厚的生活的积累与积淀,才使得其创作出来的作品能够真正地触动观众心理,并引发后者的强烈共鸣。

由此,我们可以得出这样的结论:编剧想要创作出一部"接地气",令观众信服、满意的作品,就必须"读万卷书,行万里路",就必须投入到火热的生活之中去,去和人民群众打成一片,去拥抱大

---

① 肖杨:《高满堂谈〈老农民〉:拍中国农民不能失真》,《辽宁日报》2015年1月6日。
② 杨丽娟:《农民史诗巨制〈老农民〉月底开播,编剧高满堂"笨办法"走遍六省农村》,《北京日报》2014年12月4日。
③ 吴晓东:《高满堂:〈老农民〉是一部中国农民正传》,《中国青年报》2014年12月23日。

地,而不是坐在屋子里"两耳不闻窗外事"地生编硬造。

二、真挚的情感

明代潘之恒在其《情痴》一文中说:"能痴者而后能情,能情者而后能写其情。"① 张琦《衡曲麈谭》云:"人,情种也,人而无情,不至于人矣,曷望其至人乎?情之为物也,役耳目,易神理,忘晦明,废饥寒,穷九州,越八荒,穿金石,动天地,率百物,生可以生,死可以死,死可以生,生可以死,死又可以不死,生又可以忘生,远远近近,悠悠漾漾,杳弗知其所之。"② 袁于令《焚香记序》言:"剧场即一世界,世界只一'情'。……倘演者不真,则观者之精神不动;然作者不真,则演者之精神亦不灵。"③ 冯梦龙指出:"学者死于诗而乍活于词,一时丝之肉之,渐熟其抑扬节奏之趣,于是增损而为曲,重叠而为套数,浸淫而为杂剧、传奇,固亦性情之所必至矣。"④ 王国维认为,"境非独谓景物也。喜怒哀乐,亦人心中之一境界。故能写真景物、真感情者,谓之有境界。否则谓之无境界"。⑤ 巴金说,"我爱我的祖国,爱我的人民,离开了他们,我就无法生存,无法写作。我写作是为了战斗,为了揭露,为了控诉,为了对国家、对人民

---

① (明)潘之恒:《潘之恒曲话》,汪效倚辑注,中国戏剧出版社1988年版,第72页。

② (明)张琦:《衡曲麈谭》,中国戏曲研究院编:《中国古典戏曲论著集成》(四),中国戏剧出版社1959年版,第273页。

③ (明)袁于令:《焚香记序》,陈多、叶长海选注:《中国历代剧论选注》,上海古籍出版社2010年版,第252页。

④ 转引自叶长海:《中国戏剧学史稿》,上海文艺出版社1986年版,第225～226页。

⑤ (清)王国维:《人间词话》,靳德峻笺证,蒲菁补笺,四川人民出版社1981年版,第7页。

第一章 "三味说"：真味、趣味、味外之味

有所贡献，绝不是为了美化自己……我要掏出自己燃烧的心，要讲心里的话"。① 编剧王丽萍在编剧课堂上如此劝诫年轻编剧："我希望创作者一直有激情，有一股新鲜劲，有敏感，有热情，你愿意捕捉你身边的人和事，你会关心社会一些热点，甚至你有一种非常强烈的同情心。我一直觉得在创作人身上你不要高高在上，你一定要有一种同情心，或者你有一种对生活中苦难的责任感。所以这可能也是你的态度，某些时候决定了你作品的一种高度，或者决定了你作品的一种宽度。所以有些时候你的人生经验和你的世界观、你的立场一定会表现在一个作品里。"② 编剧易智言坦言："对我而言，拍电影是难得的老天爷给我的话语权，我不想随便就花掉这个发言权。其实拍电影蛮辛苦的，尤其是独立制片。如果不是真的有话要说或感情上有牵扯，我大概没办法吃得了拍电影这个苦，谁愿意早上四点或六点起床赶到现场，然后在高温40度的太阳底下连续拍12个小时？所以我拍电影不是为了生活，而是真的觉得有话要说，不说不可以，或者有某种情感包袱，电影是发声的方式。"③ 黑格尔认为，艺术作品"按照内容的性质使我们忧，使我们喜，使我们感动或震惊，使我们亲历身受愤怒、痛恨、哀怜、焦急、恐惧、爱、敬、惊赞、荣誉之类的情感。……一切情感的激发，心灵对每种生活的体验，通过一种只是幻想的外在对象来引起这一切内在的激动，就是艺术所特有的巨大威力"。④ 凡此种种，皆指出了情感在艺术创作中的重要作用，具体到电视剧剧本，道理亦然。

---

① 巴金：《探索集》，《随想录》，人民文学出版社1981年版，第131页。
② 王丽萍：《现实题材的创作思考》，网址：http://www.pailechuanmei.com/index.php/arc/show/id/73.html。
③ 张燕：《对话金马编剧易智言：从〈蓝色大门〉到〈行动代号：孙中山〉》，《当代电影》2017年第3期。
④ (德)黑格尔：《美学》(第一卷)，朱光潜译，商务印书馆1979年版，第58页。

而反观当下的一些电视剧,表面看上去很热闹,按戏剧的一般要素讲,矛盾也有,冲突也够,可就是不令观众感动,大家看过就忘,究其原因,重要的一点就在于作品本身缺乏真情实感。当然,情感的真挚不仅仅体现为创作者的情感,剧本是代言体,剧作家的情感需要投注到剧中人物身上,这就需要创作者对作品中人物性格的精准把握和呈现。

三、真实的人物性格

我国的古代剧论中,关于"人物"的讨论由来已久,只是与西方戏剧理论条分缕析、分章别类的叙述体例和结构框架不同,关于人物,我国古代的戏曲理论鲜有辟出独立章节对其加以论述的现象。这会给人一种错觉,似乎我国的古代剧论不太重视人物的研究。其实不然,事实上,关于人物塑造的讨论一直是我们古代剧论关注的重点,只是出于与西方不同的历史文化背景,我国的戏曲理论家并不热衷于停留在表层论"人",而是专注于更深的层面以言"情"。如王思任《指点玉茗堂牡丹亭叙》谓:"其款置数人,笑者真笑,笑即有声;啼者真啼,啼则有泪;叹者真叹,叹则有气。杜丽娘之妖也,柳梦梅之痴也,老夫人之软也,杜安抚之古执也,陈最良之雾也,春香之贱牢也,无不从筋节窍髓,以探其七情生动之微也。"[1]孟称舜《娇红记题词》《贞文记题词》云:"天下义夫节妇,所为至死而不悔者,岂以为理所当然而为之邪?笃于其性,发于其情。"[2]"男女相感,俱出于情。情似非正也,而予谓天下之贞女必天下之情女者

---

[1] (明)王思任:《指点玉茗堂牡丹亭叙》,陈多、叶长海选注:《中国历代剧论选注》,上海古籍出版社2010年版,第217页。

[2] (明)孟称舜:《娇红记题词》,隗芾、吴毓华编:《古典戏曲美学资料集》,文化艺术出版社1992年版,第239页。

何？不以贫富秽，不以妍丑夺，从一以终，之死不二，非天下之至种情者，而能之乎？"①洪昇在《长生殿》中开场写道："感金石，回天地；昭白日，垂青史。看臣忠子孝，总由情至。"②凡此种种，皆在强调戏剧创作中对于人物情感（性格）的挖掘和塑造。

戏剧如此，电视剧亦然。作为叙事艺术样式之一种，每部电视剧都在讲述一个有头有尾的关于人的故事。因此，编剧若想让自己的作品感动观众，就要学会洞察人性，进行深层的思考，而不是为哗众取宠，盲目跟风，一味地停留在搜罗热门话题、追踪社会热点这样的表层上面。正如电视剧《金婚》的编剧王宛平所说："社会热点本身就有强烈的戏剧冲突，但热点也极易导致跟风。当你不热衷寻找热点，便要在人物深度上下功夫，就是说，别人可能也写，但你写得更深，人性就是矛盾综合体，人性就是一切戏剧冲突的来源，写得深，自然会写出与众不同的戏剧冲突。当然，这前提依然是你对生活，对人性认识和把握的深浅。"③回顾中国电视剧艺术发展史，不难发现，那些优秀的剧作之所以为老百姓喜闻乐见，一个重要原因就在于它们塑造出了典型的人物形象，表现出了独特真实的人物性格，并通过这些典型的人物形象展现出了特定历史时期的社会生活本质。

以近些年被观众熟知的电视剧为例，如《闯关东》中参加义和团、开过香堂、杀过洋人的"朝廷钦犯"朱开山；《大秧歌》中的由小乞丐成长为大英雄的海猫；《走西口》中背井离乡走西口最后成为革命者的田青；《下南洋》中带领客家同胞与恶势力抗衡，成为他们

---

① （明）孟称舜：《贞文记题词》，隗芾、吴毓华编：《古典戏曲美学资料集》，文化艺术出版社1992年版，第239页。
② （清）洪昇：《长生殿》，吴人评点，上海古籍出版社2012年版，第1页。
③ 王宛平：《热点只能流行一时，人性丰满才是王道》，网址：http://www.haokoo.com/film/350022.html。

的精神领袖,最后投身革命洪流的简肇庆;《打狗棍》中带领杆子帮反对侵略、反对鸦片,最后组织抗日义勇军与日军死磕的戴天理;《勇敢的心》中反对军阀、带领队伍抵抗日军的霍啸林;《亮剑》中那个外表粗糙、张嘴就骂娘,身上却体现出一股"站着是座山,倒下是道岭,面对强敌,敢于亮剑"的军人气概的李云龙;《士兵突击》中那个憨厚老实,胆小懦弱,但内心却无比干净透彻,身上洋溢着"一息尚存,就不言放弃"的执着精神的许三多;《老农民》中那个重情义,有担当的牛大胆;《生活有点甜》中的那个风趣幽默、助人为乐的唐喜,等等。这些电视剧通过性格鲜明的人物所经历的悲欢离合,艺术地再现了中国近代历史上真实发生过的移民不畏艰辛"闯关东""走西口""下南洋"等一系列活动,中国人民同仇敌忾抗击日本军国主义的侵略暴行的伟大壮举,在和平年代里中国士兵所书写的血性传奇以及平凡小人物乐观豁达积极进取的奋斗精神。相反,如果电视剧不能塑造出性格鲜明的人物形象,即使故事情节很曲折,矛盾冲突很激烈,但依然会遭遇"播完即完",不被观众长久记住的尴尬局面。这也从另一个侧面提醒我们:塑造真实的人物性格是电视剧创作的重中之重,是电视剧吸引观众,赢得长久生命力的重要法宝。

那么,到底如何塑造人物性格呢?笔者认为,应至少包括以下几点:

(一)人物"个性"

生活环境、教育背景、人生经历、知识结构、阶级立场等等方面的不同,决定了世上不存在两个从外表到精神气质完全相同的人。正是基于这样的认识,在中外编剧理论发展史上,关于人物个性塑造这一问题,诸多戏剧理论家表达了看法。如金圣叹在评点《西厢记》时提出:"事固一事也,情固一情也,理固一理也,而无奈发言之人,其心则各不同也,其体则各不同也,其地则各不同也。"①恩格斯指出,"每个人都是典型,但同时又是一定的单个人,正如老黑格尔所说的,是一个'这个',而且应当如此"。② 毫无疑问,这里二人的观点和见解同样适用于电视剧剧本创作领域。以2016年在中央电视台电视剧频道播出的《生活有点甜》为例,该剧在豆瓣的评分高达8.4分,③在评价该剧时,王丹彦指出,"在当下现实题材电视剧中,这是比较难得看到的一部描写工业工人的力作"。④ 由此,我们不仅会追问,观众为什么喜欢这部剧?专家又为何对这部剧给予较高评价呢?笔者认为,这跟创作者对剧中的唐喜这一人物性格的成功塑造密不可分。唐喜是剧中的主人公,这个人物的独特个性是:善良、热心、大度、爱耍点小聪明、讲原则、认死理、爱较真却又幽默风趣、淡泊名利。他的善良、热心和大度主要表现在:首先,在处理与单位同事的关系上,如在担任分房委员时,唐喜发现职工大老瘪家境困难,符合分房标准,便不惜得罪领导,据理力争,替大老瘪争到了房子,却遭到夏一跳两口子的暴打,但唐喜并没以此记恨夏一跳两口子,反而在得知夏一跳两口子不能生育的消息后,还积极伸出援助之手,请来熟悉的生育专家为二人治病,圆了夏一跳两口子多年来想要孩子的夙愿;唐喜发现在厂里装

---

① (元)王实甫、高明:《第六才子书:西厢记 第七才子书:琵琶记》,线装书局2007年版,第94页。

② (德)恩格斯:《致敏·考茨基》,《马克思恩格斯选集》(第4卷),人民出版社1972年版,第453页。

③ 在豆瓣、乐视、百度贴吧等网站的网友留言中,大多数网友认为:这部剧给人一种久违的幸福感。如:"现在物质丰富,每天都好像在过年,可是通过观看《生活有点甜》(笔者加),反而觉得在那样物质匮乏的时代反而很亲切,很想回到那时候去体会那简单容易的幸福感"等评价。

④ 赵志伟:《〈生活有点甜〉:有点唐·吉诃德,有点喜感》,《中国艺术报》2016年6月6日。

富二代的职工沈飞飞其实家境贫寒,当大伙纷纷表示要揭穿沈飞飞的谎言,他却坚持让大家保密,以免伤害了沈飞飞的自尊心;临时工墩儿因工伤被厂里开除,遭不公正待遇,为保护墩儿的合法权益,大会上,唐喜拍案而起;花花公子高平欺负新来的女工,为保护自己的员工,唐喜不畏风险,挺身而出,周慧被高平欺骗,唐喜又将怀孕堕胎的她接到家里照顾。其次,在邻里关系上,住唐喜楼下的赖积极好吃懒做,不务正业,天天与自己的妻子韩月华打架,可一旦发现二人发生矛盾,不管黑夜还是白天,唐喜总是第一时间冲下来劝架,面对赖积极一次次的无理纠缠,唐喜总是动之以情,晓之以理,耐心说服。最终,赖积极被唐喜的大义感化,改邪归正。再次,在处理与家庭的其他成员关系上,作为丈夫,唐喜与爱人结婚十几年,相濡以沫,恩爱如一。作为父亲,唐喜始终以积极向上的正能量教育引导儿子。而在与老丈人、小舅子、几个连襟的相处中,唐喜始终本着相互扶持、家和万事兴的理念,看到小舅子游手好闲,不务正业,他出手相助,积极引导,最终使得小舅子浪子回头,有了事业的同时,还收获了爱情。看到当官的二姐夫戴天平思想抛锚,走了弯路,唐喜不厌其烦、苦口婆心地对其劝诫提醒,最终避免了戴天平在错误的道路上越走越远。

  此外,剧中韩月华这个角色身上同样闪烁着人性的光辉。她漂亮、时尚,当初因为母亲的反对,没能跟唐喜走到一起,而是嫁给了嗜酒如命的二流子赖积极。韩月华心中的苦闷可想而知,然而,命运对她的捉弄并未停止,先是母亲得病,接着是赖积极装瘫痪。从此,韩月华一肩挑起了除了工作还要照顾家里两个病人的重担。令人心酸,也更令人感动的是,就在赖积极受韩月华感化决定弃恶从善重新做人的当口,一直装瘫的他却真的瘫痪了,韩月华毅然选择了留下来照顾赖积极,正是这种患难之处见真情,相依为命的陪伴,使得二人在真正感受到幸福的同时,也给观众带来了一份深深的感动。此外,剧中还有唐喜岳父、唐喜爱人、张嘉林、赖积极、曹

第一章 "三味说"：真味、趣味、味外之味

副厂长等人，这些人物形象也都极具个性，且有着这样那样的缺点，但经历了岁月洗礼之后，无不彰显出人性之美。一言以蔽之，《生活有点甜》这部剧之所以播出后受到观众欢迎，与以上所举的这些独特的"这一个"的人物形象的成功刻画密不可分。

又如电视剧《三八线》，该剧播出后，反响强烈，网络播放量近5亿，在豆瓣的评分高达8.0。人民日报发文称《三八线》的问世意义重大而深远，为战争剧树立了典范。① 该剧之所以享有殊荣，笔者认为，其中的一个重要原因就是创作者对剧中人物性格的成功刻画。

李长顺是本剧重点塑造的一个人物形象，他并非天然地就是一个具有博大高远家国情怀的革命战士。没入伍之前，渔民出身的他有着跟一般农村小青年同样的小毛病，油滑、捣蛋、爱耍小聪明，最大的心愿就是把喜欢的女孩常芳娶回家当媳妇。可突如其来的战争浇灭了他心中的梦想，他的父亲在敌机的轰炸中丧生，为父报仇成了他参军的最大动机。当兵之后，性格使然，他同样屡屡犯错，训练中，他多次与班长发生冲突。即便在战斗中，他也会犯下不服从命令、鲁莽行事的错误，结果影响到整体作战，由此，受到连长、指导员的严厉批评。正是通过一次次莽撞受挫，痛定思痛，加之战火的洗礼、领导和战友的帮助教育，李长顺才最终明白了个人与集体、小家与大家、真正的军人为何而战等道理，从而完成了由普通百姓向一个革命战士的彻底转变，真正实现了人格的升华。

剧中的常芳和李长顺青梅竹马，被网友称为"红恋CP"。常芳生性善良，但清纯中带着倔强，虽然她自幼在父母的安排下与张金旺订下娃娃亲，但她真正喜欢的人是李长顺。她最初之所以入伍当护士，随部队进入朝鲜，原不是出于保家卫国的崇高动机，仅仅是因为她心爱的人参军了，在相思与牵挂本能的促使下，她才选择

---

① 苗春：《〈三八线〉树立战争剧典范》，《人民日报》2016年7月4日。

加入革命。但残酷的战争,却又让她不能如愿。当兵的日子里,她和李长顺其实聚少离多。然而,一旦穿上了军装,成为一个战地护士,身份角色的转变,使得她在承受着对恋人的相思之苦的同时,其柔弱的肩上更多出了一份救死扶伤的责任。经历了残酷环境的一次次磨炼之后,她的人生境界渐渐提升。在常芳身上,我们看到了一个弱女子对于爱情执着、对责任勇于担当的人性光芒。

张金旺这一角色在剧中同样具有极重的分量。他和李长顺同村,因为常芳的原因,即便当了兵,他和李长顺无论在生活中还是训练场上都处处较劲。原本,争强好胜的他一心想进入尖刀连,却因为受伤,阴差阳错地成了运输兵。于是他心里憋屈,认为让自己天天干活搬运物资,是杀猪用了牛刀,他应该上前线冲锋陷阵,当英雄。但在经历了枪林弹雨、血与火的锤炼之后,加之老班长的批评教育和言传身教,他开始端正态度,成长为一名出色的运输兵。最后,为保护朝鲜小孩而牺牲。"士不可以不弘毅",[①]在张金旺身上,这种宽广、坚忍的宝贵品质得到了完美演绎。

除了上述三位角色之外,该剧还塑造出其他众多真实生动且极具个性的人物形象。例如,连长张达铁,外号老算盘,性格豪爽,却又精打细算,军事素质过硬,指挥能力极强,作风粗暴,却又爱兵如子,最后牺牲在朝鲜战场,充分展示了一个中国军人的硬汉形象。指导员陈平性情温和、沉着冷静,是战士们思想上的"领路人",同时,他又骁勇善战,是一个典型的文武全才。他与护士长张秋萍相爱,但战火纷飞的年代,两情相悦却难相守。牺牲时,他留下一封信给张秋萍,嘱咐她要代替他好好生活下去看到祖国的美好未来。这份真挚而纯粹、含蓄而无私的爱情,无疑重重地戳中了观众的泪点。这些"最可爱的人"虽秉性各异,岗位有别,却又都紧

---

① (春秋)孔丘:《论语》,杨伯峻、杨逢彬注译,岳麓书社2000年版,第72页。

紧团结在抗美援朝这个大主题下,散发出各自的人性光辉。

(二)典型环境与典型性格

为实现人物性格之"真"的目标,创作者必须注重对剧中人物性格的刻画,其中一个重要的要求就是让剧中人物按照他本身的人物性格进行说话,而不是以一个叙述者的身份对其横加干涉。正如李渔所言:"以情乃一人之情,说张三要象张三,难通融于李四。""《琵琶·赏月》四曲,同一月也,牛氏有牛氏之月,伯喈有伯喈之月。所言者月,所寓者心。"①所谓"言为心声",剧中人物是怎样的性格,他说出来的话要符合其性格,只有这样,才能实现黑格尔所说的"这一个"的艺术追求,否则就会落入"千人一面""众口一词"的创作误区。

恩格斯在评价英国女作家玛格丽特·哈克奈斯的小说《城市姑娘》时指出:"据我看来,现实主义的意思是,除了细节的真实外,还要真实地再现典型环境中典型人物。您的人物,就他们本身而言,是够典型的,但是环绕着这些人物并促使他们行动的环境,也许就不是那样典型了。"②这里,恩格斯第一次提出了"典型环境"这个概念,强调了典型人物与典型环境相统一的重要性,认为只有在二者的统一中,作品中的人物形象才会显得真实可信。这段论述同样适用于指导电视剧剧本的创作。反过来说,一部电视剧的人物塑造如果脱离了典型环境,人物性格就会失真,作品的艺术质量就会大打折扣。以当下的历史剧为例,2017年2月22日《人民日报》发表了胡海升的文章《历史正剧能否迎来春天》,文中写道:"遍观当下历史题材的影视剧,正剧已然成为珍稀品种。一段时

---

① 李渔:《闲情偶寄·戒浮泛》,《李渔全集》第三卷,浙江古籍出版社1992年版,第22~23页。

② (德)恩格斯:《致玛格丽特·哈克奈斯》,《马克思恩格斯选集》(第4卷),人民出版社1972年版,第462页。

间,电视剧市场几乎被戏说剧垄断,一打开电视屏幕,踩着'花盆底'的威仪太后,拖着大辫子的帝王将相,演的说的却是现代人的情感世界。而后,宫斗剧又轮番上演,历史剧的背景从朝堂转移到了后宫,一个个如花似玉的后宫美人都成了毒如蛇蝎的阴谋家,甚至有时候还要再来几个'穿越来客'。沉浸在戏说、宫斗、穿越之中的历史剧,其实已经脱离了历史的范畴,剧中人物不过是穿着古人衣服演绎现代人的故事而已,更不用说频频出现的穿帮镜头、全然缺失的传统礼仪以及令人不忍直视的'五毛钱特效'了。"①这段话既一针见血地指出了当前我国历史剧创作中存在的问题,又有力地说明了在典型环境中刻画典型性格是颠扑不破的创作法则。

第二节　趣味:中国电视剧编剧艺术的第二境界

"趣味"是剧作家在把握"真味"的基础上,对所占有的素材进行艺术化处理之后,使作品产生出的一种"戏剧性"效果,或曰"戏"。在我国的古代文论中,关于"趣味"的讨论很多,如汤显祖提出:"凡文以意趣神色为主,四者到时,或有丽词俊音可用,尔时能一一顾九宫四声否?如必按字摸声,即有窒滞迸拽之苦,恐不能成句矣。"②徐复祚评价《昙花记》等剧时说:"肥肠满脑,莽莽滔滔,有资源逢源之趣。"③吕天成《曲品》在将传奇和杂剧进行比较后谓:"杂剧但撷一事颠末,其境促;传奇备述一人始终,其味长。无杂剧

---

① 胡海升:《历史正剧能否迎来春天》,《人民日报》2017年2月22日。
② (明)汤显祖:《汤显祖诗文集》(第二册),徐朔方笺校,中华书局1962年版,第1337页。
③ (明)徐复祚:《曲论》,中国戏曲研究院编:《中国古典戏曲论著集成》(四),中国戏剧出版社1959年版,第240页。

则孰开传奇之门？非传奇则未畅杂剧之趣也。"①孔尚任主张："制曲必有旨趣，一首成一首之文章，一句成一句之文章。列之案，歌之场上，可感可兴，令人击节叹赏，所谓歌而善也。若勉强敷衍，全无意味，则唱者听者，皆苦事矣。"②李渔指出："'机趣'"二字，填词家必不可少。机者传奇之精神，趣者传奇之风致，少此二物，则如泥人土马，有生形而无生气。"③黄周星《制曲枝语》云："调曲之诀，虽尽于'雅俗共赏'四字，仍可以一字括之，曰：'趣'。古云：'诗有别趣'，曲为诗之流派，且被之弦歌，自当专以趣胜。今人遇情境之可喜者，辄曰'有趣！有趣！'则一切语言文字，未有无趣而可以感人者。趣非独于诗酒花月中见之，凡属有情，如圣贤、豪杰之人，无非趣人；忠、孝、廉、节之事，无非趣事。知此者，可以论曲。"④当代学者徐中玉说："趣味虽还有些高低雅俗之别，但如缺乏了趣味，就谈不到有吸引力，文艺作品也就不成为文艺作品，有何特殊的生命力了。"⑤

这里可以看出，我国传统曲论一直强调和重视戏剧创作中对"趣味"的营造和追求。在此基础上，本文尝试将"趣味"由"曲论"引入"剧论"，将其作为评价电视剧剧本艺术质量的一个重要标准，在保证电视剧编剧理论继承传统的同时，又为传统编剧理论注入新的活力和审美内涵。这里，"趣味"作为一种艺术标准或者艺术

---

① （明）吕天成：《曲品》，中国戏曲研究院编：《中国古典戏曲论著集成》（六），中国戏剧出版社1959年版，第209页。

② （清）孔尚任：《桃花扇·凡例》，云亭山人评点，上海古籍出版社2012年版，第11页。

③ （清）李渔：《闲情偶寄》，中国戏曲研究院编：《中国古典戏曲论著集成》（七），中国戏剧出版社1959年版，第24页。

④ （清）黄周星：《制曲枝语》，中国戏曲研究院编：《中国古典戏曲论著集成》（七），中国戏剧出版社1959年版，第120～121页。

⑤ 陈应鸾：《诗味论》，巴蜀书社1996年版，第1页。

境界,其内涵至少包含以下两个方面:讲一个"好故事"和"讲"好一个故事。

一、讲一个"好故事"

明代孙鑛提出南戏"十要",第一要就是"事佳"。李贽评价《红拂记》时提出"四好",其中就包括"事好"。有好莱坞编剧"教父"之称的麦基认为,"故事"是人生的比喻,人们自古以来就需要"故事",尤其是"好故事",而所谓"好故事",在他看来,就是那些值得讲而且世人也愿意听的东西,它"应当是包含普遍的人类真相和人类经验。然而它们又必须被用全新的、独一无二的方式讲出来,让观众感受到他们进入了一个从未涉足的特殊世界,但在这个世界里,他们又发现了自己。他们和这个新世界中的自己惺惺相惜,通过这种不可能在真实生活中实践的体验,代替全人类贪婪地活着。这就是我所认为的激动人心的故事"。① 他又说,"世人对电视剧、小说、戏剧和电视的消费是如此地如饥似渴,如此地不可餍足,故事艺术已经成为人性的首要灵感源泉,因为故事在不断地设法整治人生的混乱,挖掘人生的真谛。我们对故事的嗜好反映了人类对捕捉人生模式的深层的需求,这不仅仅是一种纯粹的知识实践,而且是一种非常个人化的、非常情感化的体验"。② 由此可以看出,一部讲述"好故事"的作品(包括电视剧)之所以为人们喜闻乐见,原因就在于它不仅能使人们在欣赏故事的过程中得到美的享受,同时还可以从中得到关于人生的、社会的、历史的某种认识和启迪。以电视剧《北平无战事》为例,该剧播出后,反响极大,豆瓣

---

① 洪鹄、王瑞如:《麦基:不卖故事》,《南都周刊》2011年第41期。
② (美)罗伯特·麦基:《故事:材质、结构、风格和银幕剧作的原理》,周铁东译,中国电影出版社2001年版,第16页。

第一章 "三味说":真味、趣味、味外之味

评分达到 8.8,47694 人参与了评价。这里,我们不禁会问,这部剧为什么会如此受欢迎呢?笔者认为,一个重要的原因就在于它的故事好。该剧的编剧刘和平在回答"为何要写北平无战事"时,这样说道:"我在原小说的封面写了三句话——'当一个巨大的存在,在一瞬间消失,不是土崩瓦解而是一堵高墙,历史在那边,我们在这边——献给公元 1948 至 1949'。今天我们民族的经济和国力都发展到让世界都侧目的程度了,应该更有文化自信,所以我在这个戏里会理直气壮地去写,历史的潮流是如何选择了共产党。但我也会相对更客观写清楚国民党是怎么回事,尤其是它失败的根源。"① 换句话说,观众在观看这部剧时,不仅会为其所塑造的生动人物形象,扣人心弦的故事情节所吸引,获得美的享受,同时,又从中获得了关于历史,关于社会、人生这一层面上的更为深沉的启迪。而这一切的实现,首先建立在编剧对"只有共产党才能救中国,才是中国未来的希望"这一故事主题的精准把握上。又如电视剧《渴望》,曾参加这部电视剧拍摄的孙宗潞在《室内剧〈渴望〉诞生的始末》一文中这样写道:"文革十年给我们留下了许多创伤和阴影。人们厌恶那没完没了的'人整人'的政治运动,渴望社会的安定团结。在改革开放的十年中,由于我们一手硬一手软的失误,导致了在少部分人中,人生价值被颠倒,金钱成了支配一切的主要力量。他们讲奉献少了,讲索取多了;讲真情少了,讲实惠多了;讲利人少了,讲利己多了……人们对现实的某些不满,导致大多数人从心底里渴望人间真情,渴望真诚地生活,渴望自己幸福别人也幸福,渴望传统文化精华和社会主义伦理道德观念的弘扬光大,渴望

---

① 王潇潇:《刘和平:我为什么要写这段历史》,网址:https://www.shobserver.com/news/detail?id=2254。

我们的社会更加安定团结,美满和谐。"①在当时的特殊历史背景下,这部电视剧以"渴望"为主题,通过以刘惠芳为代表的人物之间的情感纠葛,深刻而生动地反映出了当时的社会风貌,令观众在观剧过程中,感受到了一种撼人心魄,振奋人心的力量。据公安部门统计,在《渴望》热播的那段时间,犯罪率也普遍下降。为此,公安部还特意给《渴望》剧组颁发了奖状以资表彰。② 由此可见,讲述"好故事"是一部电视剧产生"趣味",吸引观众的一个首要的条件。

　　需要指出的是,"好故事"一定程度上可以理解为上文提到的"事好""事佳"之外,还含有一层意思,即"事奇"。从戏剧理论发展史的角度看,我国的剧论家历来重视对"奇"的讨论,"这是因为从戏剧诞生之日起,'奇'就成为吸引观众的一个重要因素"。③ 如孔尚任认为:"传奇者,传其事之奇焉者也。事不奇则不传。"④周书提出:"乐府不作,降而传奇,风斯下矣。然而其人奇,其事奇,其文奇,必有可传者存,是以传焉。传奇者,传其奇也。不奇,何能传?"⑤李渔说:"有奇事,方有奇文。"⑥如此等等,皆在强调"奇"在戏剧创作中的重要性。这些观点和见解对我们当前的电视剧创作同样具有一定的借鉴意义。"奇"亦包含两个层面,一个是剧本创

---

① 孙宗潞:《室内剧〈渴望〉诞生的始末》,网址:http://blog.sina.com.cn/s/blog_562342e40100epju.html。
② 孙宗潞:《室内剧〈渴望〉诞生的始末》,网址:http://blog.sina.com.cn/s/blog_562342e40100epju.html。
③ 赵山林:《中国戏剧学通论》,安徽教育出版社1995年版,第363页。
④ (清)孔尚任:《桃花扇》,云亭山人评点,上海古籍出版社2012年版,第8页。
⑤ 周书:《鱼水缘自叙》,蔡毅编:《中国古典戏曲序跋汇编》,齐鲁书社1989年版,第1825页。
⑥ 李渔:《闲情偶寄·结构第一》,《李渔全集》第三卷,杭州:浙江古籍出版社1992年版,第4页。

作中,剧作家所选题材之"奇";另一个指经过剧作家的艺术加工,作品的"戏剧性"之奇,这就涉及一个叙事技巧问题,即如何"讲"好故事。

二、"讲"好一个故事

"讲"即"叙",探讨如何"讲",某种程度上而言,就是探讨"如何叙事"的问题。强调叙事的重要性,并对其加以系统化研究,是叙事学的重要内容。叙事学源于西方,以形式主义批判而闻名于世,"叙事学探讨叙事文本内在构成及各部分间的关系,其研究层面有两分法与三分法。托多洛夫主张用两分法把叙事文本分为故事与话语。热奈特提出三分法:故事、叙述话语、叙述行为"。[①] 美国学者西摩·查特曼说:"故事是叙事表达之内容,而话语是该表达之形式。"[②]这些论述有助于我们在"叙事"层面上对电视剧剧本创作进行更为深入的探讨。

具体到电视剧剧本创作,如上文所言,讲一个好的故事,极其重要,但对于电视剧编剧来说,若要创作出一部优秀的电视剧剧本,还需面对另外一个问题,即在找到一个"好故事"之后,如何把这个"好故事""讲"好,使其变得更具"趣味"。换句话说,就是要求编剧将故事讲得千转百回,跌宕起伏,以至于令观众陶醉其间,信以为真,从而产生"戏剧性"效果。编剧刘和平说,"戏剧性不完全

---

① 张萍:《故事·话语·叙述交流:〈奔跑吧兄弟〉的叙事学分析》,《中国电视》2016年第6期。
② (美)西摩·查特曼:《故事和话语》,徐强译,中国人民大学出版社2013年版,第10页。

等于观赏性,但在观赏性里,戏剧性是个核心"。① 涂彦认为,"电视剧'戏剧性'的营造,是关系到电视剧艺术是否具有艺术感染力的重要手段"。② 反过来说,一部电视剧如果没有戏剧性,便无法吸引观众,吸引不了观众,那么,所谓的"趣味"便无从谈起。这就要求编剧必须对所捕捉到的感性材料进行加工、提炼、再创造,将那些看似零散、毫无相干的人物、事件重新组合,使其产生关联,形成有机的统一体,在假定性的情境中,让这个虚构的世界里所有发生的一切看起来都能够自圆其说,合情合理,且又引人入胜,使人流连忘返。在这个意义上讲,剧本创作中,编剧更像领兵打仗的将军,在假定的艺术世界里,排兵布阵,运筹帷幄,尽情地发挥其军事才能,变幻无常,决胜千里,却又天衣无缝,不留痕迹。就像兵书上所说:"故善用兵者,譬如率然;率然者,常山之蛇也。击其首则尾至,击其尾则首至,击其中则首尾俱至。"③编剧一旦能将故事讲得如此出神入化,那么,达到钟嵘在《诗品》中所提到的"使味之者无极,闻之者动心"的艺术效果就指日可待了。

由此,我们不禁会追问,在具体的电视剧剧本创造中,又如何营造"戏剧性"呢?谭霈生在《论戏剧性》一书对戏剧性进行了具体全面的论述:"在假定性的情境中展开直观的动作;而这样的情境又能产生悬念、导致冲突;悬念吸引、诱导着观众,使他们通过因果相承的动作,洞察到人物性格与人物关系的本质。"④由此可知,情

---

① 贾东岩、武瑶:《〈北平无战事〉编剧技巧揭秘》,转引自涂彦:《浅析冲突的戏剧性效果——以电视剧〈北平无战事〉为例》,《中国电视》2015年第2期。

② 涂彦:《"戏剧性":电视剧艺术本体属性思辨》,《中国电视》2012年第1期。

③ (春秋)孙武:《孙子兵法》,鲁建荣注译,北京燕山出版社2005年版,第188页。

④ 谭霈生:《论戏剧性》,北京大学出版社1981年版,第234页。

境、动作、冲突、悬念等是构成"戏剧性"的重要因素。① 下面,我们逐一展开讨论。

(一)情境

谭霈生指出:"我们所说的戏剧情境,包含这两方面的内容:特定的情况、环境和特定的人物关系。特定的环境和情况,作用于剧中人物,使人物之间潜在的矛盾被揭露出来,这样,矛盾中的人物产生特定的动作,使矛盾爆发为冲突。"②涂彦认为:"所谓情境,是指影响剧中人物的特定环境、情况和关系,包括人物的生存环境(时代、社会大背景及具体生活环境)、特定情况或者事件、特定人物关系等等。"③狄德罗认为,"一切情节上的纠纷都是从人物性格引出来的,人们一般要找出显出人物性格的周围情况,把这些情况紧密联系起来,成为作品基础的就是情境"。④ 黑格尔提出,"在经验性的实际情况中,每一个动作都有许多先行条件,所以很难断定真正的开头究竟从哪一点起,不过就戏剧动作在本质上要设计一个具体冲突来说,合适的起点就应该在导致冲突的那个情境里"。⑤ 以上论述指出了情境的具体内涵及其在剧本创作中的重要性,并且这些道理同样适用于电视剧剧本的创作领域。

以近代传奇题材电视剧为例。众所周知,近代的中国内忧外患,局势动荡,天灾人祸,战乱频仍,匪患四起,整个国家和民族处

---

① 涂彦:《浅析冲突的戏剧性效果——以〈北平无战事〉为例》,《中国电视》,2015年第2期。

② 谭霈生:《论戏剧性》,北京大学出版社1981年版,第119页。

③ 涂彦:《浅析冲突的戏剧性效果——以〈北平无战事〉为例》,《中国电视》2015年第2期。

④ (法)狄德罗:《论戏剧艺术》,《文艺理论译丛》,人民文学出版社1958年版,第148页。

⑤ (德)黑格尔:《美学》(第三卷),朱光潜译,商务印书馆2006年版,第255页。

在风雨飘摇、危在旦夕之中。真实的社会生活已是纷乱复杂,作为反映现实的一种艺术形式,电视剧在对这段历史进行一定程度的艺术加工之后,剧中人物的命运就变得更为跌宕起伏,各种矛盾冲突也更为集中尖锐,其戏剧性、故事张力也更为强烈,剧情自然也更吸引人。虽然中国人历来安土重迁,可生逢乱世,苟且性命而不得时,人们求生的本能就会爆发,要么揭竿而起,斩木为兵,以命相抗;要么背井离乡,冒死闯荡,以图找到活下去的一线希望。在如此极端的生存环境中,身处其间的各种人物与同时代发所生的诸多历史大事件息息相关,其命运经历便变得大开大阖,大起大落,生死难料,充满变数,正是有了这样的情境,人物性格也被揭示得更为淋漓尽致。正如茅盾所言,"人物不得不在一定的环境中活动,因此,作品中就必须写到环境。作品中的环境描写,不论是社会环境或自然环境,都不是可有可无的装饰品,而是密切地联系着人物的思想和行动"。① 以电视剧《走西口》为例,民国初年,山西祁县年轻书生田青披荆斩棘,经过数年奋斗,在西北草原、荒漠间开辟出一条经商之路,但在经历了军阀混战、灾荒匪患等一系列打击之后,他最终深切地认识到,不把侵略者赶出去,做不成生意,于是带着儿子重新"走西口",投奔大青山游击队,走向了一条革命的道路。再如电视剧《勇敢的心》中,霍啸林因贴无头贴反对军阀而得罪了保安司令赵金虎,遭满门抄斩,亡命天涯的霍啸林拉起抗日的队伍,保家卫国,并在共产党人韩亲仁的感召下,最终成长为一名坚定的革命者。正如有论者所说,"郭靖宇(该剧的导演及编剧之一)擅长充分利用大时代背景,尤其是革命、抗日等这样的时代背景……这些时代事件去推动他的故事主人公,去改变主人公的

---

① 茅盾:《关于艺术的技巧》,《鼓吹集》,作家出版社1959年版,第108页。

第一章 "三味说":真味、趣味、味外之味

命运,从而激化戏剧矛盾"。①

情境是构成"戏剧性"的重要元素,对于近代传奇题材的电视剧剧本创作来说如此,对于都市情感题材的电视剧来说,亦是如此。如电视剧《双城生活》,该剧播出之后,引起了极大反响,受到观众的喜欢。究其原因,重要的一点就在于编剧王丽萍对戏剧情境的独特营造和设置。正如她自己所说:"我在剧里,给马伊琍演的郝京妮还加了一段火车上的偶遇,这是很特别的戏。男女有好感,飞机太短,不大真实,如果是火车上,特别是晚上的火车,就有了可能。晚上,铁轨的声音,窗外有一一闪过的树木、房屋,还有灯光,还有你听着那种寂寞的感觉,在火车上睡不着觉,你不会跟熟人敞开心扉,但是你却会跟一个陌生人交流感情。"②又如同样是由王丽萍创作的电视剧《生活启示录》,这部剧播出后,好评如潮,取得如此成绩,也离不开编剧对剧中情境的精心营造。观众对剧中男主角把球踢到女主角脸上的情境印象尤其深刻,对于这个情境的设置,编剧王丽萍解释道:"《生活启示录》是我想写一个姐弟恋题材。现实题材我觉得可能写的浪漫一些。特别是爱情戏,你怎么表现是需要想法子的。其他的情节可以制造,但是在浪漫的元素上一定要发挥你的想象力。当时我在想一个姐姐一个弟弟求爱可以放在哪里呢?一般来讲咖啡馆里拿一个蛋糕出来然后里面有一个戒指真的不稀奇,后来我想既然是姐弟恋,这个弟弟应该是活泼多动,所以我后来把这场戏放在足球场上,胡歌演的弟弟临门一脚,踢到了闫妮的脸上,特别喜感。"③这两部剧的成功,正是得

---

① 网易娱乐:《剧评人力荐〈大秧歌〉郭氏传奇口碑好后劲足》,网址:http://ent.163.com/15/1106/08/B7NNHV5B00032DGD.html。
② 王丽萍:《现实题材的创作思考》,网址:http://www.pailechuanmei.com/index.php/arc/show/id/73.html。
③ 王丽萍:《现实题材的创作思考》,网址:http://www.pailechuanmei.com/index.php/arc/show/id/73.html。

益于独特情境的设置,故事和人物显得真实的同时,戏剧性也营造得当,从而引起并满足了观众的审美趣味。

(二)冲突

黑格尔提出:"戏剧动作的情境,使个别人物的目的要从其他个别人物方面受到阻力,有一个同样要求表现的对立目的在挡住它达到实现的路,于是这种对立要求产生互相冲突和纠纷。因此,戏剧动作在本质上须是引起冲突的。"① 布伦退尔认为:"戏剧所表现的是人的意志与神秘力量或自然力量(它们使我们变得有限和渺小)之间的冲突,它将我们之中的一位放在舞台上,在那里,他反抗命运,反抗社会规律,反抗他的同类之一,反抗自己(假如需要的话),反抗他周围人等的野心、兴趣、偏见、蠢行和恶意。"② 美国戏剧理论家J.H.劳逊发展了布伦退尔的理论,将后者的"人的意志冲突"扩大为"社会性冲突",认为,"戏剧的基本特征是社会性冲突——人与人之间、个人与集体之间、集体与集体之间、个人或集体与社会或自然力量之间的冲突;在冲突中自觉意志被运用来实现某些特定的、可以理解的目标,它所具有的强度应足以导使冲突到达危机的顶点",进而指出,"由于戏剧是处理社会关系的,一次戏剧性冲突必须是一次社会性冲突"。③ 谭霈生则认为,应该用"性格冲突"代替"意志冲突","从实质上说,所谓'戏剧冲突',就是'性格冲突'"。"只有这种由鲜明个性构成的矛盾关系,才是真正的'戏剧冲突'。"因为,"意志只是个性中的一个因素,个性的含义要比意志广泛得多、丰富得多"。并且指出,以"性格冲突"作为戏

---

① (德)黑格尔:《美学》(第三卷下),朱光潜译,商务印书馆1981年版,第249页。

② 转引自劳逊:《戏剧与电影的剧作理论与技巧》,邵牧君、齐宙译,中国电影出版社1978年版,第80页。

③ (美)劳逊(J.H.Lowson):《戏剧与电影的剧作理论与技巧》,邵牧君、齐宙译,中国电影出版社1978年版,第207页。

第一章 "三味说":真味、趣味、味外之味

剧规律,还是医治戏剧雷同化的一剂良药。① 林清奇提出,"在文艺作品中,只有那些由于人物的不同个性所产生的性格冲突,而这些性格冲突又深深地扎根在生活的土壤里,展示着人物不同的生活道路和生活命运,这样的性格冲突才是真正的戏剧性冲突,才能拨动人们的心弦,引起人们的兴趣,从而才具有戏剧性"。② 以上所列举的中外戏剧理论家关于"冲突"定位和内涵的论述,虽存在角度的不同,但可以肯定的是他们在强调冲突在营造"戏剧性"或"趣味"的重要性上却是一致的。

谭霈生认为,冲突一般表现为人与环境、人与内心、人与人之间的冲突等几种,但无论要表现的是何种冲突,观众要求编剧给他们的是"人"。③ 因此,戏剧冲突的营造必须围绕"人"这个中心来展开。这段话虽然是针对戏剧创作而言的,但将这一理论放置于电视剧剧本创作领域,同样有效。为使问题的探讨更生动直观,下面我们仍以近代题材电视剧为例展开论述。如上文所说,这一类型的电视剧所讲述的故事时代背景极具特殊性,当时的中国风雨飘摇,动荡不安,在这样一种特殊的时代背景下,新旧思想的激烈交锋,相互碰撞,导致各种矛盾错综复杂,异常尖锐。如电视剧《大秧歌》中,宗法制下的虎头湾吴赵两家世代为仇,互不通婚,而分属吴赵两大家族的海猫父母的相爱便犯了禁忌,为此双双殉情。除了两个家族的矛盾之外,故事还融入了国共两党的内部矛盾、中日两国的外部矛盾等,使得主人公海猫的命运变得越发跌宕起伏,扣人心弦。这部剧播出后,反响很大,究其原因,重要的一点就在于剧中各种冲突的设置及其处在冲突之中的海猫这样一个跌宕起伏

---

① 谭霈生:《论戏剧性》,北京大学出版社2009年版,第65、66页。
② 林清奇:《论〈小二黑结婚〉的戏剧性》,《山西师大学报》1986年第3期。
③ 谭霈生:《论戏剧性》,北京大学出版社2009年版,第58页。

的人物形象的成功塑造。近代的中国局势动荡,落后与先进、文明与愚昧、内忧与外患交织纠缠。近半个世纪里,辛亥革命、军阀混战、抗日战争、解放战争等一系列大事件发生,而这些历史事件的每次出现,都促使着身处其间的每个个体生命必须做出抉择。于是,有人选择了得过且过,有人选择了理想信仰;有人选择了坚守,有人选择了放弃;有人选择当起了自保苟活,有人选择了为民请命。性格不同,选择便不同,也就产生了不同的命运。以电视剧《闯关东》为例。剧中,日本人森田逼朱开山归顺,朱开山无所畏惧,以暴制暴,用飞镖干掉了对方。朱开山的行为也就昭示了他的性格:正直倔强,宁折不弯。而他三个儿子也因性格不同,走向了不同的道路。大儿子朱孝文经不住诱惑,当了汉奸,他的行为昭示了他的性格:贪生怕死,懦弱无能,这就导致了他和朱开山父子之间的性格冲突。二儿子朱孝武从军报国,战死沙场,他的行为昭示了他的性格:血性刚烈,勇于担当。但朱孝武性格又执拗倔强,在自己的婚姻大事上,和父亲朱开山之间发生了冲突。在这个汇集了各色人等的舞台上,正是通过剧中人物与环境、人物与人物、人物与自身之间的种种冲突,我们看到了一个个栩栩如生的人物形象的同时,也领略到了一幅描绘特殊时期中国的历史画卷。

再如电视剧《康熙王朝》,这部剧的时间跨度很长,从康熙六岁时写起,到康熙驾崩而止,浓墨重彩地刻画了其波澜壮阔、充满传奇的一生。整个故事便由康熙这几十年的人生当中每个阶段所发生的大的冲突事件串联而成,包括他与鳌拜、吴三桂、葛尔丹之间的冲突等等,这样一系列的冲突设置,使得故事情节变得跌宕起伏,扣人心弦的同时,也使得剧中的人物形象与性格得到了细致生动的塑造与刻画,显得越发立体真实。

(三)动作

冲突的形态,既有跌宕起伏的外在呈现,也有人物的内心冲突。而体现冲突的最佳方式便是动作。从这个意义上来说,外部

第一章 "三味说"：真味、趣味、味外之味

冲突需要通过动作得以表现，内部冲突（人物内心）更需要通过动作来表现。正如黑格尔所说，"能把个人的性格，思想和目的最清楚地表现出来的是动作，人的最深刻方面只有通过动作才能见诸现实"。① 高尔基说，"要使艺术作品具有令人信服的教育作用，就必须使主人公们尽可能地多做事，少说话"。② 顾仲彝认为，动作是意志冲突的具体表现，不仅有外部的形体动作，还有内心动作和语言动作，外部形体动作总是和内心动作与语言动作密切结合在一起的。③ 涂彦认为，真正成功与独特的戏剧性，是通过人物有机的动作或行动来揭示人物隐秘的内心世界，表达人物的精神面貌和思想感情，引发观众的兴趣与共鸣。④ 因此，"编剧要赋予人物特定的外部动作，就必须准确把握人物的特定心理，让观众通过外部动作洞察人物内在的思想感情、心理状态、唤起观众的情感体验"。⑤ 以上论述，皆在表明，动作是营造"戏剧性"的又一不可或缺的重要元素。以电视剧《北平无战事》为例，该剧播出后之所以受到好评，一个重要的原因便在于它对人物内心冲突的精准把握和生动呈现。正如涂彦所说："剧中，国民党反腐一方接受'建丰同志'直接指挥的曾可达是一位对党国忠心耿耿、廉洁奉公的人。他曾盛怒之下将蒋经国送给北平分行总经理方步亭的杯子打碎，并拒绝属下为其担罪，认为'任何时候，都要以精诚面对领袖，面对党国。'然而，在历史的车轮面前，他的百般努力不过是螳臂挡车。当国民党败局已定，当他听到'建丰同志'亲口宣布币制改革失败、指

---

① （德）黑格尔：《美学》（第一卷），朱光潜译，商务印书馆1979年版，第270页。
② （苏）高尔基：《论文学》，人民文学出版社1978年版，第319页。
③ 顾仲彝：《编剧理论与技巧》，中国戏剧出版社1981年版，第124页。
④ 涂彦：《电视剧的"戏剧性"辨析》，《现代传播》2009年第4期。
⑤ 涂彦：《浅析冲突的戏剧性效果——以电视剧〈北平无战事〉为例》，《中国电视》2015年第2期。

示他今后要遵守纪律、保重身体时,他默默流泪,重重一拳打在桌子上,绝望之情令人动容。"①观众也正是通过曾可达这重重的一拳的外在动作,才深切地感受到了其内心的绝望之情。

再以电视剧《亮剑》为例,据相关统计,该剧五年播出3000次,《亮剑》之所以如此吸引人,与其成功塑造了李云龙这样一个独具个性的英雄人物密不可分。正如有论者所指出的那样,"该剧塑造了一个不完美的英雄形象,让观众觉得真实、可亲"。② 观众之所以感觉到李云龙这一人物真实可亲,一个重要的原因在于创作者对其内心世界的精准把握和刻画。如在该剧的第14集,日军山本部队抓走了李云龙的新婚妻子秀芹,躲进平安县城。李云龙决意救出自己的老婆,带领部队攻打县城。山本想利用秀芹和李云龙谈条件。为减少部队人员伤亡,李云龙最终选择了牺牲秀芹,向着城墙上开了炮。冲天火光中,日军被消灭,秀芹也香消玉殒,声嘶力竭的李云龙也一下瘫坐在地。这一瘫(动作)将其内心的悲痛之情淋漓尽致地表现了出来。

(四)台词

在叙事艺术的构成因素中,语言无疑占有重要位置。所以,高尔基说:"文学的第一个要素是语言。语言是文学的主要工具,它与各种事实、生活现象结合在一起,构成了文学的材料。"③又说:"文学创作的技巧,首先是在于研究语言,因为语言是一切著作、特别是文学作品的基本材料。……作为一种感人的力量,语言的真正的美,产生于言辞的准确、明晰和悦耳,这种言辞描绘出作品中

---

① 涂彦:《浅析冲突的戏剧性效果:以电视剧〈北平无战事〉为例》,《中国电视》2015年第2期。
② 姜炜宏:《〈亮剑〉5年播3000次,为何如此吸引人》,网址:http://www.taiwan.cn/plzhx/wyrt/201302/t20130220_3801741.htm。
③ (苏)高尔基:《和青年作家谈话》,《论文学》,周扬编:《马克思主义与文艺》,作家出版社1984年版,第96页。

的图景、人物性格和思想。"①文学如此,戏剧亦然。顾仲彝认为:"戏剧语言的作用大致分以下几种:描述说明,过场连接,推动剧情进展,揭示人物性格和在危机时刻表达人物的思想感情。当然,不是所有台词必须都是富于戏剧性的,但大多数台词必须是戏剧性的。"②作为一种既具长篇小说体量,又具有戏剧的审美特性——戏剧性的艺术样式,电视剧剧本创作更是特别重视语言(台词)的运用。而对话又是最为重要的台词样式之一。所以,黑格尔强调提出,"全面适用的戏剧形式是对话,只有通过对话,剧中人物才能达到自己的性格和目的"。③ 杨健、张先进一步指出,"如果对话的内容仅仅是双方对某一件事情的讲述,那么不用很久,就会引起观众的反感。但当对话变成了以表露说话者内心所思所想的时候,就会对观众产生吸引力。如果双方的内心再与对话内容相联系并相互促动,就会产生极强的戏剧性"。④ 这个背景下,为营造戏剧性,电视剧剧本创作过程中,编剧对台词的运用和把握至少应在以下几点着力:⑤

1.韵律性

本文所说的"韵律性"指的是电视剧剧本创作中,编剧对剧中人物对话的重音、语调、节奏等元素的艺术化加工和处理,以达到营造戏剧性之目的。

---

① (苏)高尔基:《论社会主义现实主义》,《〈论文学〉续集》,周扬编:《马克思主义与文艺》,作家出版社1984年版,第97页。
② 顾仲彝:《编剧理论与技巧》,中国戏剧出版社1981年版,第361页。
③ (德)黑格尔:《美学》(第三卷),商务印书馆1997年版,第259页。
④ 杨健、张先:《剧本写作初级教程》,文化艺术出版社2009年版,第22页。
⑤ 此划分借鉴了陈军的《论老舍小说中的戏剧性元素》一文。参见陈军:《论老舍小说中的戏剧性元素》,《中国现代文学研究丛刊》2007年第6期。

(1)重音

所谓"重音",汪克敏认为,指的是"朗诵、说话时为了突出主题,表达思想,抒发感情而对语句中的某些词语加以突出强调的语气现象。是传达人物意愿、态度的有力表现手段。……因此,重音掌握的准确与否,直接影响台词的目的性和人物的行动性"。[1] 这段话虽然是针对演员提出的,但运用于剧本的创作领域,道理亦然。换句话说,戏剧性营造的成功与否与编剧在电视剧剧本创作中对于台词重音的设置与把握准确与否息息相关。因此,如何设置重音,也就成了编剧在剧本创作过程中必须着重思考的问题。本书重点对以下几种设置台词重音[2]的方法加以论述:

①对比性重音

为达到加强形象、明确观点、渲染主题、深化情感的目的,编剧将一些对立的事物置放一起,形成对照,从而使得事物的特征与形象在比较中表现得更为突出、鲜明。[3] 以电视剧《北平无战事》为例(台词节选):

> 军官:方副局长,我请求给我们兵团李文司令打电话,他也兼着北平警备区的副总司令。
>
> 方孟韦:打电话,我告诉你,坐在中间那的那个何副校长,随时都能给司徒雷登大使打电话,你们李文司令能吗?

这里的"何副校长"和"李文司令"就形成了对比性重音。在剧

---

[1] 汪克敏:《表演艺术语言对白训练》,云南科技出版社2012年版,第2页。

[2] 关于重音设置的几种方法参考了汪克敏《表演艺术语言对白训练》一书。

[3] 汪克敏:《表演艺术语言对白训练》,云南科技出版社2012年版,第3页。

中,由于国军飞机被用来走私民生物资,引发北平学生抗议,于是国民党北平警备总司令部调集军警抓捕学生,而以副校长何其沧为首的开明教授出面保护学生。方孟韦的身份是北平警察局副局长兼北平警备总司令部侦缉处副处长,他虽然奉命抓捕学生,但他是一个正直的青年军官,他不满军方抓捕学生的行为,但又不得不奉命行事,一边是情感,一边是命令,处在了两难境地。副校长何其沧声称要给美国大使司徒雷登打电话,单纯的方孟韦信以为真,他寄希望于美国人能出面来调停此事,所以与急着抓人的军警发生了矛盾。由此,通过对比重音,观众也就看到了方孟韦这样一个青年军官身上存在的矛盾性,一方面他不满国军抓捕学生,显示了他的正直,一方面他将解决问题的希望寄托于美国人,显示了他思想上的单纯与局限。

②比喻性重音

强调台词中的比喻性词语,可以化抽象为具体,变深奥为浅显,使台词顿生情趣,令观众难以忘怀。① 例如:电视剧《亮剑》(台词节选):

李云龙:人啊,只能同患难,不能共享福,我看楚云飞现在是老猫枕咸鱼。

赵刚:此话怎讲?

李云龙:这不是一目了然吗? 安化县一旦落入楚云飞的手中,你看,咱们独立团的地盘,东西不能相连,南北不能相顾,地盘是大,可是地盘再大,不过是楚云飞枕下的咸鱼,你让老猫枕着咸鱼睡,他能睡得着吗?

---

① 汪克敏:《表演艺术语言对白训练》,云南科技出版社2012年版,第4页。

在剧中,此时的日军已经投降,随着民族矛盾的解决,阶级矛盾开始上升为主要矛盾。这个背景下,在李云龙看来,作为代表国民党一方的楚云飞就是一只老猫,而安化县周围的地盘,在楚云飞眼里就是自己枕下的咸鱼,他绝对不允许这些地盘被共产党的部队占据,所以,一旦时机成熟,楚云飞就会动手抢去。编剧在创作中通过李云龙之口说出老猫咸鱼这个比喻,既通俗易懂,又生动贴切。

再例如电视剧《北平无战事》(台词节选):

方步亭:如果你要是忘了,就回去查查你在中统方面的手册,上面有没有一条写着,共产党,尤其是周恩来,最善于下闲棋,烧冷灶。

方孟韦:爹,你的意思是,崔副主任是共产党下在您身边的一着闲棋,而大哥是崔副主任烧的冷灶?

剧中,方步亭的大儿子方孟敖因为违抗军令拒绝轰炸开封,被控有通共嫌疑,被送上法庭。中央银行北平分行金库副主任、中共地下党员崔中石赶往南京设法营救方孟敖。崔中石这样的角色看上去普通平常,可新中国的诞生,离不开这样低调、看似闲棋似的千千万万个中共地下党员的默默付出,无私奉献。方孟敖身为国民党空军笕桥航校上校教官,能力卓越,一腔热血,却报国无门,不被重用,所以,被喻为冷灶。方步亭说共产党,尤其是周恩来最擅于下闲棋,烧冷灶,这也从另一个侧面说明了以周恩来为代表的共产党员胸怀大局,高瞻远瞩,具有常人所无法企及的战略眼光和非凡气度。

(2)语调

老舍指出:"我们若要传达悲情,我们就须选择些色彩不太强烈的字,声音不太响亮的字,造成稍长的句子,使大家读了,因语调

第一章 "三味说":真味、趣味、味外之味

的缓慢,文字的暗淡而感到悲哀。反之,我们若要传达慷慨激昂的情感,我们就须用明快强烈的语言。"①汪克敏认为:"语调的功能除了表达语意之外,对于表达说话人的思想感情和态度以及揭示说话人的内心活动和人物性格都起到了非常重要的作用。"②这些话用来指导电视剧剧本的创作同样有效。在电视剧创作中,演员说出的每句台词,都有一定的语调,都融注了编剧对剧中人物鲜明的态度、强烈的愿望、浓厚的思想感情。从这个意义上讲,对语调的设定运用成功与否,直接决定着戏剧性的营造。有鉴于此,为突出戏剧性效果,编剧在语调的设定上必须进行深入思考。本文认为,在语调的设定上,编剧至少应遵循以下几种原则:

①词中人物说话的语调设定要以剧中人物的性格、年龄、职业、习惯为基础。也就是说,剧中人物说出的话要与他的身份地位相符。同时,这也是塑造人物形象的有效方式。如电视剧《闯关东》中的朱家大儿媳妇那文,她出身皇室贵族,虽然大清国灭亡了,可她的身上依然残留着那种大家闺秀的优越感,在逃荒的路上,住旅馆时,看到跳蚤和蟑螂就一惊一乍地喊,尽管吃没吃的喝没喝的,可说话时仍然拿腔拿调,端着大小姐的架子,令观众看后忍俊不禁。

②台词中人物说话的语调源于具体情境。例如电视剧《闯关东》(台词节选):

传文娘:亲家,俺今天是破了规矩,亲自来迎亲了。俺们刚才在路上遭了土匪。一袋小米一粒没剩,全给抢走了。俺想好了,算俺老朱家欠你的。俺给你立个字据。等灾年一过,

---

① 老舍:《老舍论创作》,上海文艺出版社1982年版,第219页。
② 汪克敏:《表演艺术语言对白训练》,云南科技出版社2012年版,第14页。

就加倍地还你。求你成全了两个孩子吧。

  鲜儿爹：半路被土匪抢了？呵呵，哎呀，这事真巧，这土匪早不到，晚不到，偏偏这个时候到。

  剧中，山东章丘朱家的大儿子朱传文要娶谭家闺女谭鲜儿，谭家提出要一石小米做彩礼，可朱家拿不出这一石小米，致使婚事一拖再拖。一石小米好不容易凑齐了，却又在娶亲的路上被土匪劫了。传文娘决定亲自带着队伍去谭家迎亲，把实情相告，结果谭鲜儿爹不相信。此时传文的爹朱开山因为闹义和团失败为逃官府缉拿出去闯关东已经四年，音讯皆无，留下传文娘带着三个孩子守在家苦捱日子，鲜儿爹认为传文娘这么做是在耍心眼、使计策，糊弄他，其目的是想把鲜儿娶走却又不付出代价。于是，对传文娘的话不以为然，于是便接着传文娘的话，反问了一句"被土匪抢了？"显然，语气中透出了他对传文娘的不信、不屑与挖苦。

（3）节奏

  在台词营造戏剧性这一层面上，除了上述重音、语调之外，节奏是其中的又一重要因素。节奏是戏剧动作的"脉搏"，"如果缺失契合剧情、人物的语言节奏，也就削弱了表演的张力，降低了戏剧的可观性"。[①] 戏剧如此，电视剧亦然。这个背影下，为突出戏剧性效果，对台词节奏的把握也是编剧在具体的电视剧剧本创作中的着力点。本文重点对以下几种节奏类型[②]进行考察：

①高亢的

  例如，电视剧《亮剑》中，李云龙在南京军事学院毕业论文答辩会上有一段演讲（台词节选）：

---

 ① 汪克敏：《表演艺术语言对白训练》，云南科技出版社2012年版，第4页。
 ② 节奏类型的划分参考了胡爱民的《台词：表演中台词阐释的艺术》一书。

第一章 "三味说":真味、趣味、味外之味

> 同志们,我先来解释下什么叫亮剑。古代剑客们在与对手狭路相逢时,无论对手有多么强大,就算对方是天下第一剑客,明知不敌,也要亮出自己的宝剑。即使倒在对手的剑下,也虽败犹荣,这就是亮剑精神,事实证明,一支具有优良传统的部队,往往具有培养英雄的土壤,英雄或是优秀军人的出现,往往是由集体形式出现,而不是由个体形式出现,理由很简单,他们受到同样传统的影响,养成了同样的性格和气质……任何一支部队都有自己的传统,传统是什么,传统是一种性格,是一种气质,这种传统和性格,是由这支部队组建时,首任军事首长的性格和气质决定的,他给这支部队注入了灵魂,从此,不管岁月流失、人员更迭,这支部队灵魂永在。同志们,这是什么?这就是我们的军魂,我们进行了二十二年的武装斗争,从弱小逐渐走向强大,我们靠得是什么?我们靠得就是这种军魂,我们靠得就是我们军队广大指战员的战斗意志,纵然是敌众我寡,纵然是身陷重围,但是我们敢于亮剑,我们敢于战斗到最后一个人,一句话,狭路相逢,勇者胜。

这段台词在音律上多用上声,铿锵有力,激越高亢,密集运用设问、排比等修辞手法,形成一种排山倒海的恢宏气势,并且语速紧,起伏大,节奏快,形成了一种积极昂扬、热血沸腾的审美效果。

②凝重的

这种类型的节奏一般多抑少扬,多重少轻,运用的语言气势较平稳、语速偏慢,重点处的语调、语言气势转换形式都显得分量较重。①

例如电视剧《北平无战事》中,方孟敖在法庭上接受法官询问,

---

① 胡爱民:《台词:表演中台词阐释的艺术》,中国电影出版社 2010 年版,第 151 页。

有一段关于自己为什么违抗军令不轰炸开封的陈词,就是典型的凝重节奏(台词节选):

> 民国二十七年六月五日,日本侵略军出动飞机二十三架次,对我开封实施无差别轰炸,炸死炸伤我中国同胞一千余人,开封城百姓房屋毁于战火,一片焦土,数十万同胞流离失所,无家可归,请法官再看一下,照片中的铁塔,那是建于宋仁宗时期的古塔,当日,遭日军炸弹轰击六十二发,塔身中部损毁十余丈,抗战胜利才三年,竟然是我们国军空军作战指挥部下达了和日军侵略军同样的命令,名曰轰炸共军,实则是联合国都明令禁止的无差别轰炸,我想问一下,是谁下的命令?我们不轰炸自己的百姓,不轰炸自己的城市,反倒成了危害国家安全罪,请问公诉人,陆海军刑法,哪一条能定我们危害国家安全罪?请你现在就回答。

这段话,语调低沉,节奏凝重,编剧通过方孟敖之口既表达心中对三年前开封这座古城(还有这座古城的百姓)遭受日军轰炸的沉痛之感,又倾诉了对三年之后国军竟下达与日军无异的轰炸命令来轰炸自己国民的悲愤之情。

2.动作性

史雷格尔说:"如果剧中人物彼此之间尽管表现了思想和情感,但是互不影响对话的一方,而双方的心情自始至终没有变化,那么,即使双方对话的内容值得注意,也引不起戏剧的兴趣。"[①]顾仲彝认为:"戏剧台词必须含有意图,它和整个场面一样,戏剧台词可以具有有意识的行动,也可以有无意识的行动。不管意识的程

---

① (德)史雷格尔:《戏剧性及其他》,因生译,《古典文艺理论译丛》(第11册),人民文学出版社1966年版,第229、230页。

第一章 "三味说":真味、趣味、味外之味

度如何,其中的意图是必要的,有动作性的台词有:请求、探询、调查、质问、商议、宣誓、讹诈、迷恋、诱惑、谄媚、责备、控告、欺侮、凌辱、挑战、攻击、警戒、劝告、防止、辩护……等等。就是在沉默中也可以表示意图,表现反抗、不屑作答、轻蔑侮辱、掩盖威胁、忍气吞声……等等。"[1]上述观点虽是针对戏剧而言的,但这些道理用来指导电视剧剧本创作,同样有效,即为了推动情节、冲突的发展,营造戏剧性效果,剧本中的人物对话必须具有"动作性"。例如电视剧《亮剑》(台词节选):

> 楚云飞:云龙兄,我的部队要扩编了,还有个副师长的位置空着,你有兴趣吗?……
>
> 李云龙:这是好事啊,我知道,楚兄有什么好事都是替我着想,不过你让我考虑考虑,升官发财是我一辈子都惦记的事,来,喝酒喝酒,我随便问一句,楚兄不光惦记我李云龙吧,我那一团人马是不是楚兄也有考虑啊?
>
> 楚云飞:当然,贵团战斗力之强悍,第二战区同仁有目共睹,这么好的部队,云龙兄恐怕也舍不得丢下,还是带着一起走吧。
>
> 李云龙:还是楚兄够意思啊,贵党要取消边区政府,这是一个秘密吧,楚兄提前向我透露,这说明你没拿我当外人。
>
> 楚云飞:不不不,云龙兄误会了,现在还是国共合作时期,没有人要取消贵党的边区政府,只是我个人这么想,如果说得不对,还望云龙兄指教,一个国家只有一个政府,一个主义对不对?
>
> 李云龙:兄弟啊,不瞒你说,我是一脑袋浆子,我听不大明

---

[1] 顾仲彝:《编剧理论与技巧》,中国戏剧出版社1982年版,第375、376页。

白,一个政府是哪个政府啊?一个主义是哪个主义啊?

楚云飞:一个政府当然是国民政府,一个主义当然是三民主义了。

李云龙:我听明白了,国民政府是蒋委员长当家,楚兄的意思是整个一个中国都是姓蒋的说了算。

楚云飞:我当然要服从领袖,领袖是不会错的。

李云龙:楚兄啊,当年我在大别山的时候,赶上灾年连饭都吃不上,那时候咱们领袖哪儿去了?他凭什么让我饿肚子?这个时候,咱们领袖回来了,我凭什么认他是我的领袖啊?

……

李云龙:哈哈,没听说过,国家要是他蒋委员长一个人的,那咱和日本人打什么仗?让蒋委员长一个人去打不就得了吗?我还回大别山去编筐去。

楚云飞:云龙兄,你的话说得越来越出圈了。

剧中,二人这段对话,楚云飞的语言动作具有明确的目的性,他预料到抗日战争胜利后,国共两党必有一战,而他与李云龙必将成为对手。加之,他又接到上锋下达的除掉李云龙的命令,作为军人,他必须执行。可从个人情感而言,他敬李云龙为人豪肝义胆,英雄相惜,于是又想拉拢李云龙为其所用。所以,楚云飞在李云龙的上述谈话中,恩威并施,采取了一面施压,一面拉拢的策略。而李云龙毫不示弱,为此双方唇枪舌剑。于是,双方的性格、意愿、信仰等等,在此番对话中被展示得淋漓尽致,极大地增强了艺术效果。

3.性格化

人物语言的性格化问题一直是古今中外的戏剧理论家所关注的重点。如前文所述,清代李渔提出:"以情乃一人之情,说张三要象张三,难通融于李四。"①孔尚任认为:"摹写左、黄二帅,各人心事、各人身分、各人见事,丝毫不同,而皆无伤人情,不碍天理。是何等笔墨,真可为造化在手矣。"②老舍强调,"写对话的目的是为了使人物性格更鲜明,而不只是为了交待情节"。黑格尔更是将人物性格提到了前所未有的高度:"性格就是理想艺术表现的真正中心。"进而指出,"只有把这种外在的起点刻画成为动作和性格,才能见出真正的艺术本领"。③ 以上观点和见解可以归结为一句话:人物是戏剧的灵魂,而性格化则是人物塑造的核心。所以,刻画人物性格是所有叙事性艺术创作的重中之重,电视剧剧本创作也不例外,而台词则是刻画人物性格的重要路径和有效手段。换句话说,剧中人物的语言要体现出"这一个"的特点,不能搞千人一腔,人物角色说出的话要跟他在剧中的身份地位相符,要体现出他自身的精神气质和性格特征,唯有如此,才能把人物刻画得立体丰富,才能更好地营造戏剧张力。否则就会走向事物的反面。正如杨洪涛所说,"对于电视剧而言,语言的塑造为推动叙事发展、表现人物性格、渲染剧作情感起到了关键作用,而很多电视剧,重视画面及演员的形体塑造有余,对于声音语言的塑造却不足或曰不够重视,甚至有的剧作,演员在声音塑造上千篇一律,缺乏辨识度和针对性,这是值得创作者认真思考的问题"。④ 这里提到的人物声音的塑造"缺乏辨识度"某种程度上而言就属于我们"性格化"所讨

---

① 李渔:《闲情偶寄·戒浮泛》,《李渔全集》第三卷,浙江古籍出版社1992年,第22页。

② (清)孔尚任:《桃花扇》,云亭山人评点,上海古籍出版社2012年版,第103~104页。

③ 老舍:《人物、语言及其他》,《老舍全集》(第16卷),人民文学出版社2013年版,第274、300、315页。

④ 杨洪涛:《从热播剧中谈电视剧人物的声音语言塑造》,《中国电视》2013年第1期。

论的范畴,也是我们提倡"性格化"所要解决的问题。

为使问题的讨论更直观,这里以由笔者参与编剧的电视剧《英雄连》剧本中的一段对话为例。

故事的背景是中日淞沪会战,国军一连奉命夺回被日军占领的一个据点。进攻中,由于缺乏火炮支撑,该连被日军切割,孤军深入的一排遭敌包围,恰在这时,一连接到了上锋撤退的命令,于是围绕要不要救一排这一问题,大家产生了分歧,若救一排,就是违抗上峰的撤退命令,若不救,一排就会被日军吃掉。此时,主人公越威和连长有一段对话:

1—33 街垒　日　外

一个被炮火熏得灰头土脸的参谋跑了过来,他带来了向富山的手谕。

参谋:孙连长,团长命令部队迅速跟日军脱离接触,马上撤退。

孙连成听了,如雷轰顶。

孙连成(大声):撤退?撤哪儿去?我他妈的一个排的兄弟还在里边被鬼子堵着呢?不管了?

参谋:孙连长,这是上锋的命令,现在大批的鬼子已经迂回成功,如果不迅速脱离战场,咱们的部队就很可能被包了饺子,真要那样,后果不堪设想,现在不是意气用事的时候,孙连长三思啊!

孙连成:咱们的炮呢?团长不是让战防排支援我们吗?第一轮打得不是挺好的吗,妈的,怎么只打了一波,再听不到声儿了?

参谋(叹气):战防炮被鬼子的舰载炮摧毁了一门,余下的两门因为找不到合适的阵地,吓得无论如何不敢再开炮了。

孙连成无语了,刚要下撤退命令,越威端着枪,气喘喘地跑了上来。

越威：连长，真撤啊？

孙连长（叹气）：没办法，上锋有令，通知兄弟们，撤吧！

越威（头一歪）：不行。

孙连成：什么玩意不行，战场抗命，违令不从，那是杀头的罪，上头怪罪下来，这个雷谁顶？

越威（脖子一梗）：我！

孙连成（生气）：你？少废话，马上撤。

越威（坚决）：要撤，你们撤，我不撤！

孙连成：妈的，你小子的驴脾气又犯了是不是，你跟我犟有个蛋用？这是上边的命令。

越威（决绝）：我不管它上边还是下边，我只知道一排的兄弟还在里边跟鬼子激战，这个时候咱们怎么能撤？连长，你听，这是咱们的枪声，一排长他们还活着，连长，还记得来上海之前，咱们说过什么吗？生死相依，不离不弃，现在呢，现在就是检验这句话的时候，别说一排长他们还活着，即便他们战死了，咱们也应该死一块，不能就这么扔下他们不管，咱得去救他们。

孙连成（眼睛开始有泪打转）：妈的，你小子以为我不想救他们吗，手心手背都是肉，他们是你的兄弟，难道不是我孙连成的兄弟吗，眼瞅着自己的兄弟死在鬼子的刺刀下，我不心疼吗，可眼下这种情况，我又能有什么办法，啊？前边就是鬼子的坦克，咱们拿什么救他们，又怎么去救他们，难不成飞过去吗？

越威（语气坚定而淡然）：对，就是飞过去。

孙连成一怔。

越威：连长，既然这样，你带兄弟们先撤吧，可撤退前，我只求你一件事，你带兄弟们再从正面向鬼子发起一次佯攻，吸引鬼子的注意力,就几分钟,几分钟后你带兄弟们就撤,连长,到时万一救不出一排长,说明我也战死了,就算是我这辈子最后一次求您吧!

孙连成(愣):你……

越威:连长临分手,我您再敬个礼,也许是我这辈子给您敬的最后一个礼了。

啪,一个标准的军礼。

孙连成喉结动了动,话到嘴边又咽了下去,泪实在忍不住了,哗地滚出眼眶。

越威不再停留,冲着一班的兄弟挥手。

一队人瞬间跑远。

孙连成抹了一把泪,扭过脸:兄弟们,准备家伙。

通过这段对话,越威和孙连成两个人的性格可以说得以突显。孙连成作为基层连队的主官,既要听命于上峰,又要对属下兄弟负责,夹在中间,进退失据,同时,这也反映出了他犹豫不决、优柔寡断的性格。相比之下,面对一排几十号兄弟命悬一线的生死关头,越威甘冒战场违命杀头的危险,也要毅然前往救出一排,反映了他视兄弟如手足,重情重义、英勇果敢的性格。

编剧姜伟说:"人物一定要各有各的态度,各有各的语言,绝不能重合、相似,这样才有意思,有看点。"① 通过台词塑造性格化的人物形象是电视剧创作的重要法宝,也是一部电视剧获得永久艺术生命力的必由之路。试以电视剧《潜伏》为例,这部剧在豆瓣的评分高达 9.2,83632 人参与评价,五星比例占到 66.9%。该剧受到如此欢迎,跟它的戏剧语言切实做到了"说一人,肖一人"密不可

---

① 刘心印:《专访〈潜伏〉编剧兼导演姜伟:好剧不会"潜伏"》,《人民日报》2009 年 4 月 20 日第 11 版。

分。以剧中的女主角王翠萍为例,他在被组织委派进城与余则成扮作假夫妻之前,原是太行山区的一名游击队长,性情单纯而刚烈。在该剧第 4 集中,余则成和同事(其实是负责监视余则成的特务)去接王翠萍。王翠萍与余则成素不相识,乍一见面,王翠萍无法马上确认眼前站着两个人当中哪个才是余则成,情势瞬间变得紧张。余则成于是故作镇定地点拨她:"你睡糊涂了你,快下车呀!"缓过神的王翠萍马上粗声大嗓地回答:"谁睡糊涂了,我等了你两个时辰了,我不睡觉干嘛?"余则成说,"我给你的信上都写清楚了,是这个时间,我没晚啊!"王翠萍则一脸的不耐烦:"废什么话啊,我又不识字,小五子给我念了一遍,我能记得住吗?"短短几句话,把一个野性淳朴却又灵动活泛的女性形象刻画得惟妙惟肖。正如有论者所言,"这一亮相、几句台词,一个没出过黄土高坡、没见过世面、咋咋呼呼、没有文化、没有教养、懒散散、土得掉渣的女人猛然出现在大家面前"。① 再如电视剧《亮剑》,剧中的李云龙是一个当兵前只读过一年私塾的八路军独立团团长,他能征善战,却粗野散漫。在该剧第 24 集中,李云龙向护士田雨求婚成功,到田家拜会其父母,结果田雨的父亲田墨轩坚决不同意这桩婚事。为此,李云龙和田墨轩发生了激烈争吵,最后,李云龙说:"你不同意,我可以等着,我也在这里表个态,我李云龙尊重长辈,也忠实我和小田的感情,实话跟你说,天下的姑娘千千万,我还非你女儿不娶了。"通过这场交锋,既让观众看到了李云龙身上被田父指责为"粗鲁"的一面,又让观众看到了李云龙身上被田母称为"童趣"的一面。正如王雨萌所说,"李云龙式的恋爱尽显其本色"。②

---

① 参阅网址:https://baike.sogou.com/h8410754.htm? sp=Snext&sp=176765478。

② 王雨萌:《〈亮剑〉是怎样"亮"出来的——浅谈电视剧〈亮剑〉的情节设置》,《中国电视》2006 年第 3 期。

另外，需要特别指出的是，潜台词亦是营造戏剧性的一个重要手段。所谓潜台词，"浅显地说就是指潜在于人物台词（包括无语的动作）中真正含义，是剧作家没有写出，而贯穿在表演和台词之中的无声的语言，在特定的情境下，反映人物说话的目的和实质。斯坦尼斯拉夫斯基曾为潜台词下过这样的定义：'就是角色明显的内心感觉到的'人的精神生活'，它在台词字句底下不断地流动着，随时都给予台词以根据，赋予台词以生命。'"[①]就此而言，潜台词就是我们常说的"弦外之音""言外之意"。正像画家作画过程中的"留白"一样，它是剧作家有意不把话说得太过直白，而是采取曲径通幽的方式，将台词说得委婉、含蓄。它需要演员的二度创作，更需要观众的细心揣摩，它要观众在观剧过程中，不能只停留在它的字面意思上，还要根本自己的人生经验、剧中人物所处的具体语境，进行必要的补充和想象。具体到电视剧创作中，编剧若能较好地做到对潜台词的运用，在戏剧性的营造上就会收到事半功倍的艺术效果。以电视剧《北平无战事》为例，剧中，方孟韦和崔中石有一段谈话（台词节选）：

  方孟韦：崔叔，我只说一件事，你做到了，我拼了命也保你，我大哥是个性情中人，也是一个难得的好人，我只要求你，今后做任何事情，都不要再牵连到他。崔叔，我们今天说的话到此为止，你明白我明白就行，不要再让第三个人知道。

在剧中，中央银行北平分行副主任崔中石的共产党员身份开始被铁血救国会的曾可达、北平银行行长方步亭怀疑和察觉。这种情况下，方孟韦既想帮崔中石，但又担心崔中石真的是共产党，

---

① 胡爱民：《台词：表演中台词阐释的艺术》，中国电影出版社 2010 年版，第 166 页。

让自己的哥哥受到牵连,所以,才说出了上面这段话。剧作家通过这段话,成功地刻画了方孟韦这一人物的复杂性格:正直、善良、单纯,同时又带有天然的阶级局限性。

(五)悬念

在中外编剧理论史上,关于悬念的论述一直不乏其人。李渔指出,"(收煞)宜紧,忌宽。宜热,忌冷。宜作郑五歇后,令人揣摩下文,不知此事如何结果。如做把戏者,暗藏一物于盆盎衣袖之中,做定而令人射覆,此正做定之际,众人射覆之时也。戏法无真假,戏文无工拙,只是使人想不到,猜不着,便是好戏法,好戏文。猜破而后出之,则观者索然,作者赧然,不如藏拙之为妙矣"。① 谭霈生认为,"在剧本中,悬念正是关系到戏剧性的一个重要问题。如果说,任何技巧的运用都与戏剧性有关,那么,在所有戏剧技巧之中,悬念在这方面则显得尤为重要。在很多剧本中都可以找到这样的例子:悬念完全消失的地方,戏剧性也就不存在了"。② 英国戏剧理论家阿契尔指出,"戏剧理论的矛盾在于:一方面我们的目的是要使写出来的剧本能久演不衰,或者至少家喻户晓,因而自然地,任何一场演出中的颇大一部分观众,会事先就知道它的内容;而另一方面,我们却一直在考虑如何才能唤起和保持只有第一次看到这个戏,事先对它的剧情毫无所知的人才会有的那种兴趣,或者更准确点说,那种好奇心"。③ 亨脱强调,"'使观众笑,使观众哭,使观众期待'是一句对剧作家很好的箴言。……舞台上的惊人之事必须早有预示,突然发生的事必须让观众早就料到。这是写

---

① 李渔:《闲情偶寄·小收煞》,《李渔全集》第三卷,浙江古籍出版社1992年版,第63页。
② 谭霈生:《论戏剧性》,北京大学出版社2009年版,第166页。
③ (英)威廉·阿契尔:《剧作法》,吴钧燮、聂文杞译,中国戏剧出版社2004年版,第129页。

作技巧的有力的考验。……戏剧的悬念,或戏剧的讽刺——是差不多所有一切成功的戏剧效果的源泉、根据和生命"。① 美剧《权力的游戏》的编剧乔治·马丁说,"我不想让我的读者有一刻放松……我要让读者觉得感到恐惧,要让他们担心角色是否能活下来。……我需要我的故事不一样,你永远无法知道下一刻会有什么发生在这个角色身上"。② 凡此种种,皆在强调悬念对于戏剧、电视剧创作的重要性。

以年代传奇剧《大秧歌》为例。所谓传奇剧,马剑良认为,"往往故事奇特,人物关系复杂,环环相扣,事件扑朔迷离,引人入胜,往往给观众以预料之外、情理之中的强烈印象"。③《大秧歌》便是如此,一开场,就是吴家大小姐遭到土匪黑煞等人的拦路抢劫,人仰马翻中,从半空落下的吴家大小姐正巧砸在正在玉米地睡觉的海猫身上。从二人对话中,观众得知海猫要去虎头湾寻找与自己失散了二十多年的亲生父母,这里也就设下一个悬念,海猫是何许人也?二十年前发生了什么事情使和他和自己的父母失散?他的父母又是什么人?海猫和吴家大小姐在从聚龙岛出逃的路上又巧遇被保安团追杀的王天凯,王天凯又是何身份?保安团为何要追杀他?正是这样一个个偶然、巧遇,使得剧情跌宕起伏,扣人心弦,这产生了巨大的吸引力,观众不得不一集集地追下去,以探究竟。

综上所述,情境、冲突、情节、台词、悬念等是构成"戏剧性"不可分割的要素,也是作品生成"趣味"的重要手段与方法,编剧在创作过程中一定要学会全面系统地掌握这些手法和技巧,并对其加

---

① 转引自顾仲彝:《编剧理论与技巧》,中国戏剧出版社1981年版,第153页。
② 新浪网:《专访〈冰与火之歌:权力的游戏〉之父乔治·马丁》,网址:http://news.mtime.com/2012/05/25/1489192-2.html。
③ 马剑良:《传奇电视剧〈打狗棍〉的情节设置》,《中国电视》2014年第8期。

第一章 "三味说":真味、趣味、味外之味

以合理灵活地运用。

当然,应该指出的是,我们在强调编剧在电视剧剧本创作中应有"戏"的意识,为生成"趣味",应注重戏剧性营造的同时,也要避免走向唯技巧论的极端。正如阿契尔所说,"我们首先必须关心的是如何去引起和保持观众的好奇心,尽管我们也永远不应该忘记,这只不过是最终获得观众更高更持久的兴趣的一种手段而已"。① 这段话强调了"戏"的重要,但同时也提醒我们:"奇"和"趣"都只是吸引观众的手段,而不是戏剧创作的目的和最高追求。又如顾仲彝所说,"批评无冲突论,也要防止另一极端,混淆黑白,颠倒是非的写法,正是一味追求'冲突',为冲突而冲突的必然结果,这种唯冲突论的影响,是值得我们警惕的。我们反对不承认戏剧规律的无冲突论,也反对过分强调冲突,因而人为地夸大和虚构生活矛盾冲突,以致歪曲生活和人物"。② 戏剧创作如此,电视剧剧本创作亦应作如是观。一言以蔽之,编剧不能将"戏剧性"作为电视剧剧本创作的终极追求。换句话说,一个真正优秀的电视剧编剧不会将自己的艺术追求仅仅停留在故事层面上。正如有论者所说,在故事层面上进行操作的类型化设计,其终极目标也仅仅止于讲述一个曲折离奇、跌宕感人的故事,而无法超越这个层面,去完成更高的目标——对人类精神世界的探索。于是,有志于通过电视剧的艺术手段对人生、对社会进行深刻思考的创作者,便不会囿于类型化的局限而停步不前。真正优秀的创作者会将自己对生活的个人化的独特思考提升到精神领域中进行探讨,并在哲理思辨的高

---

① (英)威廉·阿契尔:《剧作法》,吴钧燮、聂文杞译,中国戏剧出版社2004年版,第148页。
② 顾仲彝:《编剧理论与技巧》,中国戏剧出版社1981年版,第68页。

度上给观众以启示。① 从这个意义上讲,一部真正优秀的电视剧剧本并不会单纯地以吸引观众的好奇心为宗旨。质言之,一个真正优秀的有出息的电视剧编剧也不会以生成"趣味"作为其创作的最高追求,他不会满足于写一己悲欢、杯水风波,而是会站在全人类生存的高度,向着创作出能给人们以心灵的慰藉、精神的指引、终极性的关怀的"味外之味"这一更高层面挺进。

第三节　味外之味:中国电视剧编剧艺术的第三境界

　　整体上来看,与西方相比,我国古代文艺理论有一个明显的特色,即在关照文艺作品时,无论是抒情性的还是叙事性的,都以其是否能产生"味外之味"作为最高评价标准。在诗歌领域,司空图说:"文之难,而诗尤难。古今之喻多矣,愚以为辨于味而后可以言诗也。江岭之南,凡足资于适口者,若醯非不酸也,止于酸而已。若鹾非不咸也,止于咸而已。中华之人所以充饥而遽辍者,知其咸酸之外,醇美者有所乏耳。……近而不浮,远而不尽,然后可以言韵外之致耳。"②这里的"近而不浮,远而不尽","前者指对构成意境的具体景象的描写要真实自然,如在目前,则不空泛;后者指由这些具体景象构成的意境应当含蓄深远,有无穷之余味"。③ 进入戏剧领域,王骥德提出"风神说",在他看来,那些可称之为"神品"

---

① 邢戈:《故事层面·精神层面——电视剧类型化创作得失管窥》,《中国电视》2007年第11期。
② 司空图:《与李生论诗书》,《诗品集解·续诗品注》,郭绍虞辑注,人民文学出版社1963年版,第47页。
③ 张少康、刘三富:《中国文学理论批评发展史》,北京大学出版社2003年版,第443页。

第一章 "三味说":真味、趣味、味外之味

的戏剧作品,"其妙处,政不在声调之中,而在句字之外,又须烟波渺漫,姿态横逸,揽之不得,挹之不尽。摹改则令人神荡,写怨则令人断肠,不在快人,而在动人。此所谓'风神',所谓'标韵',所谓'动吾天机'。不知所以然而然,方是神品,方是绝技"。①潘之恒从观剧的角度提出了"神合说",他这样说道:"神何以观也?盖由剧而进于观也,合于化矣!然则剧之合也有次乎?曰有。技先声,技先神。神之合也,剧期进已。"②黄图珌在《曲论》一文中谈到戏剧创作时提出"词气说",谓:"词之有气,如花之有香,勿厌其秾艳,最喜其清幽,既难其纤长,犹贵其纯细,风吹不断,百润还凝。是气也,得之于造物,流之于文运,缭绕笔端,盘旋纸上,芳菲而无脂粉之俗,蕴藉而有麝兰之芳,出之于鲜花话卉,入之于绝响奇音也。"③这里的"气"即指贯穿于戏剧作品中的内在精神。④祁彪佳在《剧品》中提出"神妙说":认为,"只是淡淡说去,自然情与景会,意与法合。盖情至之语,气贯其中,神行其际。肤浅者不能,镂刻者亦不能"。⑤徐大椿从观众的角度对戏剧创作提出了"至味说",强调,"但直必有至味,俚必有实情,显必有深义,随听者之智愚高下,而各与其所能知,斯为至境"。⑥王国维提出了"意境说",认为元杂剧"其文章之妙,亦一言以蔽之,曰:有意境而矣。何以谓之有

---

① 王骥德:《曲律》,《中国古典戏曲论著集成》(四),中国戏剧出版社1959年版,第132页。

② (明)潘之恒:《潘之恒曲话》,汪效倚辑注,中国戏剧出版社1988年版,第47页。

③ (清)黄图珌:《看山阁集闲笔》,中国戏曲研究院编:《中国古典戏曲论著集成》(七),中国戏剧出版社1959年版,第140~141页。

④ 叶长海:《中国戏剧学史稿》,上海文艺出版社1986年版,第365页。

⑤ (明)祁彪佳:《远山堂剧品》,中国戏曲研究院编:《中国古典戏曲论著集成》(六),中国戏剧出版社1959年版,第140页。

⑥ (清)徐大椿:《乐府传声》,中国戏曲研究院编:《中国古典戏曲论著集成》(七),中国戏剧出版社1959年版,第158页。

意境？曰：写情沁人心脾，写景则在人耳目，述事则如其口出是也"。①林清奇说："戏剧性的人物和戏剧性的冲突，是激发人们阅读兴趣的重要因素。但是，要使这种阅读兴趣长久地保持下去，不仅能够吸引人们读第一次，而且能够吸引人们再三阅读，还必须具有戏剧性的意蕴。"②上述观点与见解皆在指出追求"味外之味"在艺术创作中的重要性。不可否认，上述观点与见解是针对诗歌、小说、戏剧的创作而提出来的一种审美标准或者说艺术理想，但如上文所述，电视剧剧本与诗、戏剧在其艺术样式上固然存在着诸多不同，但就其内在的艺术精神而言，它们却又有着相通之处。换句话，追求"味外之味"同样应成为电视剧剧本创作的审美追求。

新媒体时代，各种艺术样式如雨后春笋，在此背景下，电视剧艺术当然不能裹足不前，也要进行各种方面的创新，在新技术的支撑下，演出和观看模式都发生了前所未有的变化，电视剧的作品数量也在增加，可一个新的现象同样不容忽视，即电视剧的播出量在剧增，观众收看电视剧的方式也越来越便捷，然而能让观众真正喜欢、真正被打动的电视剧数量却没有出现同比例的增长。在新媒体普及的今天，之所以出现电视剧有"数量"缺"质量"，有"高原"缺"高峰"的尴尬局面，究其原因，笔者认为，其根源即在于大多数电视剧缺乏一种能够穿透观众灵魂、抵达观众心底、温暖观众心理的"精神性"的东西，这种东西我们称之为"味外之味"。有了这种"味外之味"或审美意蕴，电视剧就会受到观众的喜爱，从而获得永久生命力。反之，则很快会被观众淡忘，从而被淹没在历史的长河中。《亮剑》《士兵突击》《闯关东》等电视剧之所以广受好评，深受

---

① （清）王国维：《宋元戏曲史》，华东师范大学出版社1995年版，第121页。

② 林清奇：《论〈小二黑结婚〉的戏剧性》，《山西师大学报》1986年第3期。

第一章 "三味说":真味、趣味、味外之味

观众喜爱,究其原因,根本的一点就在于这些作品凭借着高超的叙事技巧,在其生动的故事、鲜活的人物之上升腾出一种"站着是座山,倒下是道岭,面对强敌,敢于亮剑""一息尚存,永不言败"的"味外之味"。这种独特的"意蕴",让观众回味无穷,津津乐道,其审美价值不也会随着时间的流逝而有所折损,只会历久弥新。如通过剧中塑造的李云龙、许三多、朱开山等人物形象,观众看到了他们"身上所闪烁的中华民族精神,所继承的中华民族的优秀品质,所弘扬的中华民族优秀传统文化,所体现的社会主义核心价值观"。"也只有通过对中华民族精神、中华民族优秀文化和社会主义核心价值观生动艺术的传达,才能够让观众超越表面肤浅视听感官的快感享受,而真正获得审美最高层次的快感,从而得到灵魂的洗涤、精神的升华,使人奋进和向上,给人希望和力量。"[1]李云龙、许三多、朱开山等人物身上所承载着的这种中华民族的优秀精神、品质是全人类都需要的,具有超越性和普遍性。从这个意义上来讲,电视剧创作唯有在把握真味、生成趣味的基础上,努力营造"味外之味",才能彻底摆脱播完即完,被人淡忘的命运,从而获得长久的艺术生命力。就此而言,思考如何创作出具有"味外之味"的电视剧便成为当下每一个有艺术担当的剧作者必须面对的一个迫切课题。所以,编剧张宏森在《编剧的意义及其他——从一个侧面谈中国电视剧艺术》一文中发出了呼吁:"青春的中国电视剧艺术正给所有的编剧抛出这样一个严肃的命题:是做贩夫走卒、引车卖浆者式的剧本生意人,还是做一个捍卫并贡献于中国电视剧艺术的知识分子?编剧在这个命题面前的抉择,将对中国电视剧艺术的成

---

[1] 殷昭玖、赵峰:《电视剧应更加注重精神颜值》,《中国电视》2015年第10期。

长与发展起到致命作用。"①

笔者认为,电视剧剧本创作要实现"味外之味"这一审美理想,至少应在以下几点着力:

一、立意高远

鲁迅提出,"文艺是国民精神所发的火光,同时也是引导国民精神的前途的灯火"。② 习近平总书记指出,"我国作家艺术家应该成为时代风气的先觉者、先行者、先倡者,通过更多有筋骨、有道德、有温度的文艺作品,书写和记录人民的伟大实践、时代的进步要求,彰显信仰之美、崇高之美,弘扬中国精神、凝聚中国力量,鼓舞全国各族人民朝气蓬勃迈向未来"。③ 编剧高满堂主张,"中国电视剧长廊里应该多一些经典的人物,要把民族英雄的精神力量融入到创作中"。④ 石川认为:"首先,电视剧要让观众觉得妙趣横生;其次,这个趣味的背后要包含一定的人生哲理,对观众有一定的启发。"⑤ 这里皆指出了文艺创作中,作品立意的重要性,即在强调立意的高远。具体到电视剧剧本创作,道理亦然。一部电视剧能不能产生打动观众的"味外之味",立意的高低是其关键所在。

---

① 张宏森:《编剧的意义及其他——从一个侧面谈中国电视剧艺术》,《中国电视》2000年第5期。

② 鲁迅:《论睁了眼看》,《鲁迅杂文集》,汪东安选编,兰州大学出版社1998年版,第39页。

③ 习近平:《在文艺工作座谈会上的讲话》,网址:http://news.xinhuanet.com/politics/2015-10/14/c_1116825558.htm。

④ 周洁:《央视综艺播高满堂〈闯关东前传〉萨日娜主演》,《青岛早报》2013年5月21日。

⑤ 屈菡:《现实题材电视剧:接地气聚人气》,《中国文化报》2012年8月1日。

第一章 "三味说":真味、趣味、味外之味

换句话说,只有那些立意高远的电视剧才会真正征服观众。如电视剧《亮剑》,这部剧通过李云龙这个主要人物形象所展现出来的"亮剑"精神,不仅代表着中国军人不畏强敌,敢于迎战的精神,同时也代表着我们的一种民族精神,5000年的历史长河中,中华民族阅经沧桑,历尽磨难,但始终能生生不息,屹立不倒,这和中华民族具有强大的只能压倒困难而不能被困难压倒的精神意志密不可分,而这种精神意志其实就是一种"亮剑"精神,这种精神催人奋进,给人力量。再如电视剧《士兵突击》,该剧成功塑造了一个典型人物形象许三多,并通过许三多这一人物形象,向观众传递出"不放弃、不抛弃"这一精神价值。这种精神同样不仅体现为中国军人不怕困难,不畏挑战的精神,同时它扩大到了整个社会,各个领域,每一个人群,每个人的人生都不会总是一帆不顺,都会经历挫折,遭遇坎坷,只有那些坚持"不抛弃、不放弃",一息尚存,永不言败的人才能真正成为生活的强者。再如电视剧《闯关东》,这部剧通过朱开山一家几十年间所经历的风风雨雨的故事,表现了一种"闯荡"精神。这种"闯荡"精神不仅是一种鲁商精神,同样是一种民族精神,有了这种闯荡精神,中华民族才勇往直前、绵延不绝。大到民族,小到个人,只有有了这种敢"闯"敢"干"的精神,才会斗志昂扬,始终坚信希望就在前方。

再如电视剧《生活有点甜》,该剧讲述的是一个叫唐喜的工人关心集体、热心助人的故事。播出后,反响极大,百度贴吧的讨论帖足有8064条之多,而留言中,"幸福感"①一词的出现频率极高。

---

① 在豆瓣、乐视、百度贴吧等网站的网友留言中,大多数网友认为这部剧给人一种久违的幸福感。如:"现在物质丰富,每天都好像在过年,可是通过观看《生活有点甜》(笔者加),反而觉得在那样物质贫瘠的时代反而很亲切,很想回到那时候去体会那简单容易的幸福感"等评价。

"三味"与"三美"——以中国电视剧为中心的编剧艺术研究

借用维特根斯坦名言"美是让人幸福的东西"[①]来分析,观众在收看电视剧《生活有点甜》的过程中之所以会产生幸福感,与该剧所呈现出来的独特之美——冲淡美,密不可分。在唐代诗论家司空图的代表作《二十四诗品》中,冲淡美位列第二,作为一种重要的美学范畴,它有着浓郁的民族特色。美国文艺理论家托马斯·门罗说:"东方艺术家追求的是一种内在的和谐、安静以及与自然进程的一致,而大多数西方艺术家却渴望在观众面前展示自己种种的内心情绪——烦恼,挫折感,不满足感,嘲弄态度,孤独和失望,对现代世界的仇视和愤感。这样一种态度恰与儒家的内在和谐说,以及道家的物我一致说相对立。"[②]以儒释道为思想资源的冲淡美在审美理想上追求的不是主客体的冲突对立又复归于统一,而是一种"天人合一",处在这样一种审美活动中的人们,获得的是一种宁静祥和、幸福温暖的审美愉悦。电视剧《生活有点甜》向我们展示的正是这样一种美。所以,武桂林把这部剧概括为"平淡生活的诗意表达"。[③] 纵观全剧,可分为三个篇章,一是唐喜任工长期间的故事;一是唐喜的工长被免,看管澡堂期间的故事;一是唐喜被重新启用,到食堂任管理员的故事。这三个篇章既结构全剧,又串起唐喜跌宕起伏的人物命运,而该剧所追求的冲淡美也正是通过唐喜在面对人生的三起三落现实时所表现出来的主体心境、主体实践得以展示。从内在情韵上看,唐喜并不是一个笃信老庄、不食人间烟火、终老田园的隐士,而是一个热情拥抱生活的人,他的身上充满着浓浓的油烟味,他有七情六欲,有喜怒哀乐,但他更有一颗

[①] 维特根斯坦早期的美学观,参见张德兴:《维特根斯坦美论的本质及影响》1989年第1期。

[②] 转引自张海明:《论冲淡美》,《文学遗产》1988年第2期。

[③] 赵志伟:《〈生活有点甜〉:有点唐·吉诃德,有点喜感》,《中国艺术报》2016年6月3日。

平常心，人生得意时不忘乎所以，人生失意时也不灰心绝望，自暴自弃。唐喜无论遭遇怎样的命运起伏，他都能做到平和恬淡，温柔以待。从情感特征上看，这恰恰与儒家所主张的积极入世、内心和谐、温柔敦厚相得益彰，并与冲淡美所要求的冲和、闲淡达成契合。当他处在"干部"的位置上时，热心集体，关心下属，并以此为乐。"干部"被免，发配到闲置已久被工人们称为"伊拉克分会场"的家属浴池，他依然干得风生水起，不亦乐乎！

以上这些在电视剧作品的故事层面之上所升腾出来的"精神"，即我们所说的"味外之味"。而以上所举电视剧之所以能深深打动观众，引起巨大反响，最为根本的一点就在它们所营造出的这种"味外之味"。

二、情景交融

孟称舜说："曲之难者，一传情，一写景，一叙事。然传情、写景犹易为工，妙在叙事中绘出情景，则非高手未能矣。"[①]王国维在评价元剧时指出："其文章之妙，亦一言以蔽之，曰：有意境而已矣。何以谓之有意境？曰：写情则沁人心脾，写景则在人耳目，述事则如其口出是也。"[②]恩格斯说："我认为倾向应当从场面和情节中自然而然地流露出来，而不应当特别把它指点出来，同时我认为作家不必要把他的社会冲突的历史的未来的解决办法硬塞给读者。"[③]德国浪漫主义运动理论家奥·威·史雷格尔说："一件艺术作品如

---

① 孟称舜：《古今名剧合选》，隗芾、吴毓华编：《古典戏曲美学资料集》，文化艺术出版社1992年版，第233页。
② （清）王国维：《宋元戏曲史》，华东师范大学出版社1995年版，第121页。
③ （德）恩格斯：《致敏·考茨基》，《马克思恩格斯选集》（第4卷），人民出版社1972年版，第454页。

果要有诗意的内容,就必须反映思想意识,这就是说,反映必需的、永远真实的、超越尘世存在的思想感情,而且使这些思想感情形象地呈现在眼前。"① 由此可知,文艺创作中,若使作品有境界,生成"味外之味",产生"弦外之响",必须建立在情景交融的基础上。电视剧剧本创作也不例外。

如电视剧《三八线》,这是国内首部以抗美援朝为题材的战争剧,该剧以抗美援朝为历史背景,通过志愿军某部一连奉命入朝作战的战斗经历和几位主人公的命运沉浮,史诗性再现了发生在新中国成立初期的那段血与火交融的战争往事。该剧播出后,反响很大,既赢得了收视率,又赢得了观众的口碑,之所以取得如此成绩,跟它营造出的"悲慨""雄浑"的"味外之味"不无关系。② 《三八线》的创作者用凝重严肃却又不失生命质感的创作手法,通过对抗美援朝这一宏大历史的全景回望,及对立体丰满且个性鲜明的英雄群像的塑造,最终使作品升腾出一种悲慨雄浑的审美意蕴。在剧中,布景、灯光、化妆、服装、声效、道具等元素共同参与了这种审美价值的生成。如漫天的飞雪、不见天日的深山老林、呼啸的寒风、弥漫的硝烟、惨烈的肉搏、冷色调、雄浑激昂的背景音乐等等。尤其是片尾曲《山河已无恙》更是起到了渲染效果:"北风吹起,芦花飞舞漫天霜,英雄出征,血洒万里疆场,茫茫冰原,高高山岗上,到处都把他们的故事,轻轻传唱,满江渔火,都为你点亮,亲人盼你回家乡。"真的是"西风烈,长空雁叫霜晨月。霜晨月,马蹄声碎,喇叭声咽"。听之,使人心酸垂泪。除此之外,创作者更是通过对故事细节的精心刻画来营造雄浑悲慨之美。如第 11 集,负责潜伏任务的六班,为了不暴露自己,直至冻死都一动不动。直到连长派长

---

① (德)奥·威·史雷格尔:《戏剧性与其他》,因生译,《古典文艺理论译丛》(第 11 辑),人民文学出版社 1966 年版,第 236 页。
② 悲慨、雄浑皆出自于司空图《二十四诗品》。

顺两人去找,才发现六班已全部被冻死,而至死,所有人都保持着潜伏的姿势,那一刻,整个世界都像凝固了一般,那些被冻死的战士们看上去像一具具冰雕,安静肃穆,那个画面真的令人震撼。而在六班战士的墓碑前,连长的那段话,又将观众心中的悲恸之情转化为直上云霄的雄浑之气。他说:"同志们,我们兄弟部队切断了美军的退路,敌人肯定会拼死突围,一场恶仗即将打响,我们面对六班的英烈宣誓,坚守阵地,坚决堵住美军的退路。"接着,声调突然转高,"我们是钢,我们是铁,我们是尖刀连,一连。"战士们跟着齐喊,"一连,一连,一连……"那个场面,那个气势,真的是排山倒海、气吞如虎,看得人热血沸腾,将中国人民解放军的那种不怕艰险、不惧敌人的雄浑豪迈之气表现得淋漓尽致。此情此景,置身其间,相信观众也一定品到了那种弥漫在画面之上的"悲慨雄浑"的"味外之味"。

三、工匠精神

习近平总书记指出:"文艺创作是艰苦的创造性劳动,来不得半点虚假。那些叫得响、传得开、留得住的文艺精品,都是远离浮躁、不求功利得来的,都是呕心沥血铸就的。我国古人说:'吟安一个字,捻断数茎须。''两句三年得,一吟双泪流。'广大文艺工作者要有'板凳坐得十年冷'的艺术定力,有'语不惊人死不休'的执着追求,才能拿出扛鼎之作、传世之作、不朽之作。"① 唐晓敏解释说:"'吟安一个字,捻断数茎须。'是唐代诗人卢延让《苦吟》中的诗句,《苦吟》全诗是:'莫话诗中事,诗中难更无。吟安一个字,捻断数茎须。险觅天应闷,狂搜海亦枯。不同文赋易,为著者之乎。''吟安

---

① 习近平:《在中国文联十大、中国作协九大开幕式上的讲话》,网址:http://news.xinhuanet.com/politics/2016-11/30/c_1120025319_2.htm。

一个字,捻断数茎须'这两句诗,是描写诗人在吟诗时苦苦思索与斟酌的情形。"①邢公畹认为:"一个作者对于他所使用的语言中的每一个'语词',都应该深深知道它的性质,掂过它的分量,认识它的光彩、音响和气味。然后把这些材料服服帖帖地构造成一个结晶的形式,一个伟大的'建筑'——有空间,有阴影,有亭苑之美与家室之好。哪怕千门万户,一条小路,一道小沟,都有来处有去处,全安顿在一种意匠的设计中。"②茅盾说:"艺术巨匠的天禀,固非人人所能有,然而艺术巨匠的谨严,却是人人应当效法;狮子搏兔亦用全力——这一句成语,最足以说明艺术巨匠们之无往而不谨严,丝毫不肯随便。"③凡此种种,皆在强调耐力和韧性对于艺术创作者的重要性,换句话,皆在提倡一种"工匠精神"。电视剧剧本创作中,对于编剧来说,若要营造出作品的"味外之味",同样离不开这种"工匠精神"。

"工匠精神"除表现在编剧对剧本技法层面上的精益求精,千锤百炼,还表现在剧作家要摒弃"浮燥",保持定力,静下心来,认真观察世界和人生,从中提炼和总结隽永、深刻的思想和道理,并通过艺术形象将这种思想和道理传递给观众,使观众在审美活动中获得关于人生、世界的某种启迪。如电视剧《生活有点甜》讲述的是国营纺织厂厂长唐喜关心集体、乐于助人的故事。在该剧的第5集中,唐喜岳父借着全家人聚餐的机会,动员大家帮助他整日游手好闲的独子张嘉林找女朋友。轮到唐喜发言,唐喜说:"太阳是什么?金梭。那月亮呢?银梭。得交给你交给我,两个人日夜穿梭,才能织出最秀丽的画卷和最五彩的生活。嘉林,你手里有金梭吗?"张嘉林摇头:"没有。"唐喜说:"那银梭呢?"张嘉林摇头:"没

---

① 唐晓敏:《吟安一个字,捻断数茎须》,《光明日报》2016年12月12日。
② 唐晓敏:《吟安一个字,捻断数茎须》,《光明日报》2016年12月12日。
③ 茅盾:《谨严第一》,《新闻出版交流》2003年第5期。

有。"唐喜说:"你天天在家缩着。"这里,唐喜借用《纺织之歌》中的歌词,利用"梭"和"缩"同音不同义的错位,造成了令人发笑的效果,同时,也通过"金梭""银梭"这两个生动的具象表达了一个深刻的道理:无论爱情还是事业,一个人若想获得成功,首要的一点是认清自己,才会更好地出发。这不禁令人想到了古希腊神庙里的那句名言:"人,认识你自己。"可谓真正达到了"警策拔俗"的艺术效果。又如电视剧《大明王朝1566》,在该剧的第2集中,裕王的儿子出生,司礼监掌印太临吕芳预料到裕王不久就会主政朝廷,于是提前安排冯保进入裕王府。为此,二人有一番谈话。吕芳说:"做官要三思。什么叫三思?三思就是思危、思退、思变。知道了危险就能躲开危险,这就叫思危;躲到人家都不再注意你的地方,这就叫思退;退了下来就有机会,再慢慢看,慢慢想,自己以前哪错了,往后该怎么做,这就叫思变。"显然,这段话道出了一个具有超越性、普遍性的道理,这个道理不仅是为官之道,同样是为人之道,终便再过千百年,令人听之,依然会有醍醐灌顶、振聋发聩之感。正如顾仲彝所言:"精炼的语言的最高表现就成为全剧的警句,百读而不厌,越听越有味。每一伟大的剧作里总有一两句传诵不绝的警句,语短意长,语浅意深,说出了生活的真理,道出了作品的主题,留传后世,万古常青。"①结合我国当前的电视剧创作实践,不难发现,那些受到观众喜爱的优秀之作,无一不和编剧所坚持的"工匠精神"息息相关。如电视剧《北平无战事》,为写这部剧,编剧刘和平前后用了七年的时间,倾注了大量的感情和心血,按他的话说,"这部戏不仅关乎历史,还关乎革命,这就意味着我可以虚构的空间很小,必须尽可能地接近真实,共产党的历史要研究,国民党的历史也要了解"。② 因为他尊重历史的创作态度,加之这又是他

---

① 顾仲彝:《编剧理论与技巧》,中国戏剧出版社1981年版,第391页。
② 杨丽娟:《〈北平无战事〉七年磨一剑》,《北京日报》2014年9月24日。

"三味"与"三美"——以中国电视剧为中心的编剧艺术研究

从小就特别感兴趣的一段历史,所以,刘和平又说,"我是不断地写,不断地改,有时候几千字上万字说不要就不要了,比如戏不好看我就不要了,人物不准确我就不要了,这一段用的史料,史实和虚构结合得不够,我就不要了,反反复复,我自己跟自己过不去"。① 正是有了这份执着,这股跟自己过不去的劲头,这部剧播出后,引起轰动。又如电视剧《闯关东》,据报道,编剧高满堂在动笔创作《闯关东》之前,行程7000公里,横跨黑、吉、辽三省,直至到了胶东和鲁西南,采访了上百人,搜集了大量的珍贵资料。正如他本人在接受采访时所说:"这是我写的最累的一部作品,写完它,我感觉一下子被掏空了,心里酸酸的。"② 高满堂的感慨,不由得使人想起王国维的那段名言:"古今之成大事业、大学问者,必经过三种之境界。'昨夜西风凋碧树,独上高楼,望尽天涯路',此第一境也;'衣带渐宽终不悔,为伊消得人憔悴',此第二境也;'众里寻他千百度,回头蓦见,那人正在灯火阑珊处',此第三境也。此等语皆非大词人不能道。然遽以此意解释诸词,恐晏、欧诸公所不许也。"③ 但也正是有了这份工匠精神,《闯关东》在央视播出之后,风靡大江南北,受到观众和专家的一致好评。如傅思在评价这部剧时所说:"剧作对历史脉络做出了纵向的呈现,对具体事件做出了横向的拓展。通过朱开山一家在闯关东的历史事件中所参与的淘金、伐木、开矿、军阀混战、抗日战争等历史片断的描写,展示了一个普通的山东家庭在广袤、荒凉的白山黑水间,在悲怆、苍凉的命运中倔强扎根、生息繁衍,最终成为一个坚韧大家族的经历;透射出闯关东

---

① 陈家堃:《刘和平:不喜欢把〈北平〉和〈纸牌屋〉比》,网址:http://et.21cn.com/tv/roll/a/2014/1021/11/28413181.shtml。
② 蓝恩发:《〈闯关东〉开播 高满堂:写这个剧本我被掏空了》,《沈阳日报》2008年1月2日。
③ (清)王国维:《人间词话新注》,滕咸惠校注,浙江文艺出版社2006年版,第2页。

的顽强精神,展示了中国人'自力更生、艰苦奋斗'的民族精神——也就是'闯关东精神'。"①再如电视剧《鸡毛飞上天》,该剧以改革开放为背景,讲述了以陈江河为代表的小人物的奋斗史。这部剧播出后好评如潮,豆瓣评分高达8.2,28712人参与评价。我们不禁会追问,这部剧为何会受到观众的喜欢?我们可以从该剧制片人吴家平下面的这段话中找到答案:"我坚持六年做这部剧,真诚的希望它能够把改革开放以来民营企业创业致富的酸甜苦辣及心理历程尽可能展示出来。"②为此,他带着编剧、演员一起体验生活,亲身感受浙商家族生活,与当地人近距离交流沟通,深入体会这些民营企业家的心酸和艰难,只为了拍好这部剧。正如有论者所认为的那样,这部以义乌人经商为题材的电视剧传递出这样的一种信念,即对品质的坚持,这和"义乌精神"其实是一脉相通的,这种信念值得所有人深思。③凡此种种,皆在表明,若要创作一部真正优秀的电视剧,离不开工匠精神。

---

① 傅思:《电视剧〈闯关东〉:百年传奇辉映民族精神》,《人民日报》2008年1月11日。
② 茕兔子:《〈鸡毛飞上天〉:镌刻义乌精神,这根鸡毛会将现实题材带往何方?》,http://www.weidu8.net/wx/1000148896462638。
③ 茕兔子:《〈鸡毛飞上天〉:镌刻义乌精神,这根鸡毛会将现实题材带往何方?》,http://www.weidu8.net/wx/1000148896462638。

第二章 "三美说"：成拍之美、成演之美、成看之美

电视剧创作与其他艺术样式的创作有着诸多不同，它是由很多环节或者说很多部门组成的产业链，编剧以及由其负责的剧本创作则是这个产业链条上的重要一环。事实上，我们会注意到，剧本（电视剧剧本）与其他的文学样式有着明显的本质差异，如小说、诗歌、散文，大都是以案头阅读的方式而存在的，而剧本则不然，它被创作出来是为了供导演的拍摄、演员的表演以及最后以成片的方式供观众观赏的。反过来说，剧本若得不到搬演以及被观众看到，由此实现其社会文化功能，那么，一般被视为其自身的价值没有获得真正意义上的实现。同理，编剧的价值也没有获得真正意义上的实现。这个背景下，如何处理好与导演、演员、观众之间的关系，便成为编剧应该面对也必须面对的一个重要课题。由此，我们不禁要追问，编剧到底又该如何处理与后三者之间的关系呢？换句话说，编剧在剧本的创作中应该怎么做呢？笔者认为，剧本是供导演拍摄、演员表演、观众观看的，因此，编剧应该时刻告诫自己：所创作的剧本要力争做到好拍、好演、好看，以求三全其美：成拍之美、成演之美、成看之美。笔者将其称之为电视剧编剧艺术的"三美说"。

第二章 "三美说":成拍之美、成演之美、成看之美

第一节　成拍之美:编剧与导演

我国剧作家夏衍说:"我历来所写的所谓电影剧本,都只是供导演写分镜头台本时'使用'的提纲和概略,而并没有把它看作可供读者'阅读'的'文学剧本'。应该承认,我做这份工作最关心的只是如何使它成为电影成果本的'实用效果',而很少考虑到作为电影文学剧本的艺术加工。"[①]苏联导演普多夫金提出:"往往有人以为:编剧只要写出剧情的简略提纲就够了,至于详细地改写成电影剧本的全部工作则是导演的事情。这种见解是完全错误的。不要忘记,没有一种艺术的创作过程是能够分割为各个彼此独立的阶段的。当作家勾画出一篇作品的大致的轮廓的同时,他也要一般地考感到表现的方法,而这也就必然要求他想到某一些细节。当作家构思主题的时候,他不可避免地也会同时想到——尽管是模糊地和不十分明确地——情节的处理等等。由此可见虽然编剧不必去规定要拍些什么和如何拍,也不必去指明要剪辑什么和如何剪辑等等,但是如果他懂得并且能够考虑到导演工作上的可能性和特点,他就能给导演提供可用的素材,因而使他能够创作出一部用电影的手法表现出来的影片。但结果常常相反:初次从事电影工作的编剧所写的剧本,在据以拍摄影片时往往困难重重,这还算是好的。而更坏的,则是根本无法据以搬上银幕。"[②]他进而指出,"编剧如果想把他的完整的概念通过银幕传达给观众的话,他

---

① 夏衍等:《祝福:从小说到电影》,中国电影出版社1959年版,第122、123页。

② (苏)普多夫金:《论电影的编剧、导演和演员》,何力译,中国电影出版社1957年版,第13~14页。

就必须尽可能使他的作品接近于最后拍摄的形式,这就是说,他必须考虑、运用、甚至部分地发现导演后来所要运用的那些特殊的方法"。① 以上二人的论述虽是针对电影创作提出的,但作为编剧理论,同样适用于电视剧领域。换句话说,若想顺利地将一部电视剧创作完成,编剧和导演二人之间需要通力合作。而事实上,编剧与导演二者之间的合作若要达到默契与和谐,并非易事,需要经过反复的切磋磨合才能实现。在一次采访中,编剧束焕被记者问到"带着出品人的角度去创作的时候与之前最大的不同是什么"时,说过一段很有意义、对我们关于编剧与导演关系问题的研究很有启发性的话,转录如下:

> 印象特别深的是我做《民兵葛二蛋》的时候,好多戏他们说你能不能把这个戏改成日景,我想这不合理啊,还挺气愤。像偷袭鬼子炮楼这种事你白天干不合理嘛。后来我去探过一次班我突然理解了,因为拍戏的那个地方你要拍夜景的话,那个灯光能把方圆五公里会飞的东西全部招来。所以拍一小时的夜戏,其中有十分钟在拍戏,五十分钟在赶蚊子。还有蝙蝠,巴掌大的蛾子往女演员脸上拍,根本就拍不下去,后来我一想,我要是出品人的话我第一个反应就是赶紧改剧本全改成白天。保证这个戏能够真的拍得下去才是最重要的。所以说自己当了出品人之后突然理解了好多事,一个剧本其实是具有可操作性,在不降低你的刻画人物或者说叙事的条件下,怎么样尽量的降低拍摄难度?这个难度不是说为了省钱,而是在单位时间尽可能提高效率。这样可以保障戏的完成度,保证演员的状态,和各部门的配合。所以作为出品人其实你

---

① (苏)普多夫金:《论电影的编剧、导演和演员》,何力译,中国电影出版社1957年版,第29页。

第二章 "三美说":成拍之美、成演之美、成看之美

要考虑你的创作怎么样在一个合理的范围内达到最好。当编剧与出品人之间有点儿像角色转换,你在剧本中你觉得任何东西都可以实现,脑子里画面一个个非常轻松的闪过。这个OK啊!你就这么拍就行。到了拍摄现场你发现这样不行,那样也不行!有好多东西不是想得到就能做得到的。①

束焕的这段话,道出了编剧和导演之间合作需要磨合、切磋,同时也指出了编剧对于导演工作了解的重要性。那么,我们接下来要追问的是,导演的工作内容与基本程序到底包括哪些呢?郑洞天认为,一个导演在拍摄一部影片时,大体的工作内容和程序是这样的:

1.选定文学剧本,根据文学剧本产生导演构思,即对未来影片的各个方面提出创作设想。

2.组成主要创作人员班子(其中首要的合作者是摄影师、美工师和录音师)。选演员,选外景,商定内景方案和确定人物造型,商定影片的音乐、音响构成。

3.通过跟主要合作者的讨论写出分镜头剧本,这是对导演构思的具体落实,也是对影片声画构成和叙述形式的全面设计。

4.根据分镜头剧本,和制片部门一起拟定摄制计划,写出并向摄制组成员宣讲《导演阐述》。

5.实拍。包括排演、技术掌握、正式拍摄和补镜头。

6.剪辑和后期配音。完成画面"样片"和对白、动作效果、资料

---

① 斯想、雅子:《专访〈大闹天竺〉编剧兼出品人束焕:每一次创造人物就像第一次当编剧》,http://news.tuxi.com.cn/news/11010199999990122826/28266454.html。

效果、音乐声带。①

　　这里需要特别指出的是,分镜头剧本是一个极其复杂、庞大的工程。对此,普多夫金有过深入论述,他说:"只有当导演按照拍片计划小心地处理每一个片断的时候,只有当他在计划并确定剧情以及各个人物的发展的全部过程中明确地看到了一系列的银幕形象的时候,他才可能有信心地工作,他才可能获得重大的成绩。在对剧本所作的这一步准备工作中,必须把决定任何艺术作品价值的统一风格很好地创造出来。……必须精密地考虑到所有构成一个场面或者能加强一个场面的内容的东西,否则,当抽出剧本当中的某个场面来拍摄的时候,就会发生无法弥补的错误。因此,供拍摄用的分镜头剧本就必须提供关于每一个场面的——哪怕是最短的——详细说明,注明拍摄这一个场面要用的一切技术方法。自然,要求编剧把他的剧本写成这种形式,那差不多就等于要求他成为一个导演了;但是,这些用于剧本范围之内的工作是必须做的,即使他不能提供一个供拍摄用的完成的电影剧本,但至少也要供给导演比较近乎理想的素材,这样就可以提供导演一些有助于他的创作工作的积极启发,而不是一些难于克服的困难。编剧的剧本在技术上越是完整,则他所想象的形象在银幕上具体地表现出来的机会便越多。"②这里不难看出,在电影剧本创作问题上,普多夫金从编剧与导演合作的角度,对编剧提出了明确的要求。这对于我们当前的电视剧剧本创作同样具有重要的参考价值和借鉴意义。

　　通过上述分析,可以看出,所谓成拍之美,指的是在与导演合

---

　　① 郑洞天:《电影导演的艺术世界》,中国电影出版社1993年版,第8页。
　　② (苏)普多夫金:《论电影的编剧、导演和演员》,何力译,中国电影出版社1957年版,第13～14页。

第二章 "三美说":成拍之美、成演之美、成看之美

作层面上,编剧所应该遵循的创作原则。质言之,即编剧所提供的剧本要力争做到"好拍"。① 这一原则至少包括以下几点:

一、主题

关于剧本的主题,在编剧理论中,历来有不同的叫法。在李渔那里,主题即"主脑",他指出:"古人作文一篇,定有一篇之主脑,主脑非他,即作者立言之本意也。传奇亦然。一本戏中有无数人名,究竟俱属陪宾,原其初心,止对一人而设;即此一人之身,自始至终,离合悲欢,中具无限情由,无穷关目,究竟俱属衍文,原其初心,又止为一事而设;此一人一事,即作传奇之主脑也。"②在悉德·菲尔德看来,"当我们谈论电影剧本的主题时,我们实际谈的就是剧本中的动作和人物。动作就是发生了什么事情,而人物就是遇到这件事情的那个人。每个电影剧本都把动作和人物加以戏剧化了。你必须清楚你的电影讲的是谁,以及他或她遇到了什么事情。这就是写作的基本概念"。③ 普多夫金指出:"主题是一个为各种艺术所共有的概念。人类的每种想法都可以成为作品的主题,电影像其他的艺术一样,对主题的选择是没有限制的。唯一的问题是它对于观众是否有价值。"④麦基将"主题"称为"主控思想",他

---

① 由于本书的研究对象是电视剧编剧,所以在与编剧的合作中,至于导演应该如何做,留待于其他学者的以导演为研究对象的论文或专著给予更为深入系统的解答。

② 李渔:《闲情偶寄·立主脑》,《李渔全集》第三卷,浙江古籍出版社1992年版,第8页。

③ (美)菲尔德:《电影剧本写作基础 从构思到完成剧本的具体指南》,鲍玉珩、钟大丰译,中国文联出版公司1985年版,第19页。

④ (苏)普多夫金:《论电影的编剧、导演和演员》,何力译,中国电影出版社1957年版,第17页。

说，"我更喜欢主控思想这个提法，因为它不但像主题一样道出了故事的基本思想或中心思想，同时还暗示了它的功能：主控思想确立了作者关键性的选择"。又言，"主控思想可以用一个句子来表达，描述出生活如何以及为何从故事开始时的一种存在状况转化为故事结局时的另一种状况。主控思想具有两个组成部分：价值加原因。它在最后一幕的高潮中明确了故事的重大价值是正面性质还是负面性质，同时还要确定这一价值转化为现在这一最后状态的主要原因。那一个句子就是由这两个成分构成的。价值加原因，便表达了故事的核心意义"。[①] 结合以上诸多编剧理论家的观点，可以看出，他们关于"主题"的叫法，虽然存有差别，但在其内涵上又有共同的地方。质言之，所谓"主题"，至少涉及两个方面：一、剧中人物干了什么事，要达到什么样的目标，而在实现这个目标的过程中要克服什么样的困难。二、故事对观众而言，有何价值。由此便延伸出编剧必须考虑的两个问题：其一，剧本思想内容所发挥的社会文化功能。正如习近平总书记所说，艺术作品要"鼓舞人们在黑暗面前不气馁、在困难面前不低头，用理性之光、正义之光、善良之光照亮生活。对人民深恶痛绝的消极腐败现象和丑恶现象，应该坚持用光明驱散黑暗、用真善美战胜假恶丑，让人们看到美好、看到希望、看到梦想就在前方"。[②] 如电视剧《老农民》，该剧的时间跨度长达 60 年，讲述了农民身上的挣扎与不安，但更多的是鲜活的生命力与乐观积极的心态。又如《马向阳下乡记》，剧中，土地流转、"空心村"等现实问题并没有被回避，但人情的温暖与他们

[①] （美）罗伯特·麦基：《故事——材质、结构、风格和银幕剧作的原理》，周铁东译，中国电影出版社 2001 年版，第 137～138 页。

[②] 《习近平：在中国文联十大、中国作协九大开幕式上的讲话》，网址：http://www.xinhuanet.com/politics/2016-11/30/c_1120025319.htm。

第二章 "三美说":成拍之美、成演之美、成看之美

的智慧,却给了人们克服种种问题的勇气与决心。① 其二,剧本思想内容一定不能和我国的核心价值观相抵牾。这一点,可参考国家广电总局 2006 年下发的《广电总局关于印发〈电视剧拍摄制作备案公示管理暂行办法〉的通知》,《通知》第四条对于拍摄制作备案剧目需符合的条件做了明确规定:

(1)拍摄制作备案剧目的内容需符合国家宪法、法律和电视剧管理法规的规定。

(2)拍摄制作备案剧目的申报机构,必须具备下列三种资质之一,即持有《广播电视节目制作经营许可证》的机构,地市级(含)以上电视台(含广播电视台、广播影视集团),或持有《电视剧制作许可证(甲种)》的机构。

(3)拍摄制作备案中的非重大革命和历史题材剧目,如果内容涉及重大或敏感的政治、军事、外交、统战、宗教、民族、司法、公安、教育、名人等(以下简称特殊题材),拍摄制作备案前须征得省级以上(含省级)相关主管部门或有关方面的意见。②

也就是说,剧本的主题思想一定要遵守上述要求,符合上述规定,否则审查将不予通过。③ 需要指出的是,在电视剧制作单位要报送的《电视剧拍摄制作备案公示表》中,其中一栏就是内容提要。内容提要的字数要求控制在三百字左右。也就是说,电视剧制作

---

① 张祯希、王磊:《〈老农民〉领跑收视榜:"乡土中国"应有时代的特质》,《文汇报》2015 年 2 月 4 日。

② 《广电总局关于印发 电视剧拍摄制作备案公示管理暂行办法的通知》,网址:http://www.gov.cn/zwgk/2006-04/11/content_250700.htm。

③ 不仅电视剧如此,连当前极活跃的网络大电影、网络剧等新媒体艺术形式也是一样,在题材和主题方面也不再是放任自流,而是要同样进行备案,并接受审查。其标志是,目前,广电总局下达"备案通知",要求从 2016 年 12 月 19 日开始,所有视频网站的网络大电影和网剧、网络综艺等网络视听内容都必须报备,网络内容将与传统影视作品采取一样的审核标准。

公司在这三百字的内容提要里必须向负责审批的广电总局管理司说明所拍摄电视剧的主题。只有在保证其主题(思想内容)在意识形态上没有问题,这部剧才有被立项的机会。

同理,具体到编剧与导演合作这一层面,编剧向导演提供的剧本的故事主题也必须做到与上述要求相符,方有作为第一阶段的文学剧本转化成第二阶段的剧本拍摄的可能。这个意义上来讲,主题也就成了编剧所提供的剧本是否"好拍"的关键性一步。做不好这一步,接下来的一切工作便无从谈起。

二、故事简介

普多夫金说:"编剧在他的工作的最初阶段,就已经掌握了日后安排在他的作品的骨架里的一定素材。这种素材是他的知识、经验以及他的想象力提供给他的。决定素材选择的基本思想——主题——既经确定以后,编剧必须开始组织素材的工作。这时他就要介绍剧中人物,确定他们的相互关系,决定他们每个人在情节发展中的不同的地位,最后是规定全部素材在整个剧本中的分配的一定比例。"[①]这段话为我们所要处理的编剧和导演关系问题提供了深刻洞见。就目前我国的电视剧生产实际而言,编剧与导演的合作方式,大致有以下几种:一,导演自己就是编剧,编导合一。二,导演出构思,或与编剧共同拟定剧本构思,由编剧执笔完成剧本。三,先定剧,后选导演的创作方式。[②] 其中,又以第三种方式较为普通。当前,我们影视市场活跃,影视公司很多,如影视创意

[①] (苏)普多夫金:《论电影的编剧、导演和演员》,何力译,中国电影出版社 1957 年版,第 21 页。

[②] 参阅韩小磊:《电影导演艺术教程》,中国电影出版社 2009 年版,第 115~119 页。

第二章 "三美说":成拍之美、成演之美、成看之美

公司、影视制作公司、影视发行公司等等。当然也有一些规模较大的影视公司,其内部既有创意部、策划部,又有剧本文学部,还有制作部、发行部等等。具体到实践层面,据笔者搜集的资料显示,多数情况下,常常是影视公司通过各种渠道挖掘到有拍摄价值的剧本或者有改编价值的小说,然后,再联系他们觉得合适的导演,交由后者负责拍摄。这个情况下,作为导演,他首先要做的就是对所要拍摄的剧本有个大致的了解,即剧本所讲述的是什么样的一个故事。因此,编剧如果想和导演的合作往前推一步的话,就必须在已确定了故事主题的基础上再将主题做进一步的剧情化处理,即写出一份故事梗概。

所谓故事梗概,即"剧作者在创作电影文学剧本之前,先选用自己掌握的生活素材中最能确切表现人物性格和展示主题的一系列事件,构造成一个有简略剧情内容的故事梗概,作为进一步编写电影文学剧本的依据。它的基本内容包括主要人物、时间地点、情节发展和结局等。电影制片厂在物色剧本的阶段,往往先要剧作者交出一个故事梗概,作为评断和取舍的依据"。[①] 至于故事梗概的字数,没有一定之规。总之,需要编剧把数十万字的小说或者上百万字的剧本所讲的故事压缩成短短的为数不多的文字,通过这为数不多的文字,导演可以在短时间内了解角色特征、人物关系及其特定的故事背景等等,并从一个导演的角度做出哪些地方适合拍,哪些地方不适合拍的判断,在此基础上,再和编剧做一些更为纵深的讨论。正如普多夫金所言:"当作家计划好了未来作品以后,他往往要首先确定一系列的基点以便通过它们来阐明未来作

---

① 此定义来源于百度百科,网址:http://baike.baidu.com/link? url=x5ObUPz8rV8Q1HZUgGkXJq5fKIPYYWq9wUkqJafK-o6_6Oaog0dXVrgu8R0t9BcolSyIRRvV5vVqHTYwbQUxaZEZe9B4HlfaTaIVtOA9E6yfRcDHZ8CHN_Qatn2TsYm#reference-[1]-226185-wrap。

品的主题,并把它们贯串在未来的整个作品之中。这些基点标明着作品的大概轮廓。像下面这些东西部应该包括在故事梗概里面:表现各个不同人物的性格的因素;把这些人物联系在一起的一些事件的性质。这些基点还常常包括对于造成情节逐渐紧张或逐渐缓和有着决定作用的一些细节;甚而还常常包括那些因为有力和动人而被选用的个别的枝节事件。"[①]为了使叙述更为具体直观,下面结合笔者自身的创作经历加以说明。

几年前,一家影视公司相中了由我创作的一部军事题材小说,准备将其拍摄成电视剧,介绍我认识了导演G,导演G让我发个故事梗概给他。几天后,我将故事梗概写好,发给了对方。导演G很快给了回复,并提出了很多意见。与导演G这次沟通很有意义,对我们本文所探讨的"好拍"这个问题也极有帮助,为使问题的讨论更好展开,下面我将与导演G在看过我发给他的第一稿故事梗概之后,提出了以下几点意见以及我在导演G建议的基础上修改过的故事梗概做个简单复述。

问题1:在我所写的原梗概里,故事一开始,主人公所在的连队接到上锋命令:配合空军、炮兵,从水下推动水雷炸毁敌舰。

对此,导演G提出的意见是:重新设定该连的任务。理由是,从实际拍摄的角度而言,困难太大。原因是剧本里虽然只是短短几句话,但从导演的角度来说,拍摄起来是非常困难的,因为这短短几句话,却包括了海陆空的武器,天上有飞机,海上有军舰,陆上有大炮,如果用实景拍摄,造价太高,对影视公司来说,几乎是不可能的事情。

问题2:人物和情境方面,导演G也给出意见。

首先,导演G认为剧中主人公越威的人物性格有点模糊,太

[①] (苏)普多夫金:《论电影的编剧、导演和演员》,何力译,中国电影出版社1957年版,第21页。

温,不够鲜明,他的所有行动似乎都是在外界的压力下被动发出的,而实际上所有优秀的电视剧中塑造得成功的主人公都是主动采取行动的,而关于主人公所采取的任何行为,编剧都应该从人物性格的内部去发掘其原因,这就需要人物的性格要鲜明,不能模棱两可。其次,导演 G 认为,应该设法把男一号和男二号拢到同一个活动空间,这样的话,两个性格不同的人之间才有更多的"戏"碰撞出来。这里,导演 G 其实涉及了本文所要讨论的"情境"问题。所谓情境,"是指影响剧中人物的特定环境、情况和关系,包括人物的生存环境(时代、社会大背景及具体生活环境)、特定情况或事件、特定人物关系等"。[①] 作为一个重要单元,情境"贯穿于电视剧编创的整个过程中"。[②] 在其构思上要具体、明确、富于想象、丰富多变,"但应符合电影剧作总体构思的要求。人物的思想感情总是在某种特定的情境中才有存在的依据。由艺术家的想象所创造的带一定假定性的情境,与人物特定的思想感情相联系,才能表现出规定情境中感情的真实"。[③] 把握了这些之后,再结合导演 G 的具体意见,我对梗概进行了修改,转录如下:

凤凰山狙击战中,国军 91 师师长田炳业明明率队杀敌,却被军事法庭以临阵脱逃的罪名判处枪决,九连连长越威带着劫后余生的九连兄弟们发誓要找出真相,为师长洗清冤屈。而此时,他们唯一的希望是找到一个叫孙继先的人。

按照田炳业临终前的交代,越威带着九连的兄弟们冒死

[①] 涂彦:《浅析冲突的戏剧性效果——以电视剧〈北平无战事〉为例》,《中国电视》2015 年第 2 期。

[②] 金洪申、解立群:《电视剧编创过程中的情境》,《新闻界》2014 年第 10 期。

[③] 汪流:《中外影视大辞典》,中国广播电视出版社 2001 年版,第 105 页。

来到日寇占领的沂水城，不料孙继先却已被宪兵队逮捕，越威设法营救，但没有成功，反遭日军一路追杀，多亏曼妮的出手相救才逃过一劫。迷惘中，越威偶遇执行任务受困的新四军营长周兴汉，一番惊心动魄的并力脱困，两人在战斗中结下生死之谊，周兴汉提出加入新四军的建议，越威虽然拒绝加入他眼中的"杂牌"，但周的肺腑之言已经在他心中播下了种子。

一心要找到孙继先的越威在丰阳镇遭遇意外，在搬运货物时发现了日军秘密运输的毒气弹，于是与周兴汉联手策划一场码头暴动，致使日军的险恶用心彻底破产。在暴动中，越威偶然救下刚从德国学成归来的国军少校郑之建，郑之建虽然眼高于顶，但落难之中只好被裹挟进了这支连番号都没有的第九连。

不久，得到孙继先消息的越威赶到江边，不料孙继先乘坐的船只被空袭的日军飞机炸沉，越威万念俱灰，只好接受郑之建的建议，带领九连投奔国军71师。但越威发现师长马大炮勾结日本人袭击新四军，思之再三，越威决定冒险，将情况通知周兴汉。周兴汉将计就计，与越威里迎外合，击毙了日军少佐佐藤剑武，此举令马大炮既震怒又惶恐，于是派人到处搜索越威和九连。在日军和马大炮的双重围剿下苦苦求生的越威，与受伤的曼妮重逢，原来以商人面目出现的她，其真实身份是国军的谍报人员，联络站被日军破获后的曼妮依然隐瞒自己的身份，但她向越威吐露了田炳业事件的真相。原来，马大炮才是真正的幕后黑手，国军内部的倾轧腐败令越威心灰意冷，此时，他只剩下一个心愿——灭了马大炮，为田炳业和死去的兄弟们复仇，但当他孤注一掷打算行刺时被曼妮劝阻，以免打草惊蛇，因为她正在布一个更大的局。

对越威很有好感的曼妮掌握了马大炮以抗战为名，霸占金矿的罪证，将情况上报，没想到谍报科科长郭有生早被马大炮收买,从中阻挠。马大炮视曼妮为眼中钉,必欲除之而后快,但他没想到的是,派去执行此项任务的郑之建,对曼妮是一见钟情,暗恋已久。郑之建不仅放下对准曼妮的枪口,而且置马大炮的必杀令于不顾,亲自带着曼妮逃脱虎口,可是郎有情妾无意,曼妮对他却没感觉,反而对越威万分热情,郑之建只能肝肠寸断地目送曼妮远去。

香港沦陷,一批被护送回延安的爱国文人在沂水码头出现意外,一个叫苏娅的女孩被日本人抓走,听到这个消息,越威如遭雷击,原来,苏娅竟是他多年前的恋人。越威设计救出了苏娅。苏娅向越威引荐她的国文老师,让越威万万没想到的是,此人正是他以为早已被炸死了的孙继先。而接下来的谈话中,孙继先却抛出了一个惊天秘密。至此,越威终于意识到为田炳业洗清罪名根本就是一项无法完成的任务,他和九连只有加入新四军继续抗战,才能告慰田炳业的在天之灵,于是,对国民党已经彻底失望的九连决定继承师长田炳业的遗志,加入新四军。天色微明,晨风之中,被取消番号已久的九连军旗终于重新升上旗杆。

因为曼妮的关系,郑之建看到越威就浑身不爽,但是在这面来之不易的连旗下却同呼吸共命运,并肩作战。一群性情各异的刺头和奇葩成为新四军战士之后,九连如浴火重生的凤凰,在不按规矩出牌的越威和学过特种战的郑之建指挥下,他们在沂水神出鬼没,渐渐打出了名堂,越威的名字引起了日军高层的注意,与此同时,军统也开始对越威展开调查。

时刻关心着越威的曼妮偷偷给他送来了一分绝密情报:近期有一支鬼子的特殊部队化装成新四军,他们的目标正是令日军寝食难安的第九连。这支部队的队长叫佐藤剑雄。不久前被越威击毙的佐藤剑武正是佐藤剑雄的亲哥哥。

而此时,对曼妮表示感谢的越威并不知道,曼妮已经接到上级命令：拉拢越威，如若不成，就将他干掉。在使命和情感之间，曼妮正在苦苦挣扎。

正在越威和佐藤剑雄斗智斗勇之际，日军在沂水地区建了一个生化武器研究基地，新四军总部决计将其打掉。但鬼子的这个基地秘而不宣，没有人知道它的具体位置，新四军掌握的唯一情报，就是这个研究所的所长叫平川三郎，而平川三郎却是佐藤剑雄的亲舅舅。

越威安排精通麻衣神相的江湖术士刘三以算命为名打入县城，刺探敌情。刘三不负重望，探到了鬼子研究基地的确切位置。越威带领兄弟们连夜出击，烧了基地。遗憾的是，平川三郎却逃掉了。越威请命，单枪匹马赶赴码头，用弩射死平川三郎。越威遭敌围攻，激战中，一个蒙面人出现，为越威挡了一枪。掀开面纱，竟是曼妮。临终之际，曼妮向越威袒露了自己的真实身份，同时也向越威表白了自己的情愫，说这辈子能为心爱的人而死，能死在心爱的人怀里，她死而无憾了。此时心如刀绞的越威只能深情地吻了她的额头，轻轻合上了她的眼睛。

佐藤剑雄率队向新四军发起了疯狂进攻。新四军六纵被包围。越威献计，率领九连兄弟吸引日军，掩护主力撤退。分手之际，苏娅哭着要越威保重，她说她会等着他平安归来，然后娶她。

九连和日军厮杀到最后，掩护主力撤退的任务完成了，但越威、郑之建和九连的兄弟们也流尽了最后一滴血，硝烟散尽，只剩下一面残破的连旗在风中飘扬。几个月后，新四军总部重建九连，所有兄弟的名字被记在了连史上。从此，英雄们的名字和故事，犹如鲜花盛放，天下流传。

看了修改后的剧情简介，导演G表示满意，认为无论是人物性格,还是故事脉络,较之第一稿,都已显得清晰立体多了。

三、造型性

普多夫金说:"编剧必须经常记住这一事实,即他所写的每一句话将来都要以某种视觉的、造型的形式出现在银幕上。因此,他所写的字句并不重要,重要的是他的这些描写必须能在外形上表现出来,成为造型的形象。"① 这里明确指出了剧本创作与小说、诗歌、散文等以文字为媒介的艺术形式的根本区别:编剧要通过画面的方式将自己所要表达的思想内容呈现出来。正是基于这样的认识,法国导演雷内·克莱尔强调:"在一部影片中,画面是唯一的叙述手段。"② 无独有偶,美国电影理论家佛里伯格认为:"电影从绘画中继承了很多东西。当然,电影最根本的特性在于它纪录和传达可见的动作。电影就是这些绘画式动作的单纯的再现。"③ 上述观点虽针对电影而提出的,但同样适用于电视剧领域。要之,电视剧剧本创作中,编剧要通过画面和声音来塑造人物、讲述故事,力争做到可听可看。以电影《温柔的怜悯》的剧本为例。影片讲述的是一个过气的乡村歌手,生活得落魄失意,但真诚的关怀,使他重燃希望,经过不懈的努力,再次赢得大众尊敬的故事。④ 影片一开始,乡村歌手麦克的人生过得极其落魄失意,穷困潦倒的他只得住

---

① (苏)普多夫金:《论电影的编剧、导演和演员》,何力译,中国电影出版社1957年版,第32页。
② (法)雷内·克莱尔:《电影随想录》,中国电影出版社1981年版,第89页。
③ V.O.佛里伯格:《电影制作法》,转引自(日)岩崎昶:《电影的理论》,陈笃忱译,中国电影出版社1963年版,第59页。
④ https://baike.baidu.com/item/温柔的慈悲/14094?fromtitle=温柔的怜悯&fromid=2097189&fr=aladdin。

在乡村一家汽车旅馆。我们看下编剧是如何通过画面和声音来塑造麦克这一人物形象的：①

一开场，剧本描写的是某天晚上，住在乡村汽车旅馆的麦克和室友抢酒喝的画面：

  室友：快，把酒给我！
  麦克：给你个鬼！
  室友：该死的！
  麦克：喝你自己的！
  室友：把酒给我。

接下来是麦克喝醉酒倒在地板上的画面。
第二天：

  内景 小屋 白天
  麦克慢慢地爬了起来了，靠在床边，然后费劲地坐到了床上。
  麦克（画外音，唱歌）：看云/在天上/慢慢地飘过/是的，就是这样/她轻轻地离开了我。
  接下来是一组画面：麦克一直在唱歌，中间穿插着旅馆女主人罗莎·李给开车赶来加油的客人们加油，罗莎·李来到麦克的房间告诉他，他的室友先走了，但没有交房租。
  内景 小屋 白天
  麦克走进自己的房间。
  麦克（画外音，唱歌）：直到永远/但，哎，脸上刻满了伤痕/

---

① 节选自霍顿·福特创作的剧本《温柔的怜悯》，潘兆年译，《世界电影》2016年第4期。另：引文部分对原剧本的内容做了文字处理。

现实。

麦克从床上拿起自己的夹克,翻了翻口袋,什么也没有。然后,又把夹克扔了回云。接着,他拿起旁边的酒瓶,猛地喝了几口。麦克打好盖子,又把酒瓶扔回到了床上,走出了门外。

接下来,麦克找到了罗莎·李,二人的对话:

麦克:夫人,我没钱了。不过,我很愿意干些活儿,来还清欠款。

罗莎·李:好吧,规矩是工作的时候,你不能喝酒。

麦克:好的,夫人。

罗莎·李:你饿了吗?

麦克:好的,我,我还能吃一些。是的。

接下来,几组场景:

外景 路边 白天
麦克在路边收集垃圾,并装进垃圾袋。
外景 汽车旅馆 白天
麦克正在修理小屋的一扇门。
内景 罗莎·李的房间 白天
罗莎·李整理衣服,桑尼做着作业。麦克走向房门,停了下来,敲了敲门。罗莎·李放下衣服看向屋外。

罗莎·李:什么事儿?

麦克:如果接下来几天你还需要帮忙的话,我很乐意效劳。

罗莎·李(瞥了一眼桑尼):好的,工作一时两美元,我可管你住宿和伙食。

  麦克：谢谢。

  通过上述场景，我们对剧中的主人公麦克已经有了基本的了解，虽然还不知道他之前经历了什么，他来自哪里，从事什么职业，但可以肯定的是他热爱唱歌，人生失意，整日里以酒浇愁，穷困潦倒到连住了两天旅馆的房费都交不起，以至于不得不向旅馆的主人罗莎·李提出通过打工的方式来还清房费。而观众对上述内容的了解，是完全建立在编剧以画面的方式对故事和人物进行呈现的基础上所实现的。这也有力地印证了普夫多金的下述论断："编剧必须知道如何寻找和运用造型的，即可以通过视觉形象表现出来的素材；就是说，他必须懂得如何从生活本身所提供的以及通过对生活的观察所得到的无限多的素材中，发现和选择那些能够通过形象而极清楚、极生动地表现他的全部思想意图的形式和动作。"①

四、蒙太奇结构

  "蒙太奇"原是法国建筑学上的一个术语，本意为安装、组合、构成。后被借用到电影中，指镜头和镜头的组接。② 为使论述更好展开，对电影蒙太奇理论的发展过程做下简单的梳理显然是有必要的。

  蒙太奇作为一个电影学派，开始于20世纪前期的苏联。但从

---

  ① （苏）普多夫金：《论电影的编剧、导演和演员》，何力译，中国电影出版社1957年版，第32页。

  ② 汪流：《中外影视大辞典》，中国广播电视出版社2001年版，第78页。

第二章 "三美说":成拍之美、成演之美、成看之美

蒙太奇作为一种电影艺术的创作手法的角度看,自电影诞生之时,从卢米埃尔兄弟、梅里爱、鲍特直至格里菲斯等电影先驱皆为这一电影手法的发展积累了大量经验。这一切构成了苏联蒙太奇学派开展其创作实践与理论活动的基础。而苏联蒙太奇理论的第一位研究家,为现代蒙太奇理论的形成打下了基础的人是库里肖夫。① 在库里肖夫的实验中,最著名的是"库里肖夫效应",由普多夫金具体操作,将演员莫兹尤辛的3个没有任何表情的特写镜头与桌上的一盘汤、棺材里的女尸、小女孩玩着玩具狗熊的3个镜头剪辑起来。结果观众似乎发现了莫兹尤辛的情绪变化,对他的表演大为赞赏。据此,库里肖夫看到了蒙太奇构成的可能性、合理性和心理基础,从而认为,"单个镜头只不过是素材,而不成其为艺术,只有蒙太奇的创作才能成为电影艺术"。②

电影蒙太奇理论的第二个重要代表人物是爱森斯坦。爱森斯坦率先提出的是他的"杂耍蒙太奇"理论。在他看来,"杂耍(从戏剧的角度来看)是戏剧的任何扩张性因素,也就是任何这样的因素,它能使观众受到感性上或心理上的感染,这种感染是经过经验的检验并数学般精确安排的,以给予感受者一定的情绪震动为目的,反过来在其总体上又唯一地决定着使观众接受演出的思想方面、即最终的意识形态结论的可能性。('通过情欲的生动表演'达到认识,是戏剧特有的认识途径。)"由此,他进而提出:"这种方法从根本上改变了按部就班地安排'感染手段的结构'(整个演出)的可能性:不是静止地去'反映'特定的、主题需要的事件并仅仅通过与这种事件有逻辑关联的感染手段来加以解决,而是提出一种新

---

① 王宜文:《世界电影艺术发展史教程》,北京师范大学出版社1998年版,第228页。
② 郑亚玲、胡滨:《外国电影史》,中国广播电视出版社1995年版,第71页。

的手法——把随意挑选的、独立的(而且是离开既定的结构和情节性场面起作用的)感染手段(杂耍)自由组合起来,但是具有明确的目的性,即达到一定的最终主题效果,这就是杂耍蒙太奇。"①此外,他还提出"垂直蒙太奇""理性蒙太奇"等,并将这些理论运用到电影创作的实践活动中,"对蒙太奇电影理论进行了深入的探索和研究,为形成较为完整的蒙太奇理论作出了极大的贡献"。②

  第三位为蒙太奇理论发展做出贡献的人是普多夫金,他对蒙太奇的论述通俗易懂,并且还将对蒙太奇的解读纳入到导演和编剧关系的讨论中加以考察,在他看来:"一部电影总是分成许多的片断(更正确地说,电影就是由这些片断构成的),因此,一个电影剧本也是分成许多片断的。整个镜头剧本要分作若干段落,每个段落又分作若干场面,而最后,场面本身则是由许多从不同角度拍摄的片断构成的。一个真正能用来拍摄的电影剧本,必须具备电影的这个基本特性。编剧在纸上对于素材的处理必须和这些素材在银幕上出现时完全一致,这样才可以精确地说明每一个镜头的内容以及它在一个段落里面的地位。将若干片断构成场面,将若干场面构成段落,将若干段落构成一本片子的方法,就叫作蒙太奇。"③这里,普多夫金明确指出了具有蒙太奇思维以及掌握蒙太奇叙事手法是电影艺术工作者所应具备的基本素养和基本技能,导演如此,编剧亦然。以电影《菲利普船长》的剧本为例:④

---

  ① (俄)С.М.爱森斯坦(С.М.Эйзенщтейн):《蒙太奇论》,富澜译,中国电影出版社2003年版,第447、448、449页。

  ② 郑亚玲、胡滨:《外国电影史》,中国广播电视出版社1995年版,第74页。

  ③ (苏)普多夫金:《论电影的编剧、导演和演员》,何力译,中国电影出版社1957年版,第41页。

  ④ 节选自比利·雷:《菲利普船长》,罗姣译,《世界电影》2015年第1期。另:引文部分对原剧本的内容做了文字处理。

第二章 "三美说":成拍之美、成演之美、成看之美

（一）一艘封闭式玻璃钢救生艇，漂浮在漆黑的大海上。船内，理查德·菲利普在枪口下坐着睡觉。旁边是劫持他的是四个索马里海盗。其中三个人睡着了，而他们的头领穆西却十分清醒，端着一把AK-47步枪，在看管菲利普。

（二）穆西站起来，打开后舱口门，走到救生艇小得可怜的后甲板上，将AK-47放在脚边，对着船舷小便。

（三）菲利普的眼睛瞬间睁开。稍一沉思，起身，向后舱口走去，猛地将穆西推下甲板，然后自己也一头扎进水里。

显然，关于以上场景的文字性描述是编剧采用蒙太奇的手法来完成的。这里，通过不同画面的转换和组接，营造出了一个几乎令人窒息的紧张氛围，使观众获得了以下信息:菲利普船长被海盗劫持了，他孤身一人，且手无寸铁，而对方四个人，且手里握有武器:AK-47步枪。这种情况下，他想要逃出去，比登天还难，但他还是捕捉到了一线生机，他抓住负责看管他的海盗穆西到船头小便的机会，突然出击，在将后者推下甲板的同时，一头扎进了水里。这样一来，观众的心跟着就悬了起来:跳进海里以后呢？在漆黑苍茫的大海上，菲利普船长到底能成功逃生吗？这些问题都将吸引着观众继续看下去。也正是认识到了这点，所以，普多夫金强调:"蒙太奇并不仅仅是把各个场面或片断连接起来的一种方法，它还是从心理上来引导观众的一种方法。"[①]这段话虽然是针对电影创作而言的，但置放于电视剧剧本创作领域，同样适用。

---

① （苏）普多夫金:《论电影的编剧、导演和演员》，何力译，中国电影出版社1957年版，第47页。

第二节　成演之美：编剧与演员

上文已述，电视剧剧本作为一种独特的文学样式，与其他的文学样式如小说、诗歌、散文相比，有着本质的区别，最明显的表现在于，剧本主要不是作为一种供人阅读而创作的案头文学，而是为了演出而创作的"脚本"或"台本"。因此，古今中外的戏剧理论都十分强调编剧要从适于表演（站在演员）的角度进行剧本创作。如明代孟称舜认为："迨夫曲之为妙，极古今好丑、贵贱、离合、死生，因事以造形，随物而赋象。时而庄言，时而谐谑，狐末靓狚，合傀儡于一场，而征事类于千载。笑则有声，啼则有泪，喜则有神，叹则有气。非作者身处于百物云为之际，而心通乎七情生动之窍，曲则恶能工哉！"进而指出："学戏者不置身于场上，则不能为戏。而撰曲者不化其身为曲中之人，则不能为曲。"[1] 臧懋循强调："总之：曲有名家，有行家。名家者，出入乐府，文彩烂然，在淹通闳博之士，皆优为之。行家者，随所妆演，无不摹拟曲尽，宛若身当其处，而几忘其事之乌有；能使人快者掀髯，愤者扼腕，悲者掩泣，羡者色飞，是惟优孟衣冠，然后可与于此。故称曲上乘首曰当行。"[2] 王骥德提出："词、格俱妙，大雅与当行参间，可演可传，上之上也。词藻工，句意妙，而不谐里耳，为案头之书，已落第二义。"[3] 祁彪佳主张："乐有歌有舞，凡以陶淑其性情而动荡其血气。诗亡而乐亡，乐亡

---

[1] 孟称舜：《〈古今名剧合选〉·序》，陈多、叶长海：《中国历代剧论选注》，上海古籍出版社2010年版，第257页。

[2] 臧懋循：《元曲选序二》，陈多、叶长海：《中国历代剧论选注》，上海古籍出版社2010年版，第204页。

[3] 王骥德：《曲律》，中国戏曲研究院编：《中国古典戏曲论著集成》（四），中国戏剧出版社1959年版，第137页。

而歌舞俱亡。自曲出而使歌者按节而舞,命之曰'乐府'。故今之曲即古之诗,抑非仅古之诗,而即古之乐也。……且其为辞也,可演之台上,不可置之案头,故谭文家言有谓词不如诗而曲不如词者:此皆不善为曲者之过,而非曲之咎也。"①编剧出身的李渔更是从自身的创作经验出发提出:"笠翁手则握笔,口却登场,全以身代梨园,复以神魂四绕,考其关目,试其声音,好则直书,否则搁笔。"②清代徐大椿认为:"曲之工不工,唱者居其半,而作曲者居其半也。""故作曲者与唱曲者,不可不相谋也。"③

到了现当代,编剧和演员之间的关系问题依然是学者们研究的重点。高宇强调:"有了优秀的剧本,才能给完美的演出提供坚实的基础;反之,一部优秀的剧作,也只有通过完美的演出,才能得到充分的体现。"④杜书瀛也表达了相同的看法:"文学剧本的创作是非常重要的;然而,对于戏剧艺术的整个创作过程来说,剧本的完成却是走了一半的路程。剧本的真正价值不在于读起来动人,而在于演出来动人。只有当一个剧本付诸演出,变成以视听为主的活生生的舞台形象,满足了观众的审美需要的时候,一部剧的创作目标才算最后实现。"⑤

在国外,编剧与演员之间的关系问题同样受到剧论家们的关注,如俄国评论家别林斯基指出:"没有表演艺术,戏剧诗歌(指剧

---

① 祁彪佳:《孟子塞五种曲序》,隗芾、吴毓华编:《古典戏曲美学资料集》,文化艺术出版社1992年版,第241页。

② 李渔:《闲情偶寄·词别繁简》,《李渔全集》第三卷,浙江古籍出版社1992年版,第48页。

③ (清)徐大椿:《乐府传声译注》,吴同宾、李光译,中国戏剧出版社1982年版,第99页。

④ 高宇:《古典戏曲导演学论集》,中国戏剧出版社1985年版,第170页。

⑤ 杜书瀛:《李渔论戏剧导演》,《文艺研究》1980年第4期。

本)就不算是完备的。要充分理解一个人物,光知道他怎样行动、说话、感觉还不够——还必须看见和听见他怎样行动、说话、感觉。"①斯坦尼斯拉夫斯基要言不烦地提出:"戏剧艺术,在任何时代都是集体的艺术,而且它只有在诗人——剧作家的天才与演员们的天才能够结合起来,共同发挥作用的场合下,才能产生。"②美国编剧理论家麦基更是从自身的创作经验出发表达了这样的观点:"从青年时代一直到三十多岁,我是一名演员,同时也是一名导演过60多出戏剧的剧场导演。由于有表演经验,我在写作时本能的倾向是为人物角色创造场景,并以演员和剧场导演的观点去看待写作。我一直被这种用作表演的写作所吸引,而不是那些仅供人阅读的小说写作。"③凡此种种,皆在强调编剧与演员二者合作的重要性。换句话说,编剧在实际创作过程中,必须真正做到站在演员的角度,让自己化身为剧中人物,以实现"成演之美"。

所谓"成演之美"指的是在与演员合作层面上,编剧所应该遵循的创作原则。一言以蔽之,编剧所提供的剧本要力争做到"好演"。④ 该原则至少应包括以下几点:

一、故事梗概

关于这一点,我们上一节已做过讨论,不再复述。但需要指出

---

① 杨健、张先:《剧本写作初级教程》,文化艺术出版社2009年版,第13、17页。

② (苏)斯坦尼斯拉夫斯基:《演员与导演的艺术》,转引自赵山林:《中国戏曲观众学》,华东师范大学出版社1990年版,第215页。

③ 洪鹄、王瑞如:《麦基:不卖故事》,《南都周刊》2011年11月2日。

④ 考虑到我们本书所探讨对象是电视剧编剧的事实,所以本章只就在处理与演员关系时,编剧如何做而展开论述,至于演员应如何做的问题则留待于其他以电视剧演员为研究对象的相关论文或专著深入剖析。

第二章 "三美说":成拍之美、成演之美、成看之美

的是,全盘地理解剧本,不仅是导演的工作,同时也是演员的工作。古今中外的戏剧理论家早已注意了这一点。明代戏剧理论家潘之恒在《情痴》一文中这样写道:"主人越石,博雅高流,先以名士训其义,继以词士合其调,复以通士标其式。"①潘之恒这段话讲述的是他的朋友吴越石指导演员的经历。高宇认为,这里潘之恒所言的"义","至少是指,对剧作家的立意,剧本所要表达的思想内容,剧中人物的性格与思想感情等等。这当然必须从使演员充分理解每段唱词的含义入手,也包括对曲文或道白的字义,都向演员讲解清楚;引导演员先正确而深刻地理解整个剧本和角色,直到每一句台词的涵义"。② 这里虽然针对的是导演和演员的关系问题,但作为一种创作理论,运用于编剧与演员的关系问题的解决上,同样有效。斯坦尼斯拉夫斯基也表达了相同的看法:"演员首先必须独立地或者在导演的帮助下,发掘所排演的剧本中的基本动机,也就是:作者的创作主旨。"③换句话说,无论是主要演员还是非主要演员,若想真正地诠释好自己在剧中的角色,都必须对整个剧本有一个通盘的把握。正如胡爱民所说:"表演者应对某段所要阐释的台词的全剧的主题、矛盾冲突、贯串运作、时代背景以及演出意义等进行一系列的分析与了解……才能正确地塑造生动而鲜明的人物形象。"④要想知道剧中人物的话语怎样说、用什么态度说,首先须弄清这些话是在什么情况下说出来的,也就是说要知道是在什么

---

① 潘之恒:《潘之恒曲话》,汪效倚辑注,中国戏剧出版社1988年版,第73页。

② 高宇:《古典戏曲导演学论集》,中国戏剧出版社1985年版,第183～184页。

③ 转引自高宇:《古典戏曲导演学论集》,中国戏剧出版社1985年版,第184页。

④ 胡爱民:《台词:表演中台词阐释的艺术》,中国电影出版社2010年版,第133页。

时间、地点、环境、背景下发生的事情,以及人物是处在什么关系中说出来的。① 作为创作要求,这段话是针对演员提出来的。但反过来说,为了实现我们提出的"好演"的创作要求,这些内容又正是编剧所必须向演员提供的。从这个意义上来讲,编剧首先要做的,是应该向演员提供一个故事脉络清晰的剧情大纲。这样,演员才会不仅对自己扮演的角色有所熟悉和了解,还会对整个剧本、整个故事有整体的把握,以便更好地吃透剧本,使其二度创作进行得更加游刃有余。

二、活动环境

人总是生活在具体的社会环境中,刻画和塑造生动的人物形象同样离不开社会环境的营造。因此,艺术创作中对于环境的描写历来受到艺术家和理论家的强调和重视,如茅盾认为:"人物不得不在一定的环境中活动,因此,作品中就必须写到环境。作品中的环境描写,不论是社会环境或自然环境,都不是可有可无的装饰品,而是密切地联系着人物的思想和行动。"② 朱万曙指出:"戏曲既是'演故事'的叙事文体,又是以曲词为重要表现手段的兼有抒情性质的文体。它的叙事,是对一定生活场面的再现;它的抒情,则是对特定环境中人物感情、心灵世界的表现。因此,戏曲作品也就有了以人物、情感、生活场面诸因素组成的各种情境,它以人物内在精神为基础,以生活内容为纽带,以曲词、道白以及舞台表演

---

① 胡爱民:《台词:表演中台词阐释的艺术》,中国电影出版社 2010 年版,第 133 页。
② 茅盾:《关于艺术的技巧》,《鼓吹集》,作家出版社 1959 年版,第 108 页。

动作为手段,让观众步入其中,感染其中,从而获得审美愉悦。"①刘二永提出:"如童庆炳所言,在故事中还有一个重要的要素——景,即事件发生的环境。在叙事中,如果没有对事件发生环境的描绘,也可以展现比较完整的故事线索,但却难以产生艺术感染力。所以,那些要求具有感染力的艺术,对事之景尤为重视。"②显然,这些道理同样适用于电视剧剧本创作领域。人物活动环境的描述,对于演员来说,极其重要,一段简短凝练的环境说明,会使其马上理解剧中的角色特征、人物关系、故事背景,并很快入戏。以电影《孔雀》为例:

1.一个小城市的街道 傍晚 外 夏

整个城市笼罩在一片白茫茫的烟雾之中。大街小巷都燃烧着六六粉,熏赶蚊蝇……市民们日常地下班、赶路、吃饭。这只不过是这个城市夏季生活的普遍场景,就像某个起雾的一天。

2.一个小城市家属院的筒子楼 黄昏 外 夏

筒子楼有宽敞向阳的公共走廊,铁栏杆护着。家家户户都在走廊搭着小厨房。从远处可以清楚地看见每家每户,人们在走廊里来来往往走动着。

夏天黄昏开饭的时分,光线还很明亮。筒子楼的住户们在自家门前的走廊上吃饭,围着小饭桌。天气闷热,不少人手拿蒲扇。《孔雀》里的这一家也围在小桌前。他们家坐的小板凳矮小,一家人几乎是蹲在地上。爸爸、妈妈、哥哥、弟弟都

---

① 朱万曙:《明代戏曲评点研究》,安徽教育出版社2002年版,第132页。
② 刘二永:《中国古典戏曲叙事理论研究述论》,《戏曲艺术》2016年第4期。

在,空着一个座位和一副碗筷。四口人吸吸溜溜地喝着玉米粥。天热粥也热,喝粥的声音很大。

哥哥肥胖,但一望便知,他的胖不健康。哥哥的吃相很贪,几乎是暴饮暴食。正常人不会这等吃相的,不过他们一家人早已习惯。哥哥戴着一副老式眼镜。

姐姐挑动竹帘从屋里出来,坐到小桌前的空位上。她白衬衣,深蓝的裙子。姐姐秀气得很,整个人显得清淡,有一种清教徒式的气质。姐姐哥哥年岁不相上下,二十岁左右。弟弟十七八岁,处在最飘忽不定的时光中。爸妈五十多岁的模样,庸常而善良,容颜劳顿。一个邻居推着自行车从这家饭桌边经过。

一家人专心地喝粥,没人讲话。

街上隐隐传来游行的鼓声,不仔细听以为是雷声。

爸爸、妈妈不约而同地抬头看天,以为要下雨了。

那鼓声近了,整齐隆重地响着,不知道又是什么群众活动。

楼上的邻居们三三两两亢奋地从这家人饭桌旁杂沓而过,下楼去奔赴那鼓声。妈妈爸爸也起身离去,哥哥弟弟跟着站起来跑下楼。姐姐沉静地喝着粥,像什么也没发生。①

按编剧李樯的话说,"在这样的小城市……多数人风平浪静在此度过一生,颐养天年。这城市什么都有,只少点希望和爱情。……面对这样的城市,我总有一种无法诉说的感慨。这些小城市,就像是无数流落民间的技艺之人,在他们当中有着劳苦无常的命

---

① 时光网:《电影剧本〈孔雀〉》,网址:http://group.mtime.com/15729/discussion/801570/。

运的证据,不被诉说的沉寂衰败的时光"。①

毫无疑问,通过这段人物的活动环境描写,演员很快就能把握到剧本所营造、表达的那种特定情境的气氛、基调,及处在这种特定环境里的人物的特定心情及精神状态。

三、人物小传

通过剧情大纲,演员对自己所要参演的剧本已有了整体性的理解和把握。接下来,编剧所要做的是向演员提供更为具体的人物小传,即剧中的每个人物的传记,而这些人物传记,不仅包括人物在剧中出场的全部活动说明,而且还包括剧中没有表现出来的部分。按悉德·菲尔德的话说,剧本创作中,人物生活的内容分为两个基本范畴:内在的生活与外在的生活,"人物的内在的生活是从该人物出生到现在这一段时间内发生的,这是形成人物性格的过程。人物的外在的生活是从影片开始到故事的结局这一段时间内发生的,这是展示人物性格的过程"。②

归纳起来,人物小传中,编剧所要提供的要点,包括以下几种:

1.人物性格的社会性方面:阶级成分(出身)、家庭影响、教育、职业、社会关系和地位、政治态度、宗教信仰、业余爱好和娱乐等。

2.人物性格的心理方面:倾向性、气质、兴趣、情感、意志、能力、想象等。

3.人物性格的形体外貌方面:性别、年龄、身材、容貌、姿态、眼

---

① 时光网:《电影剧本〈孔雀〉》,网址:http://group.mtime.com/15729/discussion/801570/。

② (美)菲尔德(Field,S.):《电影剧本写作基础 从构思到完成剧本的具体指南》,鲍玉珩、钟大丰译,中国文联出版公司1985年版,第31页。

睛、服装、健康情况、遗传等。①

为使问题的讨论更为直观,以笔者2013年创作的小说《英雄连》改编的电视剧剧本的人物小传为例,转录如下:

电视剧《英雄连》人物小传

越威(男一号)

【性格特征】

1.英俊潇洒,生于殷实人家,接受新式教育,却不喜读书,好举枪弄棍,偶尔使点小坏,有点玩世不恭,却又不是那种纨绔子弟嬉皮士式的放纵和不自爱。本性倔强,有些傲慢,但不是那种肤浅的外露张扬,有潜在的优越感,却又不自视高人一等,不会让人本能地对之产生警惕和距离感。骨子里有哈姆雷特式的贵族气质,却又不似哈姆雷特那般优柔寡断,遇事能果断出击。

2.天生好人缘,三教九流,似乎跟谁都熟,跟谁都有共同语言,并且能在最短时间获得对方的好感,使原本处于绝境的事情出现转机,说好听点是力挽狂澜,说难听点,就是能忽悠,却又不是那种张牙舞爪的夸夸其谈,他幽默却不油滑,让人窝火却不生厌。

3.单纯,重兄弟情义,有担当,当了兵,转化为一种使命感、袍泽情,但限于当时特定的情境,还认不清社会本质的某些国军军官借机大发国难财的龌龊之举,使他心寒,他坚守自己的理想,现实中却处处碰壁。随着经历的丰富和对世事感悟的加深,他的世界观和价值观渐渐发生变化,并不断修正,在高度的民族大义的感召下,终于挣脱了庸俗道德观的束缚

---

① 顾仲彝:《编剧理论与技巧》,中国戏剧出版社1981年版,第305、306页。

和羁绊,投入了共产党的怀抱,将个人复仇、抗战事业、人民利益结合在了一起,由此脱胎换骨,获得新生,最终成为一名真正成熟的理想坚定的新四军军官。

【身份历程】

少年时期:

因为一段爱情而当兵,按越威自己的话说,或许那不叫爱情,应该叫少年冲动,后来跟兄弟们说起这事的时候,他经常脸红,自个都不好意思。他的家境在当地还算不错,他爹曾做当地的教育参议,后来弃官经商,办起粮行,在当地小有名气,原指望越威多读点书,有一天能成个文质彬彬的先生,可越威不争气,不喜读书,好武,经常打架,弄得老师们头大,一次偶然的机会遇上一个女生,不过脑子,就喜欢上了人家,女生却烦他,看不惯他成天吊儿郎当的模样,女孩的清高和拒绝更刺激了他,狂追,后来女生答应跟他聊聊,女孩跟他摊牌,女孩竟是共产党,动员他参加暴动,那时国共打了快十年了,血海深仇,做共产党被发现那是杀头的罪,可越威浑劲上来了,说只要女孩答应跟他好,他就参加,结果暴动泄露,越威被抓,女生也没了下落,乔之天教他的武功发挥了作用,深更半夜,越狱了。吓得他爹没咒念,碰巧陕西的部队来当地招兵,他爹就找关系让他跟着当兵的走了。

战士期:

越威当兵那个部队,是当时国军中有名的一支王牌师,清一色的德械装备,教官西格弗里德是个德国人,曾执教于柏林军事学院,是一位非常出色的职业军人,跟越威初次见面,俩人就发生了激烈的肢体冲突,打斗中,西格弗里德差点让越威摔死,孰料,西格弗里德不但不生气,反而喜欢上了这个中国男孩,将越威选进特战连,对其倾囊相授,致使越威在近一年的严酷训练中熟悉并掌握了各种轻武器的射击、地图和指北针的判读、投弹、爆破、土工作业、徒手格斗、刺杀、野外生存、战场救护等步兵技术,知道了何谓传统战争,什么是现代战争,在实战中,如何对空、防空、防毒等等。

中日战争爆发。一纸密令,越威所在的部队千里奔赴上海参战,到达上海的当晚对敌发起夜袭,结果遭敌分割,为救出被敌围困的排长,越威孤军深入,受重伤,幸有苏娅的精心照料,才捡了一条命,由于违抗撤退命令,出了医院,即被关禁闭,狱中结识了同样因为战场违纪而被关押的国军上尉沈正元。实为共产党的苏娅和沈正元从此成了越威人生路上的两盏指明灯,呵护着他的成长。

因为有连长罩着,越威艺高人胆大,带着兄弟们神出鬼没,奋勇杀敌,无所畏惧,纵然捅了娄子,也有孙连成顶着。然而,南京保卫战中,孙连成牺牲了,将全连兄弟托付给了越威,越威骤然感到自己肩上的担子重了,人也一夜之间成熟了,原来的那种任性轻狂逐渐被责任和理性所代替,他真正由一个男孩长成了一个男人。但这只是起步,他要由一个战士成长为军官,由一个有责任感的男人成长成一个有思想高度的深刻男人还有一段很长很长的道路要走,并且这段路布满了荆棘和凶险,也就是说,他之后的每一点进步和提升,都需要血与汗水的浇灌。

转型期:

肩负使命与重托,盼不来老部队,他率领兄弟攻克悍匪,占山为王,决心以一己之力与强大的敌寇对抗,报仇雪恨。他对国家对军队赤胆热血,对兄弟义薄云天,然而,思想却很单纯,不懂得现实生活的复杂性,在举国抗战的大潮中,只看到了真善美,却看不到隐藏背后的假恶丑,只重军事,不懂政治,受庸俗的儒家思想影响,坚持"君子不党",面对各种势力拉拢,他不为所动,就连真心帮他的新四军,也保持着本能的警惕，最终，不可避免地落入了愚忠的境地。他爱护群众，却不懂得发动和依靠群众，片面地推崇军事对抗。他坚守自己的理想，面对现实，却处处碰壁。他太年轻，局势却不明朗，由此，精神和信仰一度出现危机，陷入了彷徨迷惑之中，爱人苏娅的细心呵护，沈正元的真心引导，使他的世界观和价值观渐渐发生变化，并不断修正，在高度的民族大义的感召下，终于挣脱了庸俗道德观的束缚和羁绊，投入了共产党的怀抱，由此脱胎换骨，获得新生。

成熟期：

用正确思想武装起来的越威，精神面貌焕然一新，不仅懂得了如何去战，而且在更深层次上懂得了为何而战，为谁而战，完全以一个共产党人的角色，站在了人民群众的立场上来，在爱人、领导、战友的配合和支持下，他将自己的军事才能发挥得淋漓尽致，一如当年的东吴周郎，带领着兄弟们在江南的抗日战场上纵横驰骋，所向披靡。他对个人的未来充满了自信和期待，但同时也随时准备着为抗战事业、为党的事业、为人民群众的利益牺牲一切，包括生命。此时的越威已经真正成长为一个具有共产主义革命信仰的新四军军官。

宋正元

【性格特征】

原国军炮兵营营长，实为共产党员，武汉会战后，带领新四军先遣营进入洪溪，开辟敌后根据地。性情温和，重情义，有思想，有担当，有胆识，头脑冷静，思虑周密，不足之处是因为过于谨慎，略显磨叨，大是大非面前不够当机立断，但最终以共产党员的血性和大义感化了越威和他的兄弟们。与苏娅一起，成为越威一步步成熟并最终加入中国共产党的领路人。

【身份历程】

淞沪会战中，由于枪杀战俘违纪被关禁闭，与越威结识，两人不打不相识,从此成为知己。后担任炮兵营营长,防守金山卫,结果被山下尚武带领的特种分队偷袭,打到最后,兄弟们全部牺牲,成为光杆司令,投靠越威连。在南京动员越威跟他干,被越威拒绝。武汉会战后,带领新四军先遣队赶赴洪溪,开辟敌后战场,再次与越威并肩战斗。借助苏娅和越威的恋人关系,一直动员苏娅做越威的工作,向他灌输正确的世界观和革命观。纵使在越威一时任性,不醒悟的情况下,沈依然以一个共产党人的热情和耐心一次次向越威伸出援助之手。越威带领着兄弟们经历失败,跌入低谷,原有的信仰发生危机,沈正元成为越威的革命导师,引导他走出心灵的苦痛,明白了更多更为深刻的抗战道理,并最终加入到新四军的抗日队伍之中。

苏迪(女一号)

苏迪之于越威,犹如贝亚特丽齐之于诗人但丁,她是越威的恋人,又是其精神层面的导师。在她的引导下,越威的思想才一步步得以提升,并最终成长为一名坚定的共产主义战士。

【性格特征】

江南女孩,清丽,文静,善良,清纯,给人温馨感。她对越威的影响是那种润物细无声的引导和感化,她就如一缕春风,让越威倍感温馨,同时清醒,以至于不会被迷雾遮蔽双眼,不为邪恶势力所迷惑,但她却又从不给他施压,不做教条口号似的灌输和教导。正是在苏迪春风化雨的引导下,越威最终带队加入新四军,成为坚定的共产主义战士。

【身份历程】

与越威同岁,出身书香门第,家学甚厚。其父从医,医术高明,在当地享有盛名,其母乃大家闺秀,知书达理,对苏迪性格的养成影响极大。十八岁考取燕京大学,在校期间受国文老师影响,秘密加入中共,抗日战争爆发后,作为战地医院女兵被派往上海,在战火中与越威相遇并相爱。淞沪会战后,随军撤至武汉,调新四军战地服务团,后随新四军先遣队开赴敌后,任民运部长、文化教员,与越威并肩作战,给其无尽的支持和力量,无论处境多么艰难凶险,对越威的爱都痴心不改,坚定不移。越威思想转变,并最终成长成为成熟的新四军军官,苏迪功不可没。

柳曼(女二号)

该剧中最为复杂的女性。与越威相遇在上海,相信一见钟情的她喜欢并逐渐爱上了他,可妾有情,郎无意,越威衷情苏娅,这就使这段恋情一开始就被染上了浓浓的悲剧色彩。

【性格特征】

出身望门,性情奔放,敢爱敢恨,给人激情和活力。具有浓郁的罗曼蒂克精神气质,就连残酷流血的战场,在她眼里也是绚丽的,梦幻的,是激情四射、一展身手的绝佳舞台。

【身份历程】

其父是国民党元老,戎马一生,受父影响,柳曼自幼憧憬并钟情于军人那种纵马驰骋,浴血疆场的大气与洒脱。最终,大学毕业后,违背父命,毅然从军,加入女子别动队,受训结束,以战地记者身份为掩护,被派往上海,从事秘密活动。淞沪会战中与越威相识,并喜欢上他,可妾有情,郎无意,越威衷情苏娅,这就使这段恋情注定要成为一场悲剧。柳曼作为特工,见证了国民党内部相互倾轧、结党营私的腐败,原有的信仰发生危急,一次次将绝密情报送给越威,使新四军一次次绝处逢生,柳曼为此受到调查,在使命和情感之间,柳曼痛苦挣扎,难以取舍。但柳曼依然爱得无怨无悔,顶着受家法惩罚的危险,暗中帮助越威一次次化险为夷,直至最后一次,为救越威,替他挡子弹,香消玉殒在越威怀里。一朵美丽的花凋零了,是令人惋惜的,可正如柳曼一直推崇的诗句"美人自古如名将,不许人间见白头",让生命以最美的方式收场,毫无疑问,她做到了。

通过这段人物小传,我们对剧中的人物形象已有一个较为清晰的了解,"演员读过以后,就会根据自己的体会抓住对人物的处理基点,使角色的舞台形象向编剧所期望的状态靠近"。①

四、台词

关于台词,在前文"真味"及"趣味"章节中已有讨论,不再具体展开。但这里需要对以下两点做出特别强调:

1.要符合人物性格

塑造有血有肉的人物形象是包括电视剧剧本在内的所有叙事艺术创作的中心任务,这也是衡量一个编剧创作水平的重要标准。反过来说,这也是编剧在处理与演员关系时所必须把握好的一个重要尺度。台词与人物性格的统一,也一直为戏剧理论家所强调。正如李渔所言,"以情乃一人之情,说张三要象张三,难通融于李四"。② 那么,剧作家如果才能做到说张三像张三呢?李渔认为要"设身处地","若非梦往神游,何谓设身处地?无论立心端正者,我当设身处地,代生端正之想;即遇立心邪辟者,我亦当舍经从权,暂为邪辟之思。务使心曲隐微,随口唾出,说一人,肖一人,勿使雷同,弗使浮泛"。③ 这对于剧作家来说,既是方法,也是要求。又如

---

① 杨健、张先:《剧本写作初级教程》,文化艺术出版社2009年版,第19页。

② 李渔:《闲情偶寄·戒浮泛》,《李渔全集》第三卷,浙江古籍出版社1992年版,第22页。

③ 李渔:《闲情偶寄·戒浮泛》,《李渔全集》第三卷,浙江古籍出版社1992年版,第47页。

第二章 "三美说":成拍之美、成演之美、成看之美

胡爱民所说:"剧中人物的语言,反映着他对人、对事的态度,是最能表达人物的精神面貌和性格特征,是我们了解人物的一把钥匙。因此演员要懂得从人物的语言中去寻找人物性格。"[①]这段话虽是针对演员而言的,但从另一个侧面来说,同样可以作为对编剧的要求,即所写的台词一定要符合剧中人物的具体性格。

2.宜短不宜长

台词宜短不宜长,是根据演员"二度创作"的实际情况而提出的。电视剧拍摄过程中,演员没有足够的精力去背诵那些长篇大论的台词。这就要求台词宜短不宜长。

此外,宜短不宜长还有另一层意思,即台词宜精戒泛。如上文所说,剧本创作的重要任务是塑造人物,刻画人物性格。黑格尔说:"能把个人的性格、思想和目的最清楚地表现出来的是动作,人的最深刻方面只有通过动作才能见诸现实。"[②]普多夫金也同样指出:"必须用明确而生动的视觉形象来表现自己的概念。假使问题是要表现某一个人物的性格,那就必须把这个人物放在特定的环境中,使他通过某一动作而造成我们要求的形象。"[③]就此而言,一个真正优秀的编剧不会让他笔下的人物仅仅停留在高谈阔论、夸夸其谈上,而是会将其置放在一个具体(两难)境地,逼其做出选择,从而让观众从其实际行动中辨别出他是一个什么样的人。也正是基于这样的认识,高尔基才提醒广大作家,"要使艺术作品具有令人信服的教育作用,就必须使主人公们尽可能地多做事,少

---

① 胡爱民:《台词:表演中台词阐释的艺术》,中国电影出版社2010年版,第135页。
② (德)黑格尔:《美学》(第三卷),朱光潜译,商务印书馆1979年版,第302页。
③ (苏)普多夫金:《论电影的编剧、导演和演员》,何力译,中国电影出版社1957年版,第35页。

说话"。①

此外,台词还要做到不能太直白,要注意"留白"。所谓留白,"指留下空白,通过未说之言以及言外之意留下想象的空间和余地,进而达到揭示人物内心世界,丰富剧情内容,给人以品味、思考的可能"。② 依此而论,台词"留白"会更好地激发演员的创作激情和潜力,也会更好地在二度创作中来体现其主体性,从而在整体上提升电视剧的艺术质量。

五、动作的统一性

悉德·菲尔德说:"人物是你电影剧本的基础,它是你故事的心脏、灵魂和神经系统。在你动笔之前,你必须了解你的人物。"而且,"首先,要确定你的人物的需求"。③ 换句话说,对于编剧而言,首先要确定其笔下人物的需求是什么?一旦人物有了明确的需求,也就有了明确的行动目标,那么,接下来的故事发展中,他做出的所有动作就不会显得散乱无章,而是有法可循,会统一于他的行动目标即明确的需求之下。需求便是人物的态度,卞智洪说:"在创作中,人物动作可以这样可以那样,随时设计随时更改,但人物态度则相对稳固,从态度出发寻找动作,戏就不会乱跑——维持结构的统一性。"④以演员廖凡参演电视剧《北平无战事》的经历为

---

① (苏)高尔基:《论文学》,人民文学出版社1978年版,第319页。
② 李晓琳、唐名刚:《对话"留白"在戏剧影视作品中的妙用》,《电影文学》2009年第13期。
③ (美)悉德·菲尔德:(Field,S.):《电影剧本写作基础:从构思到完成剧本的具体指南》,鲍玉珩,钟大丰译,中国文联出版公司1985年版,第30、40页。
④ 卞智洪:《论人物态度——塑造人物的一把钥匙》,《中国电视》2016年第3期。

第二章 "三美说":成拍之美、成演之美、成看之美

例,"一开始读剧本,廖凡几乎很难将梁经纶的行为逻辑串起来,'他出场不多,捉摸不定,无从下手。'幸亏编剧刘和平在拍摄期间全程驻组,廖凡便和编剧、导演多次讨论,最终抓住了理解梁经纶的那条红线,'再虚无缥缈的人也要有灵魂。梁经伦身上有中国古代士的特质,以国家为己任,这种与生俱来的使命感,就是其行为的立足点。'"①正是因为抓住了这个人物的魂,廖凡最终将梁经伦这一人物塑造得惟妙惟肖,赢得了观众和专家们的一致赞誉。这一案例也从侧面证明了编剧若要实现"好演"这一目标,在剧本创作中,就必须对作品的人物动作做到明确、统一。正如涂彦所说:"电视剧的人物动作要目的明确、因果相承、环环相扣,形成人物的'贯穿行为',进而引发冲突、推动剧情发展,形成悬念以激起观众的兴趣,直达人物的'最高任务',最终揭示全剧的主题。而只有局部的人物动作具有戏剧性是不够的,局部的动作必须服从全剧的整体构思和主题,这就是所谓动作的'整一性'原则。"②

王承廉指出:"戏剧、电影、电视剧里都有情节和人物,演员还要学会塑造人物形象,掌握人物在剧情中表演的'节奏与速度',还要进一步地研究和掌握不同人物之间的'人物关系'。为了把人物演得生动感人,符合剧情要求,还要学会分析剧本和分析人物。其中表演技巧的核心是动作。所谓动作,指的是为了实现某种意图和目的而进行的活动。动作的构成,包括做什么、为什么做和怎样做?这在表演艺术中称为动作的三要素,就是指动作的任务、动作的内容和方式以及动作所要达到的目的。在完成动作当中,这三者不能割裂,而应是既互相联系又互相制约的,这也是人在动作时

---

① 张世豪:《三重身份的梁经伦 廖凡靠眼神演活了》,《成都商报》2014年10月19日。
② 涂彦:《浅析冲突的戏剧性效果:以电视剧〈北平无战事〉为例》,《中国电视》2015年第2期。

的基本规律。"①这段话虽是针对演员而说的,但运用到编剧领域,同样有效,即剧本创作中要保持人物动作的统一。

六、手则握笔,口却登场

李渔提出,编剧要"设身处地,既以口代优人,复以耳当听者,心口相维,询其好说不好说,中听不中听"。② 戏曲如此,电视剧创作亦然。编剧站在演员的角度,化身为曲中之人,这一做法,不仅有利塑造生动的人物形象,同时,也是遵循"成演之美"原则的具体体现。正如钟鸣在《优秀编剧何妨登台》一文中所说,在古今中外许多有成就的戏剧家身上,我们都能看到"演员"的影子,强调编剧和演员的关系,"并不是说,所有的好编剧都要从演员队伍里产生,但至少使我们明白,编剧的成长本应与演员密不可分。从演出出发,应是编剧不可缺少的意识"。③

综上所述,创作过程中,将自己放在演员的角度,对于编剧来说,是极其必要的,也是极其有益的。这样做,编剧可以切实感受到剧中人物的生命温度,同时,也可以及时地发现创作中出现的那些不利于表演的问题,并给予及时的修正。

---

① 王承廉:《电影电视表演基础》,文化艺术出版社1989年版,第109、120页。
② (清)李渔:《闲情偶寄》,张萍校点,三秦出版社2005年版,第299页。
③ 钟鸣:《优秀编剧何妨登台——谈破解编剧难问题》,《光明日报》2016年9月26日。

第三节　成看之美：编剧与观众

从戏剧理论发展史的角度看，注重戏剧艺术与观众关系研究的传统由来已久，早在宋元时期，我国就有了"宁可乐待于宾，不可宾待于乐"的演出规则。①

对于该问题的研究又大致包括了以下两个方面：

一是重视戏剧对观众的感化和教育功能。如元代夏庭芝在《青楼集志》中说："'院本'大率不过谑浪调笑，'杂剧'则不然。君臣如伊尹扶汤、比干剖腹，母子如伯瑜泣杖、剪发待宾；夫妇如杀狗劝夫、磨刀谏妇；兄弟如田真泣树、赵礼让肥；朋友如管鲍分金、范张鸡黍，皆可以厚人伦，美风化。"②杨维祯《沈氏今乐府序》谓："其于声文缀于君臣夫妇仙释氏之典故，以警人视听，使痴儿女知有古今美恶成败之观惩，则出于关、瘦传奇之变。"③高明《琵琶记》副末开场词云："正是不关风化体，纵好也徒然。论传奇，乐人易，动人难。"④李开先在《改定元贤传奇后序》中主张："传奇凡十二科……要之激动人心，感移风化，非徒作，非苟作，非无益而作之者。今所

---

① 这一原则出自杂剧《蓝采和》，在当时，城市里已有了瓦舍勾栏这种专门演出戏曲的场所，在这种商业性演出的环境里，观众既是艺人们献艺的对象，也是他们的衣食父母。所以，"宁可乐待于宾，不可宾待于乐"就成了艺人的演出原则，每次演出，演员要事先做好一切准备，早早到场，等候观众，而不能反过来，让观众等待演员。参见赵山林：《中国戏曲观众学》，华东师范大学出版社1990年版，第3、4页。

② （元）夏庭芝：《青楼集志》，隗芾、吴毓华编：《古典戏曲美学资料集》，文化艺术出版社1992年版，第65页。

③ （元）杨维祯：《沈氏今乐府序》，隗芾、吴毓华编：《古典戏曲美学资料集》，文化艺术出版社1992年版，第69页。

④ （元）高明：《琵琶记》，中华书局1958年版，第1页。

选传奇,取其辞意高古、音调协和,与人心风教俱有激动感移之功。"①李贽在点评《红拂》一剧时提出:"孰谓传奇不可以兴,不可以观,不可以群,不可以怨乎?"②祁彪佳也表达了同样的看法:"子曰:诗可以兴、可以观、可以群、可以怨。然则诗而不可兴可观可群可怨者,非天下之真诗也。呜呼,今天下之可兴可观可群可怨者,其孰过于曲哉?"③孟称舜《娇红记题词》曰:"性情所种,莫深于男女。而女子之情,则更无藉读书理义之文以讽喻之,而不自知其所至,故所至者若此也。"④陈洪绶《娇红记序》谓:"今有人焉,聚徒讲学,庄言正论,禁民为非,人无不笑而诋也。伶人献俳,喜叹悲啼,使人之性情顿易,兽者无不劝,而不善者无不怒,是百道学先生之训世,不若一伶人之力也。"⑤张琦在《衡曲麈谭》中提出戏剧有"宅神育性"之功能:"而处此者之无聊也,借诗书以闲摄之,笔墨罄泻之,歌咏条畅之,按拍纾迟之,律吕镇定之,俾飘飘者近其居,郁沉者达其志,渐而浓郁者凡于淡,岂非宅神育性之术欤?"⑥李渔在《〈香草亭传奇〉序》一文中指出,"然卜其可传于否,则在三事,曰情,曰文,曰有裨风教……三美俱擅,词家之能事毕矣"。⑦黄周星

---

① (明)李开先:《改定元贤传奇后序》,隗芾、吴毓华编:《古典戏曲美学资料集》,文化艺术出版社1992年版,第93页。

② (明)李贽:《焚书 续焚书》,岳麓书社1990年版,第193页。

③ (明)祁彪佳:《孟子塞五种曲序》,隗芾、吴毓华编:《古典戏曲美学资料集》,文化艺术出版社1992年版,第241页。

④ (明)孟称舜:《娇红记题词》,隗芾、吴毓华编:《古典戏曲美学资料集》,文化艺术出版社1992年版,第239页。

⑤ (清)陈洪绶:《娇红记序》,隗芾、吴毓华编:《古典戏曲美学资料集》,文化艺术出版社1992年版,第230页。

⑥ (明)张琦:《衡曲麈谭》,中国戏曲研究院编:《中国古典戏曲论著集成》(四),中国戏剧出版社1959年版,第273页。

⑦ (清)李渔:《〈香草亭传奇〉序》,《李渔全集》第一卷,浙江古籍出版社1992年版,第47页。

《制曲枝语》谓:"论曲之妙无他,不过三字尽之,曰:'能感人'而已。"①凡此种种,皆在指出戏剧艺术要发挥社会文化功能。

二是强调戏剧作品要本色自然,通俗易懂,易于观众欣赏。如明代的李开先认为:"学诗者,初则恐其不古,久则恐其不淡;学文者,初则恐其不奇,久则恐其不平;学书、学词者,初则恐其不劲、不文,久则恐其不软、不俗。"又说:"悟入深而体裁正者,为之本也。"基于这种认识,他对戏曲创作提出要求:"用本色者为词人之词,否则为文人之词矣。"②徐渭强调:"语入要紧处,不可着一毫脂扮,越俗、越家常、越警醒,此才是好水碓;不杂一毫糠衣,真本色。若于此一恶缩打扮,便涉分该婆婆犹作新妇少年,哄趋所在,正不入老眼也。至散白与整白不同,尤宜俗宜真,不可着一文字与扭捏一典故事,及截多补少,促作整句。"③徐复祚指出:"传奇要在使田畯红女闻之而趯然喜,悚然惧;若徒逞其博洽,使闻者不解为何语,何异对驴而弹琴乎?"④王骥德认为:"白乐天作诗,必令老妪听之,问曰:'解否?'曰'解'则录之,'不解'则易。作剧戏,亦须令老妪解得,方入众耳,此即本色之说也。"⑤并进而指出:"须奏之场上,不论士人闺妇,以及村童野老,无不通晓,始称通方。"⑥徐大椿从戏

---

① (清)黄周星:《制曲枝语》,陈多、叶长海选注:《中国历代剧论选注》,上海古籍出版社2010年版,第323页。

② (明)李开先:《西野春游词序》,陈多、叶长海选注:《中国历代剧论选注》,上海古籍出版社2010年版,第116页。

③ (明)徐渭:《题昆仑奴杂剧后》,隗芾、吴毓华编:《古典戏曲美学资料集》,文化艺术出版社1992年版,第103页。

④ (明)徐复祚:《曲话》,中国戏曲研究院编:《中国古典戏曲论著集成》(四),中国戏剧出版社1959年版,第238页。

⑤ (明)王骥德:《王骥德曲律》,陈多、叶长海注译,湖南人民出版社1983年版,第200页。

⑥ (明)王骥德:《王骥德曲律》,陈多、叶长海注译,湖南人民出版社1983年版,第158页。

曲与诗词有别的角度强调戏剧要本色自然:"若其体则全与诗词各别,取直而不取曲,取俚而不取文,取显而不取隐。盖此乃述古人之言语,使愚夫愚妇共见共闻,非文人学士自吟自咏之作也。"①李渔则从观众的角度对剧作家提出要了"贵浅显""忌填塞"等要求。② 赵山林《中国戏曲观众学》一书更是从观众的角度对我国古典戏曲的发展做出了总结性发言:"中国古典戏曲的观众,是一个由不同阶层成员组成的极其广泛群体。……从本质上说,中国戏曲来自民间,是从人民生活的土壤里孕育、生长起来的。与此相联系,中国戏曲观众也就具备了民间性的特点。民间观众,主要是农民、市民,也包括中小地主和下层知识分子,他们构成中国戏曲观众的主体。正是民间观众,造成了主流健康、特色独具的中国戏曲。"③

不仅中国,在西方,关于戏剧艺术与观众的关系同样是戏剧理论家研究的重点,例如,黑格尔这样说道:"科学著作与史诗和抒情都同样要有一种本行的听众,否则著作或诗为谁而写的问题就无关紧要,听诸偶然。一个读者如果对一本书不喜欢,他就可以把它扔到旁边去,正如一幅画或一座雕像如果不合他的口味,他也就是掉头不顾一样。在这种情况下,作者可以自宽自解地说,他的书本来就不是为这种人或那种人写的。对戏剧的听众却不能这么说。写剧本所针对的听众却在场看它上演,作者对他们就有一种义务。听众既有权鼓掌,也有权喝倒彩,因为他们是一个坐在目前的集体,剧本就是为他们上演的,规定在这个地点和这个时间,来享受

---

① (清)徐大椿:《乐府传声》,中国戏曲研究院编:《中国古典戏曲论著集成》(七),中国戏剧出版社1959年版,第158页。
② 李渔:《闲情偶寄·戒浮泛》,《李渔全集》第三卷,浙江古籍出版社1992年版,第17、23页。
③ 赵山林:《中国戏曲观众学》,华东师范大学出版社1990年版,第2页。

第二章 "三美说":成拍之美、成演之美、成看之美

一番生动的场面。他们是作为一个集体聚会在此,为着进行裁判的,而这个集体的成员又是非常复杂的,在文化教养、兴趣、习惯和文艺趣味、嗜好等等方面各不相同。"①德国浪漫主义运动理论家奥·威·史雷格尔认为:"演出来给人看,是戏剧形式的前提和人们对它的要求。"②法国著名戏剧评论家弗朗西斯科·萨赛同样指出,"这是一种不容争辩的真理:不管是什么样的戏剧作品,写出来总是为了给聚集成为观众的一些人看的,这就是它的本质,这是它存在的一个必要的条件。不管你在戏剧史上追溯多远,无论在哪个国家、哪个时代,用戏剧形式表现人类生活的人们,总是从聚集观众开始"。③英国当代著名戏剧理论家、导演马丁·艾思林说得更干脆:"其实作者和演员只不过是整个过程的一半,另一半是观众和他们的反应。没有观众,也就没有了戏剧。"④

应该指出的是,以上见解都是围绕戏剧与观众之间的关系所提出的,但作为一种指导创作的精神,同样适用于影视剧领域。如编剧刘恒认为:"面对纷纭的国际形势,面对不同意识形态之间或隐或显不断冲突的现实,作为电影编剧的知识分子必须以其专业知识造福社会、造福民众,换用当下流行的说法,知识分子要以其专业视野和责任担当为社会提供'正能量'。但是,传统的知识分子在具有使命感的同时,也不自觉地怀有某种优越感,就像普罗米修斯一样取得了知识的火种,就一定要让火种燃遍大地。随着教

---

① (德)黑格尔:《美学》(第三卷),朱光潜译,商务印书馆1992年版,第262页。
② (德)奥·威·史雷格尔:《戏剧性与其他》,因生译,《古典文艺理论译丛》(第11辑),人民文学出版社1966年版,第236页。
③ (法)弗朗西斯科·萨赛:《戏剧美学初探》,聿枚译,《古典文艺理论译丛》(第11辑),人民文学出版社1966年版,第254页。
④ (英)艾思林(M.Esslin):《戏剧剖析》,罗婉华译,中国戏剧出版社1981年版,第16页。

育的普及、全社会知识文化素质的普遍提高,如果作为知识分子的电影编剧还非要以那种高高在上的姿态去传播什么、普及什么,未必能够取得很好的效果。所以,作为当代电影人,不能再以拯救群氓的口吻去和老百姓打交道,而更应该内化于民众之间,始终和老百姓在一起!"①欧纳斯特·勒曼说:"我总认为必须尽可能快地抓住观众,而不轻易放手,我总怕失去观众。"②凡此种种,皆给电视剧编剧发出了这样的要求与提醒:作为编剧,要时刻做到胸中装有观众,要重视关于观众审美趣味、审美心理的研究。

2013年,习近平总书记访问坦桑尼亚,在演讲中提及了中国电视剧《媳妇的美好时代》在该国热播一事。这不禁会令我们思考这样一个问题:该剧为何能走出国门,受到国外观众的喜欢?究其原因,其中重要的一点便归功于编剧王丽萍心中装有观众。王丽萍在谈到剧本的创作经历时,这样说道:"我先生有三个姐姐,我就跟他们念我的剧本,看她们的反映。"③编剧林和平接受《大众电影》的采访时,也表达了相同的看法:"我有个观念:电视剧不可实验,电视剧是大众文艺,不是电影,不是文学和诗歌。很多艺术家看不起电视剧和电视剧生产,其实是有一定道理的。其他的艺术形式,创作上有深度的自由,电视剧不行,我们要考虑观众爱看什么。"④

进入新媒体时代,在互联网等高新技术的支撑下,随着微信、微博等新型社交工具的出现,编剧与观众的关系问题也呈现出新

---

① 刘恒:《编剧要永远跟观众在一起》,《光明日报》2014年7月9日。
② 转引自西翁:《影视剧作法》,何振淦译,中国广播电视出版社1991年版,第162页。
③ 王丽萍:《现实题材的创作思考》,网址:http://www.pailechuanmei.com/index.php/arc/show/id/73.html。
④ 林和平、柳青:《林和平:电视剧编剧需要"媚俗"》,《大众电影》2009年第4期。

第二章 "三美说":成拍之美、成演之美、成看之美

的景象。如唐昊在《媒介融合时代的跨媒介叙事生态》一文指出:"在互联网传播方式的不断进化中,本来是个人社交分享用的微博、微信,逐渐变成商业上颇为有效的宣传窗口,突破了平面、电视、广播等传统大众传播媒介的种种限制,使低成本电影的高票房梦想变为现实。2011年,《失恋33天》以'新'的媒体宣传方式(社交网站、微博、视频网站等)为主,以'旧'的媒体宣传方式(电视、主流平面媒体及门户网站)为辅。通过微博的话题转发、网络视频发布及粉丝活动,获得了票房的巨大成功,揭开了以网络为载体的新媒体营销时代。民众在网络上的互动可以生成饶有兴趣的创意和意想不到的内容,对粉丝群体的增长以及长久的产品热度起到极为重要的作用。如果说《失恋33天》侧重于以网络为载体举行线上线下活动的事件营销,那么2013年《致青春》则开辟了话题营销新思路。不仅开机前便注册官方微博,14个月里积累了18万粉丝,共发微博2409条。作为导演的赵薇同时运用个人的线上社交网络进行营销配合,在网络上掀起一个个探讨青春的话题,将怀念情怀植入潜在观影受众的心中。团队在花絮和海报等内容上也下足心思,用怀旧的主角海报,引发网友竞相模仿和制作。他们与粉丝之间通过当今的便捷媒介环境构建起更为融洽的关系,证明受众能够加工处理故事信息的潜力是巨大的,消费融合所带来的参与性文化使跨媒介叙事生态变得更加活跃。"[①]由此,我们不难发现:影视剧艺术只有当它真正和观众发生关系,本身的艺术价值、社会价值才能完全地得以实现,同时,编剧与观众之间又呈现出一种新型关系,即新媒体时代,观众已不再是被动的审美接受,而是主动介入电视剧创作。这种发展趋势更加促使编剧不得不考虑观众在电视剧剧本创作中的重要性。换句话说,电视剧编剧在实际

[①] 唐昊:《媒介融合时代的跨媒介叙事生态》,《中国出版》2014年第24期。

的创作中,必须真正做到心中装着观众,即所创作的作品要做到能吸引观众,打动观众,满足后者的审美需求,以实现"成看之美"。

所谓"成看之美",指的是在处理与观众关系层面上,编剧所应遵循的创作原则。一言以蔽之,即编剧所创作的作品要做到"好看"。该原则至少应包括以下几点:

一、找到那盏"神灯"

"阿拉丁与神灯"的故事广为流传。众所周知,该故事出自古代阿拉伯的一部文学名著《天方夜谭》,据史料考证,这部书大致成型于15、16世纪,至今已有五六百年的历史。在这几百年里,古今中外,诞生的故事之多,可谓汗牛充栋,浩如烟海。但随着岁月的流逝,很多故事被人们所遗忘,而神灯这个故事却穿透历史,至今为人们所喜爱,所传诵。于是,我们不禁要问,原因何在?笔者认为,答案就是那盏"神灯",换句话说,正是"神灯"这个独特的意象,才使得这篇故事拥有了与众不同的精神气质。这就给了我们当下的电视剧编剧一个重要启示,即在创作剧本之前,一定先问下自己:"我的神灯在哪里?"因为,只有找到了那盏神灯,拥有了那盏神灯,你的作品才会从数以万计的剧本中脱颖而出,才会吸引观众,为观众喜闻乐见。那么,剧本创作中,"神灯"到底指的是什么呢?笔者认为至少包括以下几点:

(一)"神灯"是剧本中的"独特意象"

正是这个独特意象的存在,才使得剧本与众不同,吸引了观众的眼球。这一方法有点类似于金圣叹所说的"狮子滚球",金圣叹在《读第六才子书西厢记法》中说:"文章最妙,是先觑定阿堵一处已,却于阿堵一处之四面,将笔来左盘右旋,右盘左旋,再不放脱,却不擒住,分明如狮子滚球相似。本只是一个球,却教狮子放出通身解数。一时满棚人看狮子,眼都看花了,狮子却是并没交涉,人

第二章 "三美说":成拍之美、成演之美、成看之美

眼自射狮子,狮子眼自射球,盖滚者是狮子,而狮子之所以如此滚,如彼滚,实都为球也。《左传》《史记》,便纯是此一方法,《西厢记》亦纯是此一方法。"①以电视剧《玉观音》为例。该剧当年播出后,特别的火。它为什么火?究其原因,其中重要的一点就在于它有"神灯",它的"神灯"是什么呢?就是那个象征着善良、理想和母性的玉观音。作为男女主人公相爱的信物,玉观音贯穿了故事的始终,见证了男女主人公的相爱过程。男女主人公历经磨难,才走到了一起,但有一天,女主角安心却突然不辞而别,离开了男主人公杨瑞。一个深爱着自己且自己也深爱着的女孩突然不辞而别,男主人公心中那份痛苦、绝望、无助可想而知。尤其在故事的最后,男主人公如此说道:"我睡觉时总要摘下那颗被体温捂热的玉观音,端端正正地摆在身边空着的枕头上,象征着安心与我同床而眠。"观看这样的电视剧,的确令人动容。

由此不难看出,就叙事手法及其所产生的叙事效果看,这里的"神灯"又类似于法国编剧理论家西翁所言的"钩吊"。而所谓"钩吊","就是指那种惊人的、不近情理的、奇特的,甚至是哑谜般的事件,一般都是放在影片的开端处,以便抓住观众的兴趣,而免于单纯地以交待人物的现状来开始"。②

(二)"神灯"是剧中的"人物"

典型人物就是一部剧的"神灯",如《亮剑》中的李云龙,《士兵突击》中的许三多。李云龙虽然爱骂人,爱说脏话,形象粗糙,但他身上体现出来的那股"站着是座山,倒下是道岭,面对强敌,敢于亮剑"的军人气概却令人震撼。许三多憨厚老实,胆小懦弱,但他的

---

① 金圣叹:《读第六才子书西厢记法》,王实甫、高明:《第六才子书:西厢记 第七才子书:琵琶记》,线装书局2007年版,第8页。
② (法)西翁:《影视剧作法》,何振淦译,中国广播电视出版社1991年版,第162页。

内心却无比明净透彻,他身上洋溢着的那股"一息尚存,就不言放弃"的执着精神令人动容。所以说,李云龙是《亮剑》的"神灯",许三多是《士兵突击》的"神灯"。也正是有了这两盏"神灯",这两部电视剧才从众多的同类题材当中脱颖而出,受到观众的喜欢。

二、台词宜浅不宜深

李渔说:"曲文之词采与诗文之词采非但不同,且要判然相反。何也?诗文之词采贵典雅而贱粗俗,宜蕴藉而忌分明;词曲不然,话则本之街谈巷议,事则取其直说明言,凡读传奇而有令人费解,或初闻不见其佳,深思而后得其意之所在者,便非绝妙好词。"[①]又说:"传奇不比文章,文章做与读书人看,故不怪其深,戏文做与读书人与不读书人同看,又与不读书之妇人小儿同看,故贵浅不贵深。使文章之设,亦为与读书人、不读书人及妇人小儿同看,则古来圣贤所作之经传,亦只浅而不深,如今世之为小说矣。人曰:文人之作传奇与著书无别,假此以见其才也,浅则才于何见?予曰:能于浅处见才,方是文章高手。"[②]戏剧如此,电视剧亦然。作为通俗文化,电视剧有着更为广泛的群众基础,从城市到乡村,从老人到小孩,从知识分子到个体商贩,它的收视群体可谓涵盖了社会各个领域、各个年龄阶段。所以对于编剧而言,在剧本创作中,一定要注意台词的通俗化、大众化,以便让各个领域、各个年龄的观众都能看懂。但需要提醒的是,强调台词"宜浅不宜深"并非是在提倡创作中编剧可以采用无须斟酌、无须加工的"大白话",而是要在

---

① 李渔:《闲情偶寄·贵显浅》,《李渔全集》第三卷,浙江古籍出版社1992年版,第17页。

② 李渔:《闲情偶寄·忌填塞》,《李渔全集》第三卷,浙江古籍出版社1992年版,第24页。

第二章 "三美说":成拍之美、成演之美、成看之美

坚持通俗易懂的基础上,切实实现李渔所说的"能于浅处见才,方是文章高手"的创作目标,因为,台词在剧本创作中担负着塑造人物、推动叙事等方面的多种功能。为此,悉德·菲尔德强调,对话充当着以下几种作用:推动剧情向前发展,将事件和动向传达给观众,建立人际关系,揭示矛盾冲突和人物的感情状态,阐明剧情(动作)等。① 由此看出,台词创作其实是一种建立在日常生活语言之上,但又远远高于后者的具有审美特性的文学语言。也就是李渔所说的"于嘻笑诙谐之处,包含绝大文章"。正是基于这样的认识,老舍才做出以下强调:"话剧既是文学作品,就理当有文学语言。""文学语言,无论是在思想性上,还是在艺术性上,都须比日常生活语言高出一头。作者须既有高深的思想,又有高度的语言艺术修养。他既能够从生活中吸取语言,又善于加工提炼,像勤劳的蜂儿似的来往百花之间,酿成香蜜。"② 并进而指出:"戏曲有个好条件,尽管是水词儿,只要唱腔儿好,便能遮掩住语言的疮疤,使大家爱听爱唱。话剧无此条件,话剧语言因此就必须十分考究,精益求精。写话剧台词儿,我们不仅应当在意思上字字斟酌,务期妥须,还须把语言的音乐性发挥出来,听着悦耳,使人容易记住,像诗歌那样。话剧作家应该在这一点上卖卖力气。是呀,一些疙里疙瘩的台词儿,不管多么有本领的演员也不会念得珠圆玉润,有节奏,有感悟。"③ 这些见解虽是针对话剧而言,但对于电视剧剧本的创作而言,同样具有指导意义。

---

① 转引自(法)西翁:《影视剧作法》,何振淦译,中国广播电视出版社1991年版,第84、85页。
② 老舍:《话剧的语言》,《剧本》1962年第1期。
③ 老舍:《语言与生活》,《剧本》1963年第5期。

三、把握好节奏

李渔说:"水穷山尽之处,偏宜突起波澜,或先惊而后喜,或始疑而终信,或喜极、信极而反致惊疑,务使一折之中,七情俱备,此为到底不懈之笔,愈远愈大之大,所谓有团圆之趣者也。"① 只有这样,才会使观众留恋难舍,"看过数日,而犹觉声音在耳,情形在目"。② 大凡叙事艺术,莫不如此,电视剧剧本也不例外。这就要求剧本创作中,编剧一定要把握好故事的节奏。故事不紧凑,节奏感不强,就很难快速地吸引住观众。施旭升说:"电视剧在展示人生情态、叙述人生历程的具体的情节场面中也不能不体现出一定的叙事节奏,不能不通过鲜明的叙事节奏来有效地激发观众的收视兴趣、控制观众的收视注意力、调动观众的欣赏热情和审美期待,从而造就出一部电视剧作品与其总体风格情调相一致的节奏感来。"③ 以电视剧《黎明之前》为例。该剧的历史背景是 1948 年,全国解放前夕。故事一开始,就是一个突发事件:某夜,中共地下党秦佑天被捕叛变,声称要向谭忠恕(国民党中央情报第八局局长)指认一名潜伏在国民党中央情报局的共产党,等谭忠恕赶到现场,却发现钱宇(档案室里机密要员)正在烧毁秦佑天的口供,双方展开激战,谭忠恕夺得口供残片,钱宇自杀。与此同时,关在饭店的叛徒秦佑天被人枪杀。几近绝望的谭忠恕在秦佑天的口供中,意外看到了"水手"的名字,原来,谭忠恕和水手是曾经的老对手,

---

① (清)李渔:《闲情偶寄·大收煞》,《李渔全集》第三卷,浙江古籍出版社 1992 年版,第 64 页。

② (清)李渔:《闲情偶寄·大收煞》,《李渔全集》第三卷,浙江古籍出版社 1992 年版,第 64 页。

③ 施旭升:《电视剧叙事节奏辨识——兼谈电视连续剧〈一年又一年〉叙事节奏的营构》,《中国电视》2000 年第 4 期。

第二章 "三美说":成拍之美、成演之美、成看之美

在抗日战争时期,二人就打过交道,某次执行任务过程中,水手的出色表现令谭忠恕佩服不已。谭忠恕曾试图拉拢水手,却没成功,从此没了水手的消息,再后来,谭忠恕从一个日本战俘口中获知水手已牺牲。谭忠恕万没料到水手竟还在活着,他预感到事态的复杂。接下来的故事一波三折,扣人心弦。这部剧播出后,观众反响强烈,在豆瓣的评分高达9.2,有21953人参与评价。这部剧为何能取得如此好的成绩呢?究其原因,其中重要一点就在于编剧对叙事节奏的娴熟掌控、精到把握。

四、悬念的设置

所谓悬念(suspense),指的是"有意制造一些激发欣赏者兴趣和紧张心情的充满未知的细节。一般在后面交代详情"。① 也正是因为它总是对欣赏者具有极为强烈的吸引力,所以成为几乎任何一种艺术形式为刻画人物而不遗余力地加以利用的有效手段。② 在戏剧领域,率先对悬念进行阐释的人是法国启蒙运动的先驱狄德罗,他说:"我坚决相信,假使有时宜于把一项重要的情节在未发生前瞒住观众,却更多的时候戏剧兴趣要求相反的做法。由于守密,戏剧作家为我安排一个片时的惊讶;可是,由于把内情透露给我,他却引起我长时间的悬念。对在霎那间遭到打击而表现颓丧的人,我只能给予霎那的怜悯。可是,如果打击不立刻发生,如果我看到雷电在我或者别人头顶上聚集而长期地停留在空际不击下来,我会有怎样的感觉?"③而将"悬念"引入到电影创作

---

① 朱立元主编:《美学大辞典》,上海辞书出版社2014年版,第673页。
② 路海波:《电视剧编剧技巧》,南开大学出版社1986年版,第138页。
③ (法)狄德罗:《论戏剧艺术》,伍蠡甫:《西方文论选》(上),上海译文出版社1979年版,第366页。

领域进行讨论的代表人物是希区柯克,他说:"四个人围坐在一张桌子旁边谈棒球。谈了五分钟,沉闷极了。突然间一颗炸弹爆炸了,把人炸成碎片。观众是什么感觉?十秒钟的震惊。现在还是同一个场面。告诉现众桌子底下有颗炸弹将在五分钟内爆炸。现在关于棒球的谈话就变得非常引人关切了,因为现众也加入了进来:'别扯淡了。不要再谈什么棒球啦。桌子底下有颗炸弹呢。'你让观众也开始动脑筋了。"①这里可以看出,无论戏剧,还是影视剧,对于剧作家来说,正确地运用悬念是吸引观众、并且能充分地调动后者积极地参与到审美活动中的一种有效手段。例如电视剧《民兵葛二蛋》,该剧播出以后,反映强烈。那么它为何会受到观众的喜欢呢?究其原因,其中重要的一点就在于编剧对悬念的充分运用,如故事一开始,日军得知葛二蛋他们村里住着八路军,于是包围了村庄,并将村里的一百五十多人杀害,在外边赌博的葛二蛋和麦子侥幸躲过一劫。葛二蛋发现麦子鞋里藏着钱,于是怀疑是麦子将村里住着八路军的消息透露给日军的,而麦子却怀疑是村里还活着的小七,后来又发现小七是无辜的。那么将消息透露给鬼子的人到底是谁呢?这在观众心中就形成了一个大大的悬念,于是要一集一集地追着看下去。

五、基调要暖

习近平总书记说:"当然,生活中并非到处都是莺歌燕舞、花团锦簇,社会上还有许多不如人意之处、还存在一些丑恶现象。对这些现象不是不要反映,而是要解决好如何反映的问题。古人云,'乐而不淫,哀而不伤','发乎情,止乎礼义'。文艺创作如果只是

---

① 转引自路海波:《电视剧编剧技巧》,南开大学出版社 1986 年版,第 161 页。

第二章 "三美说":成拍之美、成演之美、成看之美

单纯记述现状、原始展示丑恶,而没有对光明的歌颂、对理想的抒发、对道德的引导,就不能鼓舞人民前进。应该用现实主义精神和浪漫主义情怀观照现实生活,用光明驱散黑暗,用美善战胜丑恶,让人们看到美好、看到希望、看到梦想就在前方。"①这段话明确地为广大文艺工作者指出了努力的方向。作为覆盖面大、收视人群广的电视剧的创作,更应秉承着这一指导原则。走近人民,聆听人民的心声,在此基础上以动人的故事唤起人民热爱生活的激情、战胜困难的勇气,既是电视剧赢得观众欢迎的根本原因,也是编剧义不容辞的责任。如近几年热播的电视剧,从《温州一家人》《心术》《琅琊榜》《鸡毛飞上天》到《大江大河》等,这些剧之所以受到观众喜欢,一个重要的原因就在于作品基调的定位:温暖、昂扬、催人奋进。剧中的人物怀揣梦想,面对困难,一息尚存,不言放弃的拼搏精神深深地感动着观众。正如汪方华在《电视剧接地气才能引共鸣 伦理剧须是现实镜像》一文中所言:"一部被观众接受的好剧一定是接地气的作品,这就意味着情节、细节来源于生活,场景具有生活质感,表演经得住观众审视。无论是主旋律剧还是伦理剧,甚至是争议不断的穿越剧,其中的上乘之作,都深深扎根于现实生活和现实情绪,从而给观众带来许多的感动,增添了生活的信心和智慧。"②以电视剧《咱爸咱妈》为例,这部剧"以一个家庭为主线,辐射整个社会人情、伦理、道德",③通过深入描写乔师傅一家人的种种遭遇以及细致刻画种种人物性格,从而折射出了世间冷暖和社

---

① 习近平:《在文艺工作座谈会上的讲话》,《人民日报》2014年10月15日。

② 汪方华:《电视剧接地气才能引共鸣 伦理剧须是现实镜像》,《人民日报(海外版)》2012年1月30日。

③ 韩刚:《〈咱爸 咱妈〉导演阐述》,《中国电视》1996年第5期。

会百态。① 这部剧之所以广受好评,一个重要的原因就是它的"常中见奇"。正如路海波所说,"剧中的主要情节和大量细节都是虚构的,但它们全都具有扎实的生活基础。它们简直就是直接从生活中'端出'来的,因为绝大多数观众会发现,剧中的故事,都是他们已经亲身经历和将会亲身经历的"。② 正是创作者在那些司空见惯的普通生活当中发现了美,这部剧才显得真实而感人,"留给人的那份浓浓的骨肉情,那种震撼人心的家庭伦理道德力量……慰藉了千千万万父母的心,唤起了无数子女对父母养育之恩的感念"。③ 同类题材的优秀电视剧还有《情满四合院》《父母爱情》《金婚》《八兄弟》《你是我的幸福》《家有九凤》《生活有点甜》《贫嘴张大民的幸福生活》《戈壁母亲》《嘿,老头!》《老大的幸福》等等。这些剧之所以为观众喜闻乐见,根本原因就在于创作者切实做到了于日常细微处描摹出了普通"小人物"们内心丰富的情感世界,让观众于平淡处见出波澜,于细微中感悟人生,在有笑有泪中给观众传递出美好和希望。

六、"有名脚色,不宜出之太迟"

关于这一问题,李渔在《闲情偶寄·出脚色》一节中,有过精彩论述:

本传中有名脚色,不宜出之太迟。如生为一家,旦为一

---

① 路海波:《重建现代人的精神家园——23集电视连续剧〈咱爸咱妈〉印象》,《中国电视》1996年第7期。

② 路海波:《重建现代人的精神家园——23集电视连续剧〈咱爸咱妈〉印象》,《中国电视》1996年第7期。

③ 王书云:《编剧三题——有感于电视剧〈咱爸咱妈〉》,《中国电视》1996年第10期。

家,生之父母随生而出,旦之父母随旦而出,以其为一部之主,余皆客也。虽不定在一出二出,然不得出四五折之后。太迟则先有他脚色上场,观者反认为主,及见后来人,势必反认为客矣。即净丑脚色之关乎全部者,亦不宜出之太迟。善观场者,止于前数出所见,记其人之姓名;十出以后,皆是枝外生枝,节中长节,如遇行路之人,非止不问姓字,并形体面目皆可不必认矣。①

戏曲如此,电视剧更是如此。编剧之所以要这样做,除了叙事艺术共同的创作规律使然之外,还跟电视剧自身的独特性分不开。相比较而言,电视剧的内容体量更大,播放时间跨度更长,短则数天,长则数月。由此,对于电视剧剧本的创作而言,李渔的上述建议就显得更为宝贵。

七、尊重观众审美趣味的差异性

价值观、人生观、世界观不同,必然导致人们对同一件事的解读千差万别。因此,鲁迅说,一部《红楼梦》,"谁是作者和续者姑且勿论,单就命意,就因读者的眼光而有种种:经学家看见《易》,道学家看见淫,才子看见缠绵,革命家看见排满,流言家看见宫闱秘事"。② 麦林(F.Mehring)认为:"如果一位澳洲的布希种人和一位文明的欧洲人同时听一个贝多芬的交响曲,或是看一幅腊斐尔(按:通译作拉斐尔)的圣母像,感觉的心理过程在两种情形应该是相同的,无论这过程在自然科学中是怎样说明,因为作为自然生

---

① 李渔:《闲情偶寄·出脚色》,《李渔全集》第三卷,浙江古籍出版社1992年版,第62~63页。

② 鲁迅:《集外集拾遗补编》,人民文学出版社1993年版,第141页。

物,他们俩是一样的。可是他们俩所感觉到的是什么,却大不相同,因为作为社会的成员,作为历史情境的产物,他们俩却大不一样。"①上述情形同样会发生在电视剧领域。这个背景下,笔者认为,电视剧编剧在实际创作中,至少应在观众类型和观众地域②两个方面着力:

1.观众类型

陈吉德说:"不同年龄、不同性别、不同学历、不同职业的观众有不同的欣赏口味,剧本在定位好观众类型后,所有的构思都应该考虑这个类型观众的接受问题。"③在电视剧领域,素有"得大妈者得天下""得年轻人者得天下"的说法。进入新媒体时代,又对电视剧创作提出了更新的要求,即那些以年轻人为目标观众的电视剧,一般都强调"网感"。正如有论者所言,伴随着网生代成为电视剧收视主体,"网感"成为标配将是我国未来电视剧市场的一大趋势。"一个突出表现是,某些电视剧在电视台刚刚播出,收视率并不高,但是由于互联网话题炒热,收视率会大幅度走高,《北平无战事》《琅琊榜》《欢乐颂》都是'形成话题收视率才走高'。"④这个背景下,"网感"应成为编剧在剧本创作过程中持续关注的一个重要问题。

2.观众地域

不同地域的观众,由于环境条件、风土人情等方面的不同,可

---

① (犹太)哈拉普:《艺术的社会根源》,朱光潜译,新文艺出版社1951年版,第88、89页。

② 需要做出说明的是,这里观众类型和观众地域两个方面的划分参考了陈吉德《影视编剧艺术》一书。

③ 陈吉德:《影视编剧艺术》,中国广播电视出版社2006年版,第230页。

④ 杨文杰:《2017电视剧新趋势:"网感"将成标配》,《北京青年报》2016年11月19日。

第二章 "三美说":成拍之美、成演之美、成看之美

能形成不同的欣赏习惯。① 这也解释了为什么我国的一些电视剧在收视上会有南北差异。陈吉德说:"显然,在这个文化多元、娱乐形式多样化的今天,任何作品都只能引起一部分人的关注。那种企望一部作品能够全民接受、举国若狂的想法都是幼稚可笑的。"②这也从一个侧面给我们的电视剧编剧做出了提醒:在实际创作中,对所创作的题材以及作品将要面对的目标人群需有一个清晰的认识和基本评估。

以上我们谈了"尊重观众"对于电视剧编剧创作的重要性。但需要做出解释的是,提倡尊重观众,不等于"讨好观众"。换句话说,剧本创作过程中,编剧应坚持的正确方法是:要尊重观众,不要讨好观众;要"通俗",不要"媚俗";要"好看",但不能把单纯"好看"当王道,③更不能观众要什么,就给他们什么。④ 此外,我们认为,"好看"也不是单纯地停留于对视觉的冲击、故事的猎奇、情节的夸张等形式层面上的着力,更表现在其思想内容的精益求精。正如有论者所说,"真正优秀的作品绝非肤浅的感官审美,而是一种文化和思想的灵性表达,是建立在超乎感官欲望和利害关系之上的赏心悦目"。⑤

---

① 陈吉德:《影视编剧艺术》,中国广播电视出版社 2006 年版,第 230 页。
② 陈吉德:《影视编剧艺术》,中国广播电视出版社 2006 年版,第 231 页。
③ 中国电视艺术委员会评论员:《影视剧:莫把单纯"好看"当王道》,《中国电视》2016 年第 9 期。
④ 新浪网:《高满堂谈网剧问题:年轻观众要什么给什么》,网址:http://film.szonline.net/bfilm/20160306/83431.html。
⑤ 中国电视艺术委员会评论员:《影视剧:莫把单纯"好看"当王道》,《中国电视》2016 年第 9 期。

第三章 "出入说"：中国电视剧编剧改编原则

第一节 我国文学作品改编电视剧的现状描述

电视剧作为一种独特的艺术形式，虽与文学有别，但自它诞生之日起，便与后者结下了不解之缘。其中，对"故事性"的共同关注，成为二者发生关联的一个重要因素。所以，布鲁斯东说："电影从活动的照片发展为述说一个故事的那一天起，便是小说不可避免地变成原料或由故事部门大批制造出来的开始。"①这一点在中国的电视剧艺术发展史中体现得尤为明显，例如，我国的第一部电视剧《一口菜饼子》就是改编自同名短篇小说。

刘彬彬认为："改编现象一直伴随电视剧的发展经历了初创期、发展期、繁荣期和多元化时期，通过改编，一方面，直接产生了大量的中国电视剧历史上的优秀作品，如中国四大古典名著《西游记》《红楼梦》《三国演义》《水浒传》都相继被改编搬上了荧屏，近年来甚至又开始了新一轮的翻新重拍；还有改编自现代文学或话剧经典的《四世同堂》《围城》《雷雨》《子夜》《孔乙己》《金锁记》等，在电视荧屏上蔚为大观……。另一方面，通过改编，还引发了一系列

---

① （美）布鲁斯东（Bluestone,G.）：《从小说到电影》，高骏千译，中国电影出版社1981年版，第2页。

第三章 "出入说"：中国电视剧编剧改编原则

影响深远的文艺论争和美学探讨,成为电视理论界和业界,以及广大受众共同关注的焦点。"①近些年,随着互联网技术的发展,网络文学开始崛起。这个背景下,改编网络小说,日益成为电视剧生产的一个重要渠道。关注网络小说,从网络小说中寻找影像叙事的内容和素材,越来越多地成为影视公司和电视剧创作者们关注的重点。而这种现象背后,一个重要的原因无疑源于不断发展的市场需求。2010年12月《中国网络文学用户调研报告》发布的数字显示:"网络文学改编影视有很大市场空间。表示会观看网络文学改编的电影/电视剧的用户比例最大,达79.2%。"②有鉴于此,我们有必要对近年来网络小说改编电视剧的现象进行一番梳理,并有针对性地提出一些新建议。

相对于20世纪90年代传统文学改编电视剧的热潮,眼下网络文学改编电视剧的火爆现象被业界称为"文学改编电视剧的第二次浪潮"。③ 如果从2004年由同名网络小说改编的电视剧《第一次亲密接触》算起,我国的网络文学改编电视剧发展已走过了十三年的风雨历程。这期间,大致经历了以下几个阶段:开端期(2004—2009年)、升温期(2010—2012年)、旺盛期(2013—2014年)、爆发期(2015至今)。

一、开端期(2004—2009年)

根据笔者的粗略统计,这一时期,我国的网络文学改编的电视

---

① 刘彬彬:《中国电视剧改编的历史嬗变与文化审视》,岳麓书社2010年版,第2页。

② 转引自史建国:《网络小说影视改编调查研究》,《当代文坛》2015年第6期。

③ 王立元、谭琳:《网络文学改编影视剧 把好女儿嫁给好人家》,《中国文艺报》2013年1月28日。

剧数量有 11 部左右,具体统计如下表:①

播出时间	电视剧名称	网络小说名称	作者	题材类型
2004	第一次亲密接触	第一次亲密接触	痞子蔡	都市爱情
2004	魂断楼兰	诅咒	蔡骏	悬疑推理
2004	蝴蝶飞飞	蝴蝶飞飞	胭脂	都市爱情
2005	爱上单眼皮男生	爱上单眼皮男生	胭脂	都市爱情
2005	爱你那天正下雨	爱你那天正下雨	胭脂	都市爱情
2005	一言为定	你说你那哪儿都敏感	西门大官人	都市爱情
2006	向天真的女孩子投降	向天真的女孩子投降	冷眼看客	都市爱情
2006	谈谈心恋恋爱	谈谈心恋恋爱	梅花糖	都市爱情
2007	国家宝藏之觐天宝匣	天眼	景旭枫	悬疑推理
2007	会有天使替我爱你	会有天使替我爱你	明晓溪	都市爱情
2007	成都,今夜请将我遗忘	成都,今夜请将我遗忘	慕容雪村	都市爱情
2008	夜雨	给我一支烟	美女变大树	都市爱情

由上述统计表可以看出,这五年间,我国网络小说改编处于开端期,平均每年在两部左右,内容体量多控制在二十集左右。此外,题材类型主要集中于都市爱情和悬疑推理两种。这一时期的网络文学改编虽说数量不多,但不可否认,却为我国的电视剧生产注入了新鲜血液,吹进了一股清新之风,并且为接下来的网络文学

---

① 本章节所列开端期、升温期、旺盛期、爆发期的网络文学改编电视剧统计图表设计参考了史建国《网络小说影视改编调查研究》一文。

改编电视剧的类型选择开辟了新道路,做出了新尝试。

二、升温期(2010—2012 年)

这一时期,我国播出的网络文学改编的电视剧数量有 11 部左右,具体统计如下表:

播出时间	电视剧名称	网络小说名称	作者	题材类型
2010	美人心计	未央沉浮	瞬间倾城	古装权谋
2010	来不及说我爱你	碧甃沉	匪我思存	民国爱情
2010	佳期如梦	佳期如梦	匪我思存	都市情感
2010	泡沫之夏	泡沫之夏	明晓溪	都市爱情
2010	和空姐一起的日子	和空姐同居的日子	三十	都市爱情
2011	步步惊心	步步惊心	桐华	古装权谋
2011	裸婚时代	裸婚:80 后的新结婚时代	唐欣恬	都市爱情
2011	倾世皇妃	倾世皇妃	慕容湮儿	古装权谋
2012	甄嬛传	后宫·甄嬛传	流潋紫	古装权谋

通过对上表考察,我们可以发现,作为升温期,这两年间我国网络小说改编电视剧发展发生了明显的变化,起码有以下几点:第一,年平均改编及播出量明显提高,由开端期的年平均两部左右提高到年平均五部左右。第二,制作规模、故事体量及播出后所产生的轰动效应较大,尤其是在年轻观众中间影响较明显。如《甄嬛传》的内地版,长达 76 集,播出后,网上流行起"甄嬛体",成为热门话题,网络播放量近 70 亿,一批演员因出演这部剧而走红。第三,题材选择上,古装剧开始成为网络文学改编电视剧的一个重要类型取向,在播出数量上几乎与都市爱情剧持平。

三、旺盛期(2013—2014年)

这一时期,我国播出的网络文学改编的电视剧数量,笔者目前搜索到的大概有11部左右,具体统计如下表:

播出时间	电视剧名称	网络小说名称	作者	题材类型
2013	最美的时光	被时间掩埋的秘密	桐华	都市爱情
2013	失恋33天	失恋33天	鲍鲸鲸	都市爱情
2013	千金归来	重生豪门千金	十三春	都市爱情
2013	盛夏晚晴天	盛夏晚晴天	柳晨枫	都市爱情
2013	战长沙	战长沙	却却	战争
2013	小儿难养	小儿难养	宗昊	都市爱情
2013	门第	门第	连谏	都市爱情
2014	相爱十爱	天堂向左·深圳右	慕容雪村	都市爱情
2014	杉杉来了	杉杉来吃	顾漫	都市爱情
2014	深圳合租记	姑娘,我们一起合租吧	宋小君	都市爱情
2014	风中奇缘	大漠瑶	桐华	古装权谋

由上述表格可以看出,2013—2014年这两年间,处在旺盛期的网络小说改编电视剧发展依然保持着强健势头,并且出现了一些新的变化,现代剧数量明显增多。这与国家的相关政策息息相关,2011年,广电总局下发文件,要求各卫视加大现代剧播出比重,在2013年要达到40%以上。①

---

① 罗薇薇、邢虹:《现代剧闻声涨价,最高涨幅达30%》,《南京日报》2011年12月14日。

四、爆发期(2015年至今)

这一时期,我国播出的网络文学改编的电视剧数量骤增,笔者目前搜索到的有30部左右,具体统计如下表:

播出时间	电视剧名称	网络小说名称	作者	题材类型
2015	芈月传	芈月传	蒋胜男	古装权谋
2015	琅琊榜	琅琊榜	海晏	古装权谋
2015	花千骨	仙侠奇缘花千骨	Fresh果果	古装玄幻
2015	两生花	岁月是朵两生花	唐七公子	都市爱情
2015	杜拉拉	杜拉拉升职记	李可	都市爱情
2015	锦绣缘华丽冒险	锦绣缘	念一	民国爱情
2015	何以笙萧默	何以笙萧默	顾漫	都市爱情
2015	明若晓溪	明若晓溪	明晓溪	都市爱情
2015	华胥引	华胥引	唐七公子	古装玄幻
2015	他来了,请闭眼	他来了,请闭眼	丁墨	当代推理
2015	大汉情缘之云中歌	云中歌	桐华	古装权谋
2015	长大	长大	zhuzhu6P	都市爱情
2016	亲爱的翻译官	翻译官	缪娟	都市爱情
2016	寂寞空庭春欲晚	寂寞空庭春欲晚	匪我思存	古装权谋
2016	致我们终将逝去的青春	致我们终将逝去的青春	辛夷坞	都市爱情
2016	青云志	诛仙	萧鼎	古装玄幻
2016	欢乐颂	欢乐颂	阿耐	都市爱情
2016	秀丽江山之长歌行	秀丽江山	李歆	古装权谋

续表

播出时间	电视剧名称	网络小说名称	作者	题材类型
2016	如果蜗牛有爱情	如果蜗牛有爱情	丁墨	当代推理
2016	幻城	幻城	郭敬明	古装玄幻
2016	微微一笑很倾城	微微一笑很倾城	顾漫	都市爱情
2016	鬼吹灯之精绝古城	鬼吹灯之精绝古城	天下霸唱	悬疑
2017	大唐荣耀	大唐后妃传之珍珠传奇	沧溟水	古装权谋
2017	如懿传	后宫·如懿传	流潋紫	古装权谋
2017	极品家丁	极品家丁	禹岩	古装喜剧
2017	三生三世十里桃花	三生三世十里桃花	唐七公子	古装玄幻
2017	放弃我,抓紧我	放弃我,抓紧我	苏静初	都市爱情
2017	孤芳不自赏	孤芳不自赏	风弄	古装权谋
2018	大江大河	大江东去	阿耐	励志创业

由上述表格可以看出,走过开端期、升温期、旺盛期的网络小说改编电视剧开始真正发力,呈现出蓬勃发展之势,迎来了爆发期。在其数量上直线上升的同时,题材类型上也出现了新变化,具体表现为:悬疑推理剧数量增多;古装玄幻题材发展势头强劲,如电视剧《花千骨》,一经播出,便掀起收视狂潮,据统计,该剧播出期间,CSM50城收视率同时段排名第一,全国网收视率同时段排名第一,网络播放总量突破200亿,成为首部网络播放破200亿的电视剧。① 另外,该阶段的网络小说改编电视剧还有一个鲜明的特点,即在新媒体语境下,"网台联动""网剧返销电视台""周播剧场"

---

① 新华网:《花千骨被赞周播剧王 网络播放量破200亿!》,网址:http://www.jx.xinhuanet.com/news/ent/2015-09/09/c_1116507501.htm.

以及与国外的电视台或视频网站合作进行同播或跟播等新型制播模式涌现。电视剧《孤芳不自赏》就是一部典型的"网台联动"的成功案例,该剧利用了微博、微信、网站视频等所有新媒体技术手段进行宣发互动,效果显著。据了解,该剧在乐视视频仅上线12小时,播放量就突破1.5亿次,在新浪微博上,话题"孤芳不自赏"阅读量超过12亿。上线5天,在乐视平台播放量超过5亿。"周播剧"的代表如《花千骨》,该剧自2015年6月9日起每周二、周三晚10点(后改为每周日、周一晚10点)在湖南卫视钻石独播剧场播出,成为当年又一部"现象级"古装剧。"网剧返销电视台"的例子如《极品家丁》,该剧于2016年11月28日在优酷开播,后登陆安徽卫视。

在媒介融合、制播模式创新等因素的共同作用下,网络小说改编电视剧的发展显示出前所未有的蓬勃之势。根据中国互联网络信息中心(CNNIC)2017年初发布的《第39次中国互联网用户发展状况统计报告》显示,截至2016年12月,我国网民规模达7.31亿,其中网络文学用户规模已经达到33319万,占网民总体的45.6%,其中手机网络文学用户规模为30377万,占手机网民的43.7%。国产网络文学作为IP生产成为影视行业营收大幅增长的重要源头之一。[①]

影视公司购买了网络小说的版权之后,进行改编的方向和样式大致有以下三种:电影、电视剧、网络剧。作为一种独特的艺术样式,与电影、网络剧相比,在叙事方法上,网络小说改编的电视剧在承续传统的电视剧创作所积累的叙事经验同时,又吸收当前网络文学创作中涌现出的新颖、先进的叙事技巧,从而显示出别具一

---

① 数据来源于中国互联网络信息中心(CNNIC)发布的第39次《中国互联网用户发展状况统计报告》,网址:http://www.cnnic.cn/hlwfzyj/hlwxzbg/hlwtjbg/201701/t20170122_66437.htm。

格的艺术特性。以上文所列举的爆发期(2015年至今)我国网络小说改编的电视剧为例,两年内播出的由网络小说改编的电视剧有30部左右,而其中古装剧有15部。作为一种独特的题材类型,古装剧有着其独特的美学特征,表现在叙事层面上,讲究曲折委婉、情深意切、环环相扣、波浪形前进、曲折性大于冲突性。[①] 正如张智华所说,在古装剧中,"主要人物和主要事件可以没有历史依据……人物穿着古装,借古人表现现代人的思想感情,服从于现代社会的审美趣味,不一定有历史根据,可以自由地虚构……进行一定的艺术加工"。[②]

第二节 文学作品改编电视剧的原则

作为电视剧剧本创作模式之一种,与原创相比,改编有着自身的特殊性。尤其是当前网络小说已成为电视剧改编的重镇,需要我们给予具体的分析与研究。

王国维说:"诗人对宇宙人生,须入乎其内,又须出乎其外。入乎其内,故能写之;出乎其外,故能观之。入乎其内,故有生气;出乎其外,故有高致。"[③]笔者认为,借用这段话来指导文学作品改编电视剧同样有效。所谓"入乎其内",即编剧对所改编的文学作品要真正吃透、悟通,切实把握其精髓。所谓"出乎其外",即要求编剧对所改编的文学作品既能进得去,又能出得来,从而赋予作品以

[①] 曲德煊:《从古装及相近类型看电视剧类型化发展》,《中国电视》2007年第3期。

[②] 张智华:《论古装剧的主要特征》,《中国电视》2008年第7期。

[③] (清)王国维:《人间词话》,陕西师范大学出版社2005年版,第62页。

新的生命力,在尊重原著的基础上注入编剧的灵魂。① 我们将编剧所要遵循的这种改编原则概括为"入出"说。

一、入乎其内

巴赞说:"电影编导诚心实意地追求完整地再现原作风貌,他们力图至少做到不再是仅从原书中取材,任意改编,而是把原著如实转现到银幕上。"② 他又说:"如果把忠实于文学原著理解为必然消极地顺从相异的美学原则,那也是错误的。小说自然有其特有的表现手段,它的原材料是语言,而不是画面。它仿佛是对离群独处的读者喁喁私语,这种感染力与影片的感染力是不同的。但是,正由于存在着这种审美结构的差异,如果导演希望做到两者近同的话,探索对待表现形式就更加棘手,它要求编导者具有更丰富的独创性与想象力。我们可以肯定,在语言和风格方面,电影的创造性与对原著的忠实性成正比。逐字直译毫无价值,而过于自由的转译也不足取,与此理相通,好的改编应当能够形神兼备地再现原著的精髓。"③ 这段话虽是针对电影改编而说的,但对于指导电视剧改编同样有效。

被改编成电视剧文学作品,无论是传统的长篇小说,还是当下的网络小说,都经过了时间检验,拥有庞大读者群、具有很大的影响力,换句话说,这些作品的读者本身就是潜在的观众。如《鬼吹灯之精绝古城》就是成功的例子,这部剧一经上线之后,好评率达

---

① 克顿传媒数据中心:《〈孤芳不自赏〉凝练真善美 理性创作 感性扎根》,网址:http://www.v4.cc/News-3425867.html。
② (法)安德烈·巴赞:《电影是什么》,崔君衍译,中国电影出版社1987年版,第98页。
③ (法)安德烈·巴赞:《电影是什么》,崔君衍译,中国电影出版社1987年版,第99页。

到了87％,在豆瓣的评分达到8.4。究其原因,正如有论者所指出的那样,"《鬼吹灯之精绝古城》最让观众惊喜的地方就是对原著的还原程度,作为第一批观众可能是书粉的一部剧,该剧在台词故事、氛围营造、服装道具等方面均做到'神还原'。故此,观众对于《鬼吹灯之精绝古城》故事维度的讨论热词中,描述最多的还是'高度还原'、'贴近原著'、'原汁原味'等关于还原度的评价"。[1] 由此可见,改编过程中,对原著力争做到"入乎其内",把握其精髓,对于剧本创作来说,是极为重要的。

二、出乎其外

对于小说的影视改编,何其芳、钟惦棐发表过这样类似的看法:"聪明的改编者应该把小说用文学语言铸成的艺术之山消融掉、粉碎掉,仅仅把它当成一堆未经加工的元素,然后再用电影的视听思维把这一堆元素重塑成一座电影的艺术之山。"[2]在自己的小说被改编成电视剧时,钱钟书曾对导演黄蜀芹这样说道:"你是导演,导演是新作者……照你的媒介物所需要,完全可以进行处理,我的学究气和时髦做你的后盾。媒介物决定内容,把杜甫诗变成画,用颜色、线条,杜诗是素材,画是成品。这是素材和成品、内容与成品的关系。弄懂这一层关系,想通过这个道理就好了,你的手就放开了。"[3]李光安认为,"重复冗余的内容会使原本是粉丝的受众兴趣消耗殆尽,导致作品的严重失败,甚至影响到这一文本的

---

[1] 艾漫数据:《数据分析告诉你〈鬼吹灯〉谈论那些事》,网址:http://www.wtoutiao.com/p/625GBUj.html。

[2] 转引自包新宇:《改编的"三重天"——评电视剧〈圣天门口〉的改编特点》,《中国电视》2012年第12期。

[3] 转引自包新宇:《改编的"三重天"——评电视剧〈圣天门口〉的改编特点》,《中国电视》2012年第12期。

品牌"。① 上述论断皆在表明电视剧的改编工作不是新文本对旧文体的重复,而是一次加入了编剧个性思考的新创作。换句话说,在改编的过程中,编剧应该挣脱原著框架的束缚,赋予原著以新的生命和活力。为此,应该至少在以下几个方面着力:

(一)传递正确价值观

黑格尔说:"例如在莎士比亚的历史剧里有许多东西对于我们是生疏的,不能引起多大兴趣的,这些历史事实读起来固然令人满意,上演时就不然。批评家和专家们固然认为这种历史上的珍奇事物为着它们本身的价值也应搬上舞台去,而碰见听众对这些事物感到厌倦时,就骂听众的趣味低劣,但是艺术作品以及对艺术作品的直接欣赏并不是为专家学者们,而是为广大的听众……。如果要把情节生疏的剧本搬上舞台表演,观众就有权利要求把它加以改编。就连最优美的作品在上演时也需要改编。人们固然可以说,凡是真正优美的作品对于一切时代都是优美的,但是艺术作品都有它的带时间性的可朽的一方面,要改编的正是这一方面。"② 马克思对斐·拉萨尔的创作提出建议:"在更高得多的程度上用最朴素的形式把最现代的思想表现出来。"③马克思提到的"这种'最现代的思想',也就是以唯物史观为指导观察历史事件评述历史人物,其核心和实质是一种饱含历史精神的现代人文批判精神"。④习近平总书记说:"我们要通过文艺作品传递真善美,传递向上向

---

① 李光安:《基于大众传播场的艺术文化探讨》,《河南社会科学》2013年第12期。

② (德)黑格尔:《美学》(第一卷),朱光潜译,商务印书馆1979年版,第351页。

③ (德)马克思:《致斐·拉萨尔》,《马克思恩格斯选集》(第4卷),人民出版社1972年版,第340页。

④ 王昕:《论现代历史剧的艺术真实性标准——兼评新版〈三国〉电视剧》,《中国电视》2010年第12期。

善的价值观,引导人们增强道德判断力和道德荣誉感,向往和追求讲道德、尊道德、守道德的生活。只要中华民族一代接着一代追求真善美的道德境界,我们的民族就永远健康向上、永远充满希望。"[1]这些观点是电视剧改编必须坚持的指导原则。

为更好地展开论述,我们先以传统文学作品的改编为例。对于传统作品的改编,李渔曾有过精彩论述,他说:"凡人作事,贵于见景生情,世道迁移,人心非旧,当日有当日之情态,今日有今日之情态,传奇妙在入情,即便作者至今未死,亦当与世迁移,自别嗻其舌,必不为胶柱鼓瑟之读,以拂听者之耳。"[2]这段话指出了改编原则:情随境迁,变旧为新。也为我们当前的剧本创作提供了重要启示。换句话说,对文学作品改编的过程中,编剧必须从"当代性"的视角对其加以审视和改造。本文所说的"当代性",是指"作品的精神话语应当体现出当代人的价值判断、历史思维和审美追求,或者说作品应当站在当代人的新的认识高度、思维水平和审美趣味来审视社会与历史,把握其精神内核,对社会和历史现象做出当代性阐释"。[3] 本文认为,对于"当代性"的解读至少包括以下两个向度:

第一,对传统文化中的消极因素、负面价值的批判与改造。在我国的电视剧发展史上,这方面成功的例子很多。如改编自《三国演义》的电视剧《三国》,以该剧最后一集为例,剧中的静姝原是曹丕派到司马懿身边的卧底,但司马懿明知是计,却又将计就计,利用静姝这枚棋子故意向曹丕传递出自己并无造反二心的信息,从

---

[1] 《习近平:在全国文艺工作座谈会上的讲话》,网址:http://news.xinhuanet.com/politics/2015-10/14/c_1116825558.htm。

[2] 李渔:《闲情偶寄·变旧成新》,《李渔全集》第三卷,浙江古籍出版社1992年版,第73页。

[3] 杨新敏:《电视剧艺术的当代性、民族性》,《中国电视》1998年第10期。

而在长达十几年的官场生涯中平安无事。实事求是地说,多年的相伴,司马懿和静姝之间应该说是有感情的。然而,一旦静姝这枚棋子失去了利用价值,司马懿依然亲手制造了难产事件,害死了静姝。正如王昕所说,在这场戏中,"编导不再置身于历史事件之外,而是介入其中,用这样一段具有'在场感'的虚构情节建构了自己对历史的理解和阐释,也体现出了艺术家作为当代知识分子观照历史时期所拥有的一种现代思想高度,一种现代人文精神。艺术家在这里对封建制度、封建思想的残酷性,对司马懿这样的封建政客人性的歪曲和丑陋给予了犀利的剖析和批判"。①

第二,对中国传统文化中积极的思想成果及因子进行继承和激活,使其焕发出新的光彩,传递出正能量。这是"当代性"视角下文学作品改编电视剧的另一个向度。还以电视剧《三国》为例,如编剧对于剧中诸葛亮这一人物形象的塑造,不再是鲁迅所说的,"状诸葛之多智而近妖",而是将他请下"神坛",当成一个"常人"来写,写他既有常人的七情六欲,喜怒哀乐,又有"鞠躬尽瘁,死而后已"的士大夫高尚情操与伟大人格。电视剧用丰富多彩的视听语言刻画出了诸葛作为千古贤相清廉报国、死而后已的伟大人格精神,这种人格精神,超越古今,在当下也是一种高洁博雅的现代人文精神,值得我们当下及未来的人们传承与追慕。②

具体到网络小说的电视剧改编,同样存在着一些世界观、价值观等方面的新问题需要加以引导、梳理。在以互联网和移动互联网为代表的新媒体时代,全民性、低门槛、草根性成为文学创作的突出特性。但这种技术理性的进步为文学创作带来了前所未有的

---

① 王昕:《论现代历史剧的艺术真实性标准——兼评新版〈三国〉电视剧》,《中国电视》2010年第12期。

② 王昕:《论现代历史剧的艺术真实性标准——兼评新版〈三国〉电视剧》,《中国电视》2010年第12期。

发展优势的同时,其消极作用也如影随形,尤其是资本的介入,使得网络文学的生态环境更是遭到挑战。正如尼尔·波兹曼所言,"在信息技术日益发达的时代,一切公众话语都日渐以娱乐方式出现,并成为一种文化精神。政治、宗教、新闻、体育、教育和商业都心甘情愿成为娱乐的附庸,毫无怨言,甚至无声无息,其结果是我们成了一个娱乐至死的物种"。① 受此文化精神影响,网络文学难以独善其身,于是,一路走来,可谓鱼龙混杂,良莠不齐。基于这样的现实,网络小说改编电视剧的过程中,更需要编剧用一种科学的、先进的世界观,即以马克思主义的唯物史观对所改编的网络小说进行匡正改造,力争做到去伪存真、去芜存菁。正如汪方华所说:"电视剧因其小小屏幕以及家庭为主的观看方式决定了其只能如同家庭一员向观众娓娓讲述'大城小事',这就要求电视剧与现实息息相关,表现人情世故,折射出生命体验和主流价值观。"②

(二)故事框架、人物关系的重新设定

小说和电视剧分属不同的媒介物,不同的媒介属性决定了二者即便讲述同一故事,在讲述方式上也必然会出现不同。由此,根据剧情改编的实际需要,编剧对原著的故事框架以及人物关系做出新的调整也就在所难免。如由网络小说《他来了,请闭眼》改编的同名电视剧,该剧在保留了原著故事主线的基础上,增添了三条辅线,其中,增添的最明显的故事辅线是薄靳言和付子遇的友情合作,与原著相比,付子遇这一人物由薄靳言的校友变成了其得力助手。增添的另一条故事辅线是李熏然和简瑶的感情线,这一改编在丰富了人物关系的同时,又增强了剧情。此外,剧中还增加了汤

---

① (美)尼尔·波兹曼:《娱乐至死》,章艳译,广西师范大学出版社2004年版,第4页。

② 汪方华:《电视剧接地气才能引共鸣 伦理剧须是现实镜像》,《人民日报(海外版)》2012年1月30日。

米和谢晗的互动,从而强化了戏剧性效果,使得故事结构更为立体饱满。①

(三)聆听"粉丝"的声音

进入新媒体时代,在互联网和移动互联网高新技术的支持下,电视剧的生产越来越离不开、也越来越重视观众的参与。尤其是随着越来越多的网络小说被改编成电视剧,观众的重要性更为突显。正是认识到了这一点,所以当前很多影视公司在制作一部新剧时,会努力拓宽粉丝参与 IP 运营的广度和深度,聆听和接受粉丝们声音和意见。如 2016 年 7 月 24 日登陆湖南卫视钻石独播剧场的电视剧《幻城》,该剧根据郭敬明的同名小说改编而成。小说自 2000 年出版以来,累计销量已达 350 万册,积累了大批粉丝,影视公司对于这个数量庞大的粉丝群极为重视,所以,早在电视剧《幻城》启动的 2014 年,就开始招募粉丝参与制作,据报道,"耀客传媒基于互联网招募 20 名《幻城》真正的粉丝,并封之为'幻术师',共建电视剧《幻城》之城。一经选中,将高度参与作品筹备、创作、营销全过程,参与《幻城》线下城市活动、线上活动、插画、海报、演员确定、剧情进展等环节。选拔方式:报名参与海选并通过'幻术师'四六级大考,即有机会成为《幻城》'城主'"。② 越来越多的改编剧正在采用此种做法,利用新媒体的高新技术,将更多的原著的读者吸引到剧本的创作中来,从而更好地打造电视剧精品。

---

① 刘琰:《浅谈小说〈他来了,请闭眼〉的电视剧改编》,《当代电视》2016年第 6 期。

② 新浪网:《电视剧〈幻城〉启动 招募粉丝参与制作》,网址:http://ent.sina.com.cn/v/m/2014-11-14/doc-icesifvw7408406.shtml。

第三节　文学作品改编电视剧的典型案例分析

为使本章所讨论的问题变得更为清晰、直观,我们下面以由文学作品改编的电视剧《红星照耀中国》为具体案例做进一步的探讨与分析。

日前,改编自美国著名记者斯诺同名著作的电视剧《红星照耀中国》在湖南卫视完美收官。该剧自播出后,好评如潮,成为我国红色主旋律剧中的又一部精品。笔者认为,这部剧的成功与主创人员在主题表达、人物塑造、情节设置、细节提炼等方面对原著进行的创造性发挥和诠释密不可分。①

一、改变背景,深化主题

陈吉德认为,影视剧改编中改变背景主要包括两个方面:第一是改变时间,第二是改变地点。② 原著《红星照耀中国》是一部长达30多万字的报告文学,记录的是作者斯诺从1936年6月到10月之间,对红色苏区所进行的为期四个月采访期间的所见所闻。而电视剧《红星照耀中国》却在参照原著的基础上对故事发生的背景进行了改变。这种改变首先表现在时间上。故事从1928年斯诺来到中国开始,一直讲到斯诺逝世结束,时间跨度长达四十余年,该剧通过斯诺这一人物将这期间中国大地上所发生的济南惨案、一·二九运动、第五次反围剿、长征、西安事变、七七事变、淞沪

---

①　本文的结构、思路参考了陈吉德《影视编剧艺术》,宋家玲、袁兴旺《电视剧编剧艺术》的"改编"部分。

②　陈吉德:《影视编剧艺术》,高等教育出版社2017年版,第223、224页。

会战、平型关大捷、百团大战、皖南事变、解放战争、开国大典等等重大历史事件和变革——给予了重现。其次是地点的改变。在原著中,所涉及的地点主要是中国西北,即当时的红色苏区。而电视剧中所涉及的地点已经涵盖了全中国及其他国家。有灯红酒绿的十里洋场大上海,国民政府首都南京,饱受饥饿和战乱之苦的济南和萨拉齐,承载着中国古老历史和文化底蕴的北平,洋溢着青春和激情、代表着中国未来和希望的红色苏区,东北军驻扎的西安,国民政府临时陪都重庆,香港,菲律宾,美国,苏联等等地方。这些地方皆是斯诺的足迹所到之处,而在斯诺这一带有冒险性质的旅行过程中,他用眼睛和手中的相机客观、冷静、理性地观察和记录着中国的同时,随着对中国的了解的逐步深入,他的内心也在发生着巨大的变化。初到中国的斯诺对国民政府抱有好感和希望,但在目睹了济南惨案、萨拉齐灾情、华北五省自治、一二·九抗日救亡运动等一系列事件之后,他陷入了迷茫和困惑之中。他带着对共产党和红军的误解和警惕进入红区,可在与毛泽东等中共领导人及普通红军战士的近距离接触中,他却被这些从枪林弹雨中走来,从二万五千里长征中走来的共产党人身上所彰显出的人格魅力和革命热情深深打动,最终他明白了一个道理:红星一定会照耀中国。从这个意义来讲,长达13年的中国之行,对斯诺来说,既是一场冒险之旅,亦是一场精神洗礼。基于此,该剧通过斯诺这一人物的"所见、所闻、所感,形象地还原了近代中国的革命画卷和民生图景"。同时,也通过埃德加·斯诺这一人物串起了剧中众多有血有肉、有故事有思想的大小人物,"还原了中国历史长河中的点点滴滴,验证了在中国共产党领导下,中国命运从黑暗走向光明的艰难历程"。① 正如该剧的编剧臧云飞所说:"回顾这段历史,思考我们

---

① 海涛:《〈红星照耀中国〉:国家文化的国际化新表达》,《文艺报》2016年10月31日。

今天要走的道路、我们的信仰和追求。这就是《红星照耀中国》拍摄的价值和意义。"①

二、添加人物,重建关系

原著《红色照耀中国》中所涉及的人物主要是斯诺和他在红色苏区采访到的毛泽东、周恩来等中共领导人及普通的红军战士。而电视剧《红星照耀中国》则在此基础上,增添了蒋介石、宋庆龄、鲁迅、何应钦、张学良、宋哲元、海伦等历史上真实存在的人物之外,还增添了金四爷、小电灯、华盛顿·吴、王勤诗、姚莺、直子、李梦等一些虚构人物。《红色照耀中国》的改编取得成功,也恰恰得益于该剧的创作者在历史真实和艺术虚构之间找到了精准的平衡点。剧中,斯诺成为连接真实人物和虚构人物之间的一条重要纽带,也正是通过他和这些真实人物及虚构人物之间的性格碰撞、情感交织,一段特定的历史画卷才在观众面前徐徐展开。如故事一开始,在来中国的轮船上,斯诺结识了年轻的国民党军官华盛顿·吴,接下来的日子,正是在华盛顿·吴的帮助下,斯诺不但了解到了济南惨案、萨拉齐灾情的真相,还在对方的引荐下认识下了他后来的妻子海伦。在北平,斯诺又是通过华盛顿·吴了解了日本人企图策动华北五省自治的图谋。同时,在与华盛顿·吴的交往中,斯诺目睹了这个曾经意气风发的年轻军官,受大环境的影响,最后竟一步步变成了一个随流变质的贪官。华盛顿·吴的成长史也使得斯诺更为直观真实地了解到国民政府究竟是如何一步步失去民心,走向衰落的。又如剧中虚构的人物地下党员王勤诗、李梦等人。斯诺和王勤诗相识在上海。斯诺之所以能够进入红色苏区、

---

① 苗春:《湖南卫视〈红星照耀中国〉新视角展现宏阔历史》,《人民日报》2017 年 1 月 22 日。

日占区进行一系列采访,都得益于王勤诗的帮助。后来,华盛顿·吴遭到日本人逮捕,斯诺请王勤诗帮忙营救,华盛顿·吴虽然杀害过曾和王勤诗一起战斗的地下党员,但念于华盛顿·吴的抗日热情,王勤诗依然放下个人恩怨,出手相救,此举在感化了华盛顿·吴的同时,也让斯诺领略到了中国共产党人的博大胸襟和高风亮节。同为地下党员的李梦曾和王勤诗一起战斗,在上海与斯诺结识,后来上海的中共地下联络站被破坏,她被迫转移,红军第五次反围剿失利,李梦也随军长征,再后来,斯诺进入红色苏区,二人相遇,通过聆听李梦讲述自己的亲身经历,斯诺也就对红军的长征有了更深入更直观的了解。再如金四爷,作为斯诺北平生活期间的房东,他以北京人特有的热情和好客接纳了困顿中的斯诺夫妇,给予二人无私的帮助,为二人在北平进行进步活动提供了安全稳固的根据地,后为保护斯诺留下的电台,惨遭日本人杀害。又如歌女姚莺,她和斯诺在狱中结识,斯诺了解到姚莺生活拮据,向其伸出援助之手,后斯诺遭诬陷入狱,姚莺同样也为救他而积极奔走,淞沪抗战中,姚莺加入战地卫生队,不幸被流弹击中牺牲。再如沈慧秋,戏班的老板,一介女流,却坚贞刚烈、深明大义,多次向斯诺夫妇伸出援助之手,日军入侵后,她积极参加到抗战洪流中。一次日机轰炸中,为了抢救文件,而香消玉殒。正是在与这些上至政府高官将领,下至底层黎民百姓的接触中,斯诺才一步步真正了解了中国,也了解了千千万万个中国百姓及中国军人身上所具有的那种位卑未敢忘忧国、不屈不挠共御外敌的抗争精神。

三、强化戏剧情节

原著《红星照耀中国》是一部报告文学,作品中不仅记录着作者在红色苏区现时现地所观察到的人和事,同时,还采用插叙的方式讲述了毛泽东、周恩来、彭德怀、贺龙、徐海东等中共领导辉煌曲

"三昧"与"三美"——以中国电视剧为中心的编剧艺术研究

折的人生过往。但报告文学与电视剧毕竟分属两种不同的艺术样式,电视剧作为一种大众文化,若单纯地像原著中那样以议论和片段拼接的方式进行叙事,显然无法吸引观众,电视剧特别注重故事情节的连贯、曲折、好看。而所谓"情节",在高尔基看来,"即人物之间的联系、矛盾、同情、反感和一般的相互关系——某种性格、典型的成长和构成的历史"。[①] 改编后的电视剧《红星照耀中国》,斯诺成了故事的主角。1928年,他年仅23岁,从新闻学院毕业后,远渡重洋来到中国。正如后来他在与毛泽东、宋庆龄的谈话中所说,他来中国的初衷是为了撞大运,是想成为第二个马可·波罗。但不久,他的那些原来关于中国的想象被现实所打破,他看到了当时中国存在的黑暗和不公。一开始,他将改变中国落后面貌的希望寄托于国民党,但在经历了济南惨案、萨拉齐灾情、淞沪抗战、牛兰夫妇事件之后,他陷入了迷惘。在宋庆龄、鲁迅等人的帮助下,他带着对共产党的误解、质疑和警惕进入了红色苏区。结果,红军的长征精神、共产党人的高风亮节、红色苏区军民的友爱团结及其朝气蓬勃的精神面貌带给他极大的心理震撼。他对中国共产党的印象开始发生改变。抗战爆发,随着对中国了解的加深,他对这个古老的东方国家充满了感情,看着日军的残暴入侵,铁蹄践踏,他不再是一个仅仅作为保持中立态度的第三方的观察者,他开始积极投身到中国的抗战洪流之中,他联合宋庆龄等进步人士发起中国工合运动。自此,他由一个最初的观察者、见证者,最终转变成为一个事件的参与者。但百团大战之后,共产党的力量引起国民党内部反动派的恐慌,接下来的国共摩擦,使得斯诺发起的工合运动困难重重。与其同时,斯诺目睹了国军前方战场溃败,后方却腐败成风,就连华盛顿·吴那个曾意气风发的青年军官,受大环境的

[①] (苏)高尔基:《和青年作家谈话》,《论文学》,人民文学出版社1978年版,第335页。

影响,也慢慢变成了一个随流变质的贪官。这一切,使得斯诺对国民政府越来越失去信心。皖南事变的爆发,致使国共关系跌至冰点。斯诺也因报道了事情的真相,而被国民党当局吊销了采访权,遭到驱逐。就这样,斯诺被迫离开了他原本打算仅仅逗留6个星期,后来却一待竟是13年之久的中国,而这13年的中国经历,也让斯话最终发出如此感叹:红星照耀中国,救中国的只有红星,中国的希望,在中国共产党。如此的情节编排,不仅突显了创作者高深的艺术造诣,同时,也吸引了观众的眼球。正如该剧的导演赵东阳所说,"就像《丁丁历险记》一样,这部剧写的是斯诺的游历过程,让观众惦记哪天斯诺游到哪里、见了什么人、发生了什么事,观赏性很强"。①

四、将原著精彩细节影像化

宋家玲、袁兴旺在《电视剧编剧艺术》中提出:"改编时可以对原著中的事件进行压缩、删减,但对重要的精彩的细节则要尽量保留,并予以突出表现。"②电视剧《红星照耀中国》改编的另一个突出特点是,保留了原著中很多精彩的细节,并将之影像化。斯诺进入红色苏区采访之前,对于红军和共产党的了解都是道听途说,在国民党的报道宣传中,共产党都是青面獠牙,共产共妻的。因此,当斯诺战战兢兢进入红色苏区,亲眼见到被国民党妖魔化的毛泽东、周恩来等中共领导人及红军战士时,真实的情景对其心理产生的震撼程度之大简直无可比拟。所以,在原著中,作者不但敏锐地

---

① 苗春:《新颖视角展现宏阔历史》,《人民日报(海外版)》2016年10月24日。
② 宋家玲、袁兴旺:《电视剧编剧艺术》,中国广播电视出版社2002年版,第334页。

捕捉到了呈现在眼前的各种细节,并且还将因受这些细节影响而引起的心理波动通过议论、抒情的方式直接传达给了读者。实践经验告诉我们,对细节的捕捉和描摹,在文学创作中是极其重要的。而这一认识对于电视剧的创作同样具有指导意义,"细节在展现场面、推动情节和刻画人物方面有着十分重要的作用。改编时可以对原著中的事件进行压缩、删减,但对重要的精彩的细节则要尽量保留,并予以突出表现"。[1] 为此,电视剧《红星照耀中国》的主创者采取音画并行的方式对原著中的精彩细节进行了提炼和保留。如在原著中,有关于斯诺和周恩来见面时的一些精彩细节的叙述。对于这些精彩细节,电视剧给予了突出表现,并以旁白的方式道出了斯诺在原著中所描述的见到周恩来时自己的心理活动和议论:"他又大又深的眼睛富于热情,他确乎有一种吸引力,似乎是羞怯、个人的魅力和领袖的自然的奇怪混合的产物。"[2]"他头脑冷静,善于分析推理,讲究实际经验,他态度温和地说出来的话,同国民党宣传九年来诬蔑共产党人是什么'无知土匪'、'强盗'和其他爱用的骂人的话,形成了奇特的对照。"[3] 又如关于斯诺和毛泽东见面的情景,原著中,作者曾提到这样一个细节:"我第二次看到他是傍晚的时候,毛泽东光着头在街上走,一边和两个年轻的农民谈着话,一边认真地做着手势。"对这一精彩细节,电视剧同样加以保留,并以旁白地方式呈现了原著中所记录的作者斯诺当时的心理活动:"南京虽然悬赏 25 万元要他的首级,可是他却毫无介意地和

---

[1] 宋家玲、袁兴旺:《电视剧编剧艺术》,中国广播电视出版社 2002 年版,第 334 页。

[2] (美)埃德加·斯诺:《西行漫记 原名:红星照耀中国》,中国人民解放军战士出版社 1979 年版,第 43 页。

[3] (美)埃德加·斯诺:《西行漫记 原名:红星照耀中国》,中国人民解放军战士出版社 1979 年版,第 47 页。

旁的行人一起在走。"①

再如，在原著中，斯诺曾看到一个鼓乐队的演出，他在记录下这一情景的同时，发出了如此的感慨："这是我见过的最庞大的鼓乐队，在黄土高原上豪迈、洒脱、粗犷，这是民族精神的展现。"对这一细节，电视剧编创者同样进行了保留和提炼，并给予了影像化的突出和渲染。正如该剧导演赵东阳所说："这是斯诺眼中工农红军的壮举，我们在演绎中一定得将它表现得淋漓尽致。"②凡此种种，电视剧《红色照耀中国》正是通过对原著中很多精彩细节的保留和提炼，才使得共产党领导人的开诚布公和国民党高官的装腔作势，红色苏区的军民一家、朝气蓬勃和国民党统治区的官民相离、麻木苟活成了鲜明的形象对比，正是这种对比，才使得观众更加认同也正加坚定了"只有共产党才能救中国"的道理和信心。

五、结论

当前，改编文学作品已成为我国影视剧创作的一条重要渠道，也为我国的影视剧艺术发展注入了活力。然而，并非所有的尝试都会成功，在诸多由文学作品改编而来的电视剧中，同样也留下了太多的遗憾。但令人欣喜的是，电视剧《红星照耀中国》的出现，无论在主题表达、人物塑造，还是情节编排、细节提炼等方面都给我们接下来的文学改编为影视剧提供了诸多有益的参考和借鉴。

---

① （美）埃德加·斯诺:《西行漫记 原名:红星照耀中国》,中国人民解放军战士出版社1979年版,第61页。
② 马卓超文:《〈红星照耀中国〉制片白小白是山西人》,《三晋都市报》2016年11月2日。

第四章 全球化语境下我国编剧艺术发展策略

第一节 引进来：吸收国外的编剧方法与理念

全球化浪潮在我国的文化领域产生了并将继续产生重大而深远的影响。在此背景下，对于中国电视剧编剧问题的讨论便不可能是封闭、孤立地进行，而必须将其置放于中西文化这一宏大的坐标系中加以观照和考察。实事求是地说，当前，世界范围内，就电视剧生产而言，无论是故事讲述，还是影像技术，美剧和韩剧代表着该领域的先进水平。与此相适应，这两个国家就电视剧编剧问题而总结生成的某些新观念、新方法，也为我们研究中国的电视剧编剧问题提供了有益借鉴。① 本文认为，这种新观念、新方法应至少体现在以下三个方面：编剧体制、题材类型、叙事策略。

一、编剧体制

考察编剧体制，可以从以下几个方面具体展开：

（一）收入模式

在美国，正如相关的报道所指出的那样，编剧们"只要活着，就

---

① 限于篇幅，本文以美国、韩国为主要考察对象。

第四章　全球化语境下我国编剧艺术发展策略

能领取利益"。① 李亚馨的《美国编剧何以敢对制片人说不》一文指出:"每年一个编剧平均能够得到20万美元的薪水,其中只需交3.1万美元的医疗保险费和国家税收,并且他们从事的职业也是在美国少数能够从商家利润中获得提成的职业之一。"② 尤其是经历了2007年美国编剧协会大罢工之后,③ 编剧们的收入水平和模式发生了巨大变化,"为了结束罢工而签订的为期三年的协议,更说明美国编剧们已经可以分享新兴电子媒体市场利益,包括在网络上播放、租赁、下载影视节目以获得的补偿,根据节目类型以及签约年份,制片商从发生总收入中给予编剧相应的提成,这大改善了编剧在新媒体方面被侵权的现象。……在新媒体进入影视业的同时,美国及时规范了公众在新媒体上的行为准则,给编剧最佳的利益补偿以及权利保护。如今编剧们的收入除了稿酬外,作品销售的拷贝也有提成,还有包括影碟、小说改编权、国外翻译剧本等在内的衍生品。这些举措大大拓宽了编剧们的收入渠道和盈利模式"。④

在韩国,早在2002年,"日播连续剧为每10分钟19.1万韩元,周播连续剧为每10分钟23.628万韩元,每集30分钟的日播连续剧为每集56.3万韩元,每周播出6集时的稿酬为296.5万韩元。……但这仅仅只是基本标准,而在编剧的作品得到认可后,每集60分钟的电视剧,从每集40万韩元开始额外支付叫'特别稿

---

① 许炳坤、李蔚:《从美国罢工看美国编剧机制》,《中国戏剧》2008年第4期。

② 李亚馨:《美国编剧何以敢对制片人说不》,《第一财经日报》2007年12月3日。

③ 这次罢工开始于2007年11月5日,结束于2008年2月12日,号称"美国编剧协会大罢工"。

④ 胡云、黄雯、周荣庭:《数字时代背景下中美编剧维权的比较与策略》,《北京电影学院学报》2009年第2期。

酬'的费用"。① 以韩国的三大电视台之一 MBC 为例,它的特别稿费,从 40 万韩元开始有 100 万、140 万、300 万、500 万韩元不等。而一流编剧除了基本稿酬之外,还会收到每集 1000 万韩元的特别稿费,以电视剧《人鱼小姐》为例,它的编剧任万汉收到基本稿酬 1.4 亿韩元,加上特别稿费总共收到 9 亿韩元以上。除了准备时间外,任成汉编剧在一年内通过一部电视剧赚到的钱高达 10 亿韩元以上。② 而由韩国的三大电视台之一 SBS 播出的电视剧《爱情与野心》编剧金秀贤是首次收到每集 2000 万韩元的作家。她通过该剧(50 集)获得的稿费高达 10 亿韩元。③ 相比较而言,中国的电视剧编剧在收入上就显得脆弱了很多。如编剧倪学礼在《振兴电视剧始自善待编剧》一文中指出,"中国影视剧的剧本投资一般占投资比例的 6%～8%,而在海外,这个比例高达 10%～20%……与导演和演员相比,编剧拿到的报酬经常是导演的三分之一,是演员的十分之一"。④

(二)权利地位

美国编剧协会是影视编剧的工会组织,该组织有 1.2 万名会员,"它是一个严谨的法人机构,通过和劳动关系部门签署文件,建立了从属关系,获得了和制片人谈判的资格,以便维护编剧的利益。美国编剧协会对编剧的权利保护主要体现在和美国电影电视制片人签订三年一次的合约,明确各大电影公司给电影剧本的最

---

① (韩)申惠善:《简述韩国电视剧编剧体制》,《北京电影学院学报》2006 年第 2 期。

② (韩)《Herald 经济》2003 年 7 月 1 日,转引自申惠善:《简述韩国电视剧编剧体制》,《北京电影学院学报》2006 年第 2 期。

③ (韩)《朝鲜日报》2006 年 3 月 23 日,第 7 版,转引自申惠善:《简述韩国电视剧编剧体制》,《北京电影学院学报》2006 年第 2 期。

④ 倪学礼:《振兴电视剧始自善待编剧——从写电视剧〈有泪尽情流〉说开去》,《现代传播》2005 年第 5 期。

低稿酬和各大电视剧公司给电视剧剧本的剧集价码。三年一次的合约使得编剧可以根据数字时代新形势的发展,剧本产生的新利润,去追求属于他们的合理的可分配利润。法人机构美国编剧协会保障了编剧们和制片人双方对等的谈判地位,有利于最终达成公司的谈判结果"。①

尤其是通过2007年的罢工之后,美国编剧协会与制片商制定了一系列协议,其中对新媒体的利益分配提出了十分具体的界定,编剧可以从多个渠道获得新的收入来源:(1)编剧可以从下载租赁费用中获得提成。(2)编剧可以从纯粹电子商务中获取电视节目的销售提成。(3)编剧将从广告支持的电视节目流媒体获得收入提成。(4)编剧将获得在线视频黄金时段节目的剩余支付。(5)编剧也可以获得在线视频其他节目的剩余支付。②美国著名制片人乔恩·富雷指出:"编剧就是制片人,最初的想法是他们提供的,整个故事是他们创造的,每季22集的剧本是他们撰写的,他们决定故事的结构和情节的发展方向,他们还参与演员挑选,总之他们直接决定着收视率的高低。"③由此可以看出美国编剧的地位之高。

在韩国,实行的是编剧中心制,编剧在影视产业中的地位极高,权益的保护也做得极其到位。"电视台播送某个编剧的作品后,可以将其提供给其他电视台或者进行复制发行,但是必须提前书面通知编剧本人;重播费用是剧本稿费的30%;重播后的再播使用费是剧本稿费的15%;此外,提供给国外电视台或有线电视台时,应向编剧支付供应金额的3.5%;假如允许第三方在国内进

---

① 徐瑜璐:《编剧权利保护:中国现实与未来》,上海大学硕士学位论文,2016年。
② 胡云、黄雯、周荣庭:《数字时代背景下中美编剧维权的比较与策略》,《北京电影学院学报》2009年第2期。
③ 东东:《别再当键盘侠骂编剧了,烂的原因在这呢》,网址:http://www.nxing.cn/wenyi/11698476.html。

行复制节目及发行,应向编剧支付供应金额的5.5%。"①

与美国、韩国相比较而言,编剧地位这方面,我国的情况的确存在一些对编剧不利的地方。"到目前为止,中国的影视业没有规范的类似美国编剧协会那样的行业组织,这是一个普遍现象,不仅编剧,导演演员也没有,所以,在中国甚至没一个权威的机构可以组织大家一起维权。"②"编剧在世界范围内影视产业链中都是一个至为关键的环节,但在今天中国的娱乐产业中还没有得到应有的重视。影视产业的核心是创意,创意的载体是剧本。维护了编剧的权益就是保护了影视产业的基础,保护了影视业剧本的创作能力,保证了影视产业可持续发展。"③从这个意义上讲,如何更好地保护编剧权利,提高编剧地位,无论对于学界,或是业界来说,都是必须认真考虑、急需解决的问题。

(三)编剧产生方式

在美国,编剧协会除了为编剧提供作品公证和法律依据,参与会员索要拖欠稿费,建议律师帮助解决违约官司,为剧本、小说乃至歌词等各种艺术成果注册、存档等各种维护编剧利益的活动外,同时,也还向年轻编剧提供经纪人以及培训计划。④

在韩国,大体而言,产生一名编剧的途径有3种:第一,具有长期历史的电视台,公开进行征稿活动。第二,作为主要编剧的助理,在工作当中把握机会崭露头角。第三,参加韩国放送作家协会

---

① (韩)申惠善:《简述韩国电视剧编剧体制》,《北京电影学院学报》2006年第2期。

② 胡云、黄雯、周荣庭:《数字时代背景下中美编剧维权的比较与策略》,《北京电影学院学报》2009年第2期。

③ 路春艳:《体制·权利·创作——对国内电视剧编剧困境的思考》,《艺术评论》2014年第7期。

④ 许炳坤、李蔚:《从美国罢工看美国编剧机制》,《中国戏剧》2008年第4期。

或各电视台组织的编剧培养班。①

需要指出的是,与美、韩两国相比,无论在体制或文化上,中国都与其存在本质的差异,盲目照搬它们发展模式的做法不可取,但美、韩培训编剧方式的组织化、制度化、规模化的成功经验,值得我们参考。正如有学者提出的那样,"我们不提倡采用美国编剧罢工这种极端的方式,但是其维权的思路,包括编剧收入模式的拓展、数字环境下信息权利的补充、维权的策略等,都值得我国编剧借鉴"。② 就此而言,为更好建立健全我国特色编剧理论发展体系,从学理上对美、韩等发达国家的编剧发展机制加以考察研究,从中吸取他们的先进经验,为我所用,显然是必要的。

二、题材类型

(一)美剧

其代表性的题材类型有以下几种:科幻剧、医疗剧、律政剧、刑侦剧等。

所谓科幻剧,张智华认为,"科幻电视剧以电视剧形式来表现奇特的科学幻想,具有'科学'、'幻想'、'电视剧'三个因素,即它叙述的是幻想,而不是现实,这幻想是科学的,而不是胡思乱想,它通过电视剧来表现,是电视剧的一种类型"。③ 黄鸣奋指出,"科幻创意产生于科学与幻想、技术与艺术、理性和情感等要素的交流、冲突和渗透的过程中。它虽然是思想火花,但仍需要环境支持;虽然

---

① (韩)申惠善:《简述韩国电视剧编剧体制》,《北京电影学院学报》2006年第2期。

② 胡云、黄雯、周荣庭:《数字时代背景下中美编剧维权的比较与策略》,《北京电影学院学报》2009年第2期。

③ 张智华:《论科幻剧的主要叙事特征》,《中国电视》2006年第11期。

是自由想象,却仍受到道德规范制约。科幻伦理既是约束科幻创意的规矩,又是激励科幻创意的动力。透过科幻创意和科幻伦理的互动,我们不仅可以看到科技革命、媒体革命和艺术革命在当今社会所掀起的巨浪,而可以展望科技进步、媒体创新和艺术发展的远景,同时还可以对涉及自然生态、社会关怀和行为规范的诸多重大问题加以反思"。①

科幻剧成为美剧的一种特色类型,并非偶然。正如有论者所言,虽然美国的发展历史较短,但美国的科技发达,他们强调实用主义,崇尚科学精神,反映到电视剧创作中,就是经常以各种奇思妙想或者对未来的设想为题材,从而创造出了美国人的现代"神话"——科幻剧。②众多的美国科幻剧中,为我们熟知的有《超能英雄》《星际迷航:巡游者》《星际旅行》《大西洋底来的人》《终结者》《蜘蛛侠》《星际之门:亚特兰蒂斯》《机械公敌》等。

医疗剧、律政剧、刑侦剧等类型题材的电视剧又被统称为行业剧,或职业剧,是美剧的又一种重要类型。"它通过模式化再现不同行业人群的工作及生活状态,从而塑造行业典型形象,传播行业文化。"③在美国,警察、医生和律师是受人尊敬的职业,因此,也成为电视剧关注的重要对象。在众多的美国职业剧中,为我们所熟知的有:《纽约警察》《越狱》《犯罪心理》《案影追踪》《山街蓝调》《迈阿密揖捕队》《性爱大师》《急诊室的故事》《实习医生格蕾》《整容室》《福尔摩斯:基本演绎法》《豪斯医生》《实习医生风云》《法律与秩序》《洛杉矶法律》《佩里·梅森》《辩护律师》《律师本色》《法庭的

---

① 黄鸣奋:《当代科幻创意中的伦理问题》,《探索与争鸣》2016年第8期。

② 郭艳民:《当代中美主流电视剧比较》,中国广播电视出版社2010年版,第142页。

③ 刘艳:《论美国职业剧的专业主义特征》,《中国电视》2015年第6期。

第四章 全球化语境下我国编剧艺术发展策略

鲁波尔》《波士顿法律》《艾米律师》《欧文·马歇尔:法律顾问》《超人律师哈维·伯德曼》《佩特罗西利律师》等。

需要指出的是,"作为高度类型化的节目形态,职业剧形成了基本的模式:故事通常发生在工作场所;主题主要表现专业技术人员和专业精神和奋斗精神;剧情以完成工作中一个个富于挑战性的任务为主,辅以办公室恋情;镜头多呈现专业工作的具体内容及工作情景。美国职业剧题材多集中于医务、法律、刑侦三大行业。……这些行业的从业者又被称为专业技术人员,美国职业剧对专业技术人员形象的塑造具有鲜明的专业主义文化特征"。① 正如有论者指出的那样,"美国的《实习医生格蕾》、日本的《大门未知子》《白色巨塔》等医疗题材,实实在在根植于医院的体制、医疗科学的进步、医患关系的紧张等去编写故事,让医疗能作为挖掘人性、推动情感的主要力量,让观众真的能感受到医疗和情感、生活等内在的张力"。②

(二)韩剧

刘洪认为,"韩剧采用类型化的方式讲述故事,已经非常娴熟,并逐渐形成了自己的特色。从题材维度来看,韩剧常见的有三大类型:历史剧(古装剧)、家庭伦理剧、青春偶像剧。"③以此三大类型来说,在众多的韩剧中,为我们所熟悉知的有:《大长今》《明成皇后》《来自星星的你》《加油! 金顺》《我的名字叫金三顺》《继承者们》《澡堂老板家的男人们》《太阳的后裔》等等。

上述三大类型的韩剧对我国电视剧创作的影响是不言而喻

---

① 刘艳:《论美国职业剧的专业主义特征》,《中国电视》2015 年第 6 期。
② 东东:《别再当键盘侠骂编剧了,烂的原因在这呢》,网址:http://www.nxing.cn/wenyi/11698476.html。
③ 刘洪:《韩剧〈来自星星的你〉的类型杂糅及其启示》,《金陵科技学院学报》2014 年第 1 期。

的,尤其是青春偶像剧。正如有论者指出,90年代中央电视台连续播放的韩国偶像剧,对我们的青春偶像剧的出现起了催化剂的作用。"当1993年央视播出第一部韩剧《嫉妒》时,那种人物华美、故事平和、于细节中见情感的电视剧类型让见惯了'影视以载道'的中国观众为之一振。紧接着,《爱情是什么》《蓝色生死恋》《澡堂老板家的男人》等韩剧在内地观众心中刮起了一阵'蓝色风潮',这也迅速影响到内地影视剧的创作。"①

近些年,韩剧在类型题材的追求上又呈现出新的特征,即"融合多种类型与题材,满足观众多样化需求"。② 以电视剧《来自星星的你》为例,该剧取得成功的一个重要原因就在于类型融合,这部剧"用青春偶像剧设置美丽的爱情故事,用犯罪剧的诡异风格和强大的悬念,结合科幻剧人物塑造方式,并借助于穿越剧的形式,讲述了外星男子都俊敏在400年前因故滞留当时的朝鲜,随后一直生活到了现代。在即将离开地球的最后三个月,他却和身为国民顶级女演员的千颂伊陷入爱情,卷入一场阴谋,面对生死考验的故事"。③ 又如电视剧《太阳的后裔》,这部剧融青春剧、言情剧、犯罪剧、军旅剧、谍战剧、悬疑剧等众多类型题材于一体。如果说《来自星星的你》的类型模式是外星人+爱情,那么《太阳的后裔》则是战地维和+爱情。而这样的题材类型的新探索,无疑最大化地满足了不同层次观众的审美需求,在赢得了收视率的同时,也赢得了口碑,从而实现了叫好又叫座的艺术追求。就此而言,对韩剧的成功经验在学理上加以研究总结,对于我国的电视剧创作具有借

---

① 魏南江:《中国类型电视剧研究》,中国传媒大学出版社2011年版,第45页。

② 林进桃:《韩剧〈来自星星的你〉叙事策略探析》,《文艺理论与批评》2014年第3期。

③ 刘洪:《韩剧〈来自星星的你〉的类型杂糅及其启示》,《金陵科技学院学报》2014年第1期。

第四章　全球化语境下我国编剧艺术发展策略

鉴意义。

三、叙事策略

美剧与韩剧的艺术水平之所以领先世界,除了上文我们提到了原因之外,还有一个重要的原因,就在于其叙事策略的独特运用上。

（一）美式叙事

美剧编剧在其策略上呈现出典型的美式叙事风格。其中,弹性叙事策略又是美式叙事策略的重要形式之一。所谓"弹性叙事策略",即"电视剧的故事结构是开放式的,常常包含多条故事主线,各条故事主线不断发展变化,在叙事开始阶段,没有人知道故事发展的具体过程和结局;随着故事发展,可以随时加进新的故事线索和新的人物,也可以结束部分旧的故事线索和去除某些原有人物。美国电视剧中的故事可以无休止地延续下去,一部电视剧经过多个演季的发展变化之后,可能故事情节和最初的故事起源已经没有什么关系了。这种叙事策略可称作弹性叙事策略"。[①] 以由美国影视公司 HBO 制作出品的电视剧《权力的游戏》为例,这部电视剧自 2011 年首播,到目前为止已经播出六季。时间跨度长达六年之久,并且还将继续进行下去。在编剧策略上,该剧所采用的就是弹性叙事策略,这也是它在世界范围内赢得众多收视人群的原因之一。如该剧第一季的故事主线是:国王劳勃·拜拉席恩希望艾德·史塔克担任首相一职,以此来对抗企图夺取铁王座的叛军。与此同时,拜拉席恩家族、史塔克家族、坦格利安家族、兰尼斯特家族之间开始明争暗斗。到了第二季,艾德·史塔克去世,

---

① 郭艳民:《当代中美主流电视剧比较》,中国广播电视出版社 2010 年版,第 161 页。

他的长子罗柏·史塔克成为北境之王,于是,故事主要围绕这几个家族的新生代而展开。之后各季,故事内容、主要角色等方面皆精彩纷呈、变幻莫测。据已公布的第七季故事简介显示:瑟曦知道自己的这个角色不会在铁王座坐太久,看起来瑟曦已经除掉了自己在君临城的最大敌人,但她却不知道这可能是她一生中犯下的最大的一个错误,她不知道龙妈正带着庞大的军队向她驶来、带着巨龙向她飞来。通过这七季的考察,我们会发现,在每季的剧情当中,不同家族的后人会成为每季故事的主要角色,而这很符合美剧特色,"在美国电视剧中,角色的重要性不是绝对化的,最初的重要角色可能会逐渐在剧中消失,最初的次要角色有可能成为后来的重要角色,没有人永远知道某个角色的重要性,其重要性及存亡,在很大程度上取决于演员的表演及观众的收视反馈"。[1] 这样的叙事策略,在重视观众介入的同时,又为编剧提供了巨大的自由创作空间。

强情节,快节奏,是美剧的又一叙事特色。美剧的创作往往呈现出"情节复杂紧凑,善于设置悬念"[2]的创作特色。美剧之所以受到世界各地的观众的喜欢,一个重要的原因就在编剧对于观众审美心理的深入研究和把握,尤其在新媒体时代,借助于大数据,美剧对叙事节奏的把握更是达到了炉火纯青的地步。以美剧《越狱》为例,沈洁指出,"《越狱》中一般镜头停留人脸的时间不超过3秒,普通一段对话不超过30秒。《越狱》一集的长度不会超过1个小时,通常分为四个部分,在编排上美剧基本上都是每15分钟一个自然段结束,最后在结尾再抖出一个重要的包袱为下一集留下

---

[1] 郭艳民:《当代中美主流电视剧比较》,中国广播电视出版社2010年版,第162页。

[2] 沈洁:《新世纪中国电视剧编剧问题研究》,南京师范大学硕士学位论文,2007年。

第四章　全球化语境下我国编剧艺术发展策略

悬念"。①

(二)韩式叙事

如果说美剧的风格是粗犷豪放,那么韩剧的风格则是精致婉约。

1.以情动人

着力于人与人之间的情感,包括亲情、友情、爱情的把握与刻画,是韩剧能够成功走出国门,实现跨文化传播的一个重要叙事策略。以电视剧《太阳的后裔》为例,该剧是2016年一部现象级的电视剧。这部剧之所以取得如此成绩,其中一个重要原因,即在于创作者对于剧中人物情感的细腻把握与刻画。正如有论者所说:"在一定程度上,《太阳的后裔》更像是一部青春言情剧,只是里面的人物设定让男主穿上军装、女主成为医生,可以称之为'霸道军官爱上我'。抛开《太阳的后裔》剧中男主为了追求女主玩的种种浪漫,而有些脱离现实的各种'雷点'剧情,这样一部'战地爱情罗曼史'十分尊重观众的审美和智商,成了一部很好的征兵广告,用爱情的壳成功地包装军人形象。据悉,这部剧采用编剧'联手'模式,两位编剧一男一女,女编剧负责女人感情戏,男编剧负责男人戏和社会话题。两位不同风格编剧的通力合作,成就了该剧多重的观赏维度,也将'爱情'和'军营'两大元素在细节上做到极致而细腻的体现,既迷倒一片年轻女孩,也点燃军营男儿的血性。"②又如电视剧《来自星星的你》,这部剧是2013年一部现象级的电视剧。该剧之所以取得如此成就,同样得益于编剧对于剧中人物情感的细致入微的把握和刻画。正如林进桃所说:"《来自星星的你》有着爱情故

---

① 沈洁:《新世纪中国电视剧编剧问题研究》,南京师范大学硕士学位论文,2007年。

② 兰弋雪:《〈太阳的后裔〉热播后的冷思考》,《解放军报》2016年3月22日。

事所应该具备的浪漫元素,秉承韩国爱情电视剧一贯以来的温馨、唯美风格,主人公与观众大可尽情享受这种柏拉图式恋爱的纯洁美好,不需担心被冠以'恶俗'的罪名,而这正符合遵循儒家伦理道德传统的亚洲女性对美好两性关系的希冀与憧憬。"①

无论是《来自星星的你》,还是《太阳的后裔》,都为我国的电视剧编剧创作提供了有益的借鉴,正如兰弋雪在《〈太阳的后裔〉热播后的冷思考》一文中所言:"无论怎么说,《太阳的后裔》一剧中构架的军人世界,一丝不苟地贯彻了韩国的军队意志。这些年,随着履行国际义务的增多,中国军人在国际展示形象的机会越来越多,比如参加国际联合军演、维和护航、国际救援等等,同样给我们的军事影视创作提供了丰富素材。《太阳的后裔》一剧的成功,则给军队影视工作者提供了很好的镜鉴,同时也警醒我们,我们的军旅影视正面临国外优秀军旅影视作品的重重包围。形势严峻,唯有奋而击之。创作中,军队影视工作者要大胆跳出窠臼、放宽眼量、激活思维,在把握好主旋律思想的基调上,在创新中突出重围,打好攻坚战、破袭战,灵活吸纳各种流行文化元素,大胆嫁接各类精彩故事题材,把更多的中国军队'好故事'包装出彩、打扮漂亮,通过影视作品讲给世界各国人民听!希望不久,我们也能推出一部'现象级'的军旅剧。"②

2.女性叙事

女性叙事是韩剧又一独特的叙事策略。这一叙事策略产生的原因,既有其普遍性,又是其特殊性。从世界范围而言,"现代社会的特点之一就是女性和男性、私人领域和公共领域的界限愈益趋

---

① 林进桃:《韩剧〈来自星星的你〉叙事策略探析》,《文艺理论与批评》2014年第3期。

② 兰弋雪:《〈太阳的后裔〉热播后的冷思考》,《解放军报》2016年3月22日。

于模糊,这在传统领域表现得尤为明显。……随着大众传媒的飞速发展和资本主义对生活空间的无边渗透,大众传媒在大众读者和大众意义上都发生了重大转移。即大众传媒越来越私人化和女性化。当代传媒强调的是认同身份,而不是权力,故而其主流和卖点常常是'女性的'而非'男性的',如时装、消费、名流和各种中产阶级品位的生活方式及格调等。"① 与此相适应,欧美出现了大量的将主要目标观众锁定为家庭主妇的肥皂剧,而韩剧则"将欧美肥皂剧中展开感情话题和家庭话题的可能性,和锁定女性观众收视群体基本的法则,连同世俗人间的喜怒哀乐推到了一个极致,并将自己特殊的韩国民俗包容渗透其间"。② 这种叙事策略,对于我国的电视剧剧本创作而言,具有参考和借鉴价值。

第二节 走出去:文化自信与中国精神

如果说吸收国外"新方法、新观念"的"引进来"是促进我国电视剧产业发展的重要路径,那么坚持"文化自信"、彰显"中国精神"的"走出去"则是我国电视剧产业发展的最终目标。

清代龚自珍说:"灭人之国,必先去其史;隳人之枋,败人之纲纪,必先去其史;绝人之材,湮塞人之教,必先去其史;夷人之祖宗,必先去其史。"③ 钱穆说:"全史之不断变动,其中宛然有一进程。自其推动向前而言,是谓其民族之'精神',为其民族生命之泉源。

---

① 陆扬、王毅:《大众文化与传媒》,上海三联书店2000年版,第105、106页。

② 萧萍:《韩剧:关于女性、消费与文化认同》,《上海师范大学学报》2006年第5期。

③ 龚自珍:《龚定盦全集》(上),世界书局1935年版,第161页。

自其到达前程而言,是谓其民族之'文化',为其民族文化发展所累积之成绩。"①这里指出了历史文化对于一个民族自身发展的重要性。正是认识到了这一点,习近平总书记鼓励艺术工作者,"要对博大精深的中华文化有深刻的理解,更要有高度的文化自信"。因为,"文化是一个国家、一个民族的灵魂"。"没有文化自信,不可能写出有骨气、有个性、有神采的作品。"②

为此,我们不仅要追问,到底什么是"文化自信"? 换句话说,倡导"文化自信",我们的底气何在? 而具体到电视剧剧本创作领域,创作者又该如何坚定"文化自信"? 如何用优秀的电视剧作品振奋民族精神呢? 归纳起来,至少包括以下几点:

一、我们有博大精深的中华优秀传统文化

中华民族有着五千年的悠久历史,其间积淀孕育出了璀璨夺目、魅力无穷的传统文化。诸如有"自强不息,厚德载物""修身齐家治国平天下""志士仁人,无求生以害仁,有杀身以成仁""先天下之忧而忧,后天下之乐而乐""苟利国家生死以,岂因祸福避趋之""天下兴亡,匹夫有责"等将个人命运与家国命运联系在一起的积极进取的儒家思想;有"圣人之道为而不争。夫唯不争,故天下莫能与之争""知人者智,自知者明。胜人者有力,自胜者强""治大国若烹小鲜""天下难事必作于易,天下大事必作于细"等崇尚无为、讲究辩证的道家思想;有"官不私亲,法不遗爱""火形严,故人鲜灼;水形懦,人多溺""烹小鲜而数挠之,则贼其泽;治大国而数变

---

① 钱穆:《国史大纲》,《钱宾四先生全集》(第 27 册),商务印书馆 1931 年版,第 33 页。

② 《习近平:在中国文联十大、中国作协九大开幕式上的讲话》。网址: http://news.xinhuanet.com/politics/2016-11/30/c_1120025319_2.htm。

第四章 全球化语境下我国编剧艺术发展策略

法,则民苦之""摇木者———摄其叶,则劳而不遍;左右拊其本,而叶遍摇矣""法不阿贵,绳不挠曲""圣王者不贵义而贵法,法必明,令必行,则已矣""言不中法者,不听也;行不中法者,不高也;事不中法者,不为也"等重视法制的法家思想;有"上兵伐谋""不战而屈人之兵""避实而击虚""知彼知己,百战不殆""主不可怒而兴师,将不可愠而致战"等讲究军事谋略却又主张慎战的兵家思想等等。以上诸子百家思想的争鸣与交融,汇集凝聚成了博大精深的中华文化。正如赵银平所说:"这些千百年传承的理念,已浸润于每个国人心中,成为日用而不觉的价值观,构成中国人的独特精神世界。"①正是有了这种"独特精神世界"的强大支撑,无论是顺境,还是逆境,中华民族始终能够生生不息,稳健前行。

具体到电视剧创作,近些年,描写这方面题材的代表性作品有《兵圣》《成吉思汗》《大汉天子》《孔子春秋》《卧薪尝胆》《康熙王朝》《东周列国·春秋篇》《贞观长歌》《大秦帝国之纵横》《大秦帝国之崛起》《大明王朝》《琅琊榜》等。其中,如电视剧《琅琊榜》,该剧讲述的是"麒麟才子"梅长苏给十二年前含冤覆没的赤焰军平反昭雪的故事。创作者在对这一悲怆故事的讲述中融入了关于隐忍、正义、成长、担当、家国情怀等中华民族优秀传统文化的深沉思考。如在剧的结尾部分,梅长苏为赤焰军平反昭雪的目的最终实现,可此时天下战乱,狼烟四起,为解国难,梅长苏不顾身体病弱,毅然带队出征,几月后,北境虽平,可耗尽心血的他也身死沙场。该剧导演孔笙说:"我们希望带给观众的是更多的感动与深思,是情感和信仰的故事,追随男主人公攒起最后一息生命之火,义无反顾地奔向狼烟边塞,是如诗如画的河山,是生命最初的美好,是灵魂深处

---

① 赵银平:《文化自信——习近平提出的时代课题》,网址:http://news.xinhuanet.com/politics/2016-08/05/c_1119330939.htm。

的安然。"①正如有论者指出:"梅长苏忠于国、孝于家、求于正道,义薄云天,舍我其谁;靖王耿直忠厚、勤于国事、勇于担当;静妃隐忍持重、以柔克刚;言侯侠肝义胆,不计个人荣辱,危难之时挺身而出。这些主要人物背后体现的不过是中国传统的儒家理想。而这些理想到今天仍然能够为年轻人所接受,也说明它们保持着强大的社会价值基础。"②又如2015年热播的电视剧《芈月传》,该剧讲述的是我国历史上女政治家芈月传奇曲折、跌宕起伏的人生故事。王昕将这部剧的叙事结构分为四个时期,前三个时期分别体现了芈月道家文化性格,而最后一个时期则体现了芈月的法家文化性格。如在第一个时期,身处险境的芈月之所以能化险为夷,正得益于她凭借着自己的朴素单纯、真诚友善赢得他人的慈悲之心,并将后者转变成了她的支持者和保护者。这一时期芈月的处世态度体现了"知其雄,守其雌,为天下谿。为天下谿,常德不离,复归于婴儿"的道家思想。而到了第四个时期,芈月成为太后,公元前305年,七公子叛乱,平叛后,芈月重申以法立国,并推行商鞅之法,奖励耕战。③ 再如电视剧《大明王朝》,剧中,海瑞虽然只是个底层官员,但他刚正不阿、悲悯苍生、胸怀天下,最后,他不顾自身安危,为民请命,冒死进谏,充分体现出了"苟利国家生死以,岂因祸福避趋之"的儒家思想。正如该剧编剧刘和平所说,"一切历史都是当代史"。"这是一部关于人生的电视剧,而不是政治戏,我只是回应一种呼唤民族优秀文化回归的思潮。"④

---

① 孔笙:《用诚意创作点亮人性之光——电视剧〈琅琊榜〉导演阐述》,《中国电视》2016年第1期。
② 鞠斐、孔喜中:《琅琊榜上家国情——兼谈电视剧如何获得年轻观众的关注》,《中国电视》2016年第3期。
③ 王昕:《人事情理说芈月》,《中国电视》2016年第7期。
④ 张立伟:《一部历史剧的幕后海瑞当官》,《21世纪经济报道》2007年1月30日。

二、我们有"为有牺牲多壮志,敢教日月换新天"的革命文化

在数千年的历史长河中,中华民族曾以自己的勤劳和智慧,长时间走在世界的前列,但步入近代以来,尤其1848年鸦片战争之后,内忧外患,积贫积弱,战祸连年,民不聊生。生死存亡之际,两大历史任务摆在中华民族面前:求得民族独立和人民解放,实现国家繁荣富强和人民共同富裕。为此,长达半个多世纪里,无数仁人志士抛头颅洒热血开始探索救国救民的出路,但皆以失败告终。直至20世纪20年代中国共产党的诞生,在其带领下,中国人民和军队以钢铁般的意志和大无畏的革命精神克服了数不清的艰难险阻,终于迎来了新中国的诞生,大踏步地迈上了中华民族的伟大复兴之路。其间形成了井冈山精神、长征精神、延安精神、西柏坡精神等等,"这些富有时代特征、民族特色的宝贵财富,脱胎于中华民族优秀文化传统,同时又在新形势下不断进行着再生再造、凝聚升华,从而为我们在新的历史条件下推进文化建设奠定了坚实基础"。① 而以这段波澜壮阔的历史为表现对象,向世人展示中国共产党领导中国人民战天斗地、勇往直前的革命文化,也成电视剧创作的题中之意。近些年,描写这方面题材的电视剧有《长征》《中国1921》《五星红旗迎风飘扬》《延安颂》《开天辟地》《解放》《长征大会师》《东方红1949》《八路军》《淬火成钢》《保卫延安》《毛泽东》《彭德怀元帅》《绝命后卫师》《海棠依旧》等。这些电视剧的创作者以虔诚、敬畏之心对待历史、还原伟人,使观众在审美过程中经受了精神的洗礼。如电视剧《毛泽东》,该剧从毛泽东出生开始,到新中国成立结束,讲述了毛泽东波澜壮阔的前半生。创作者着力表现

---

① 赵银平:《文化自信——习近平提出的时代课题》,网址:http://news.xinhuanet.com/politics/2016-08/05/c_1119330939.htm。

了毛泽东坚定地追求革命真理,心系天下苍生的赤子之心。正如该剧的导演高希希所说,"因为我相信,越是伟大的人,除了有一颗智慧、坚强、包容、进取之心,更重要的是要有一颗赤子之心。毛泽东之所以能够带领中国共产党、带领中国人民取得胜利,就是因为他和他的战友们都有一颗质朴的赤子之心,这颗心与最底层的劳苦大众心连心、心暖心、心支撑心。过去是这样,未来也一定是这样"。① 再如电视剧《海棠依旧》,这部剧以新中国成立开始,以周总理逝世结束,讲述了周恩来总理近30年的工作和生活,以生动的细节,真实地还原了一个心系百姓、夙夜在公、鞠躬尽瘁、光明磊落、顾全大局的总理形象,以艺术的方式告诉了我们"什么是真正的共产党人、真正的无产阶级革命家、真正受人民群众拥戴的伟人"。②

三、我们还有承前启后、继往开来的社会主义先进文化

自1949年新中国成立至今,短短几十年,我们创造出了令世界瞩目的中国道路、中国模式、中国奇迹。而这一切在体现出社会主义制度优越性的同时,也掷地有声地向全世界证明了社会主义先进文化是一种有生命力的文化,一种体现人类文明发展进步方向的文化。③ 根据2016年10月17日国务院新闻办发表的《中国的减贫行动与人权进步》白皮书显示:"改革开放30多年来,我国7亿多贫困人口摆脱贫困,农村贫困人口减少到2015年的5575

---

① 高希希:《用虔诚之心还原伟人——电视剧〈毛泽东〉导演阐述》,《中国电视》2016年第1期。
② 朱克虎:《一部具有史诗和里程碑意义的时代佳作——观〈海棠依旧〉有感》,《中国电视》2016年第10期。
③ 赵银平:《文化自信——习近平提出的时代课题》,网址:http://news.xinhuanet.com/politics/2016-08/05/c_1119330939.htm。

万人,贫困发生率下降到5.7%,极大提升了发展中国家的人权、话语权。"①这些成绩的取得,凝聚着中国人民吃苦耐劳、辛勤付出的心血与汗水,昭示着中国人民开拓进取、追求文明进步、敢为天下先的伟大精神。以故事的方式向世界展现这种精神,对于中国电视剧编剧来说既引以为豪,又义不容辞。近些年,表现这方面题材的电视剧代表作品有《温州一家人》《温州两家人》《老农民》《人民检察官》《鸡毛飞上天》《下海》《安居》《春暖南粤》《生命中的好日子》《马向阳下乡记》《欢乐颂》《女人当官》等等。如电视剧《鸡毛飞上天》,该剧以主人公陈江河的创业经历为故事线,讲述了义乌改革发展30多年曲折而又辉煌的历程。剧中,陈江河自小跟着大伯陈金水四处闯荡,从"鸡毛换糖"到开办工厂,几起几落,却不言败,他人生的座右铭就是"鸡毛最贱,可是它养活了我们祖祖辈辈。鸡毛虽轻,可有点风,它就能飞到天上去"。凭着这股不服输的劲头,陈江河最终成就了一代商业传奇。在陈江河这个敢想敢闯的创业者身上,形象地诠释出了为梦想打拼、积极进取、大胆革新的义乌精神。正如该剧的导演余丁所说,年轻人看了这部剧,能从里边找到自己的感触和位置,而这对于他们来说既是一种激励,也是一种鼓舞,能从中汲取坚持、信念、不放弃的勇气和力量。② 又如电视剧《生命中的好日子》,该剧以"文革"结束到香港回归这二十年为历史背景,讲述了以主人公韩墨池为代表的一代人为实现个人梦、"中国梦"而闯荡打拼的奋斗历程。剧中,韩墨池因救钟思存受重伤致残,但他身残志不残,虽然经历了一系列打击,依然不放弃希望与梦想,南下深圳创业,几番拼搏,终苦尽甘来,成就事业的同

---

① 《中国的减贫行动与人权进步》,网址:http://www.chinanews.com/gn/2016/10-17/8033654.shtml。

② 荧兔子:《〈鸡毛飞上天〉:镌刻义乌精神,这根鸡毛会将现实题材带往何方?》,网址:http://www.weidu8.net/wx/1000148896462638。

时,也赢得了甜蜜的爱情。正如黄钟军所说:"《生命中的好日子》自始至终营造着温暖的氛围,传递着正能量,洋溢着积极进取,勇于担当,包容豁达的精神光芒。它不向观众渲染苦难与悲伤,而是告诉人们应如何面对生活与未来,做一个命运的主动者、掌控者。"①

---

① 黄钟军:《"后知青"时代的"中国梦"书写——浅析电视剧〈生命中的好日子〉》,《中国电视》2016 年第 7 期。

第五章　文化自信视域下我国古典编剧理论资源的当代价值

基于特定的文化背景,我国古代的编剧理论主要是针对戏曲而言的,但戏曲也有故事、情节、人物、台词等,而我国古典编剧理论对这些方面都有精彩而深刻的论述。就此而言,对我国优秀的传统编剧理论进行创造性转化,对我们当下的电视剧创作同样具有重要的启示意义。但限于篇幅,本章重点讨论李渔和李贽的戏剧理论。

第一节　由"情景"看我国古代剧作法的特色
——以李渔编剧艺术"情景说"为例

鉴于文化背景的不同,与西方编剧理论相比,我国的古代编剧理论呈现出鲜明的民族特色,突出表现为对古典诗学的继承与发展,其中,又以"情景说"最具代表性。"情景说"是我国古代诗学的一个重要范畴,而诗与戏曲"异派而同源",因此,以"情景"观照戏剧创作也就成了我国古代编剧理论的题中之意。如孟称舜认为:"曲之难者,一传情,一写景,一叙事。然传情、写景犹易为工,妙在叙事中绘出情景,则非高手未能矣。"① 又说:"盖诗辞之妙,归之乎

---

① 孟称舜:《古今名剧合选》第十六集《魔合罗》第一折眉批,隗芾、吴毓华编:《古典戏曲美学资料集》,文化艺术出版社1992年版,第233页。

传情写景。顾其所为情与景者,不过烟云花鸟之变态,悲喜愤乐之异致而已。境尽于目前,而感触于偶尔,工辞者皆能道之。迨夫曲之为妙,极古今好丑、贵贱、离合、死生,因事以造形,随物而赋象。时而庄言,时而谐诨。孤末靓狚,合傀儡于一场,而征事类于千载。笑则有声,啼则有泪,喜则有神,叹则有气。非作者身处于百物云为之际,而心通乎七情生动之窍,曲则恶能工哉?"①黄图珌主张:"情生于景,景生于情;情景相生,自成声律。"②丁耀亢提出:"要情景真,凡可挪借,即为泛涉,情景相贯,不在衬贴。"③李渔《闲情偶寄·戒浮泛》谓:"填词义理无穷,说何人肖何人,议某事切某事,文章头绪之最繁者,莫填词若矣。予谓总其大纲,则不出'情景'二字。"④接下来,他用了六百多字的篇幅全面论述了戏剧创作中的情景关系,本文将其称之为编剧艺术的"情景说",并重点对其加以论述。

李渔既是剧论家,又是剧作家,他的编剧艺术"情景说"既是对前人编剧思想资源的整合与吸收,又是对自身实践经验的总结与思考。该学说以"情景"为总纲,对人物塑造、叙事技巧、剧本写法等问题进行了系统而全面的论述。因此,对其进行创新性的解读和阐释,对于我国当前的戏剧创作以及我国新时代特色戏剧编剧理论体系的构建,具有重要的启示意义。

---

① 孟称舜:《〈古今名剧合选〉序》,吴毓华:《中国古代戏曲序跋集》,中国戏剧出版社1990年版,第198页。

② 黄图珌:《词曲》,中国戏曲研究院编:《中国古典戏曲论著集成》(七),中国戏剧出版社1959年版,第141页。

③ 丁耀亢:《啸台偶著词例》,陈多、叶长海:《中国历代剧论选注》,上海古籍出版社2010年版,第295页。

④ 李渔:《闲情偶寄·戒浮泛》,《李渔全集》第三卷,浙江古籍出版社1992年版,第22页。

第五章 文化自信视域下我国古典编剧理论资源的当代价值

一、人物塑造:"即景生情"

文学是人学,戏剧亦然。所以,"戏剧文学的各个部分,无论情节、结构、语言等等,它们的设计、组织和安排,都应该以人物为出发点,又以人物为归宿"。① 就此而言,塑造人物形象、揭示人物情感,刻画人物性格,就成为戏剧创作的重中之重。那么,如何才能塑造出鲜明的人物形象?如何才能深层次地揭示出人物内心世界的情感活动呢?李渔给出的答案是:"以情乃一人之情,说张三要象张三,难通融于李四。……善咏物者,妙在即景生情。"跟着他又进一步举例解释:"《琵琶·赏月》四曲,同一月也,牛氏有牛氏之月,伯喈有伯喈之月。所言者月,所寓者心。牛氏所说之月,可移一句于伯喈?伯喈所说之月,可挪一字于牛氏乎?夫妻二人之语犹不可挪移混用,况他人乎?"②这就为剧作家明确地指出了一种塑造人物的有效方法:即景生情。

为使讨论更清晰地展开,我们不妨结合《琵琶·赏月》中牛小姐(贴)和蔡伯喈(生)所唱四曲的原文做一番梳理:

> 贴唱:长空万里,见婵娟可爱,全无一点纤凝。十二栏杆光满处,凉浸珠箔银屏。偏称,身在瑶台,笑斟玉斝,人生几见此佳景。
>
> 生唱:孤影,南枝乍冷。见乌鹊缥缈惊飞,栖止不定。万点苍山,何处是,修竹吾庐三径。迫省,丹桂曾攀,嫦娥相爱,故人千里谩同情。

---

① 赵山林:《中国戏剧学通论》,安徽教育出版社1995年版,第425页。
② 李渔:《闲情偶寄·戒浮泛》,《李渔全集》第三卷,浙江古籍出版社1992年版,第22～23页。

贴唱：光莹,我欲吹断玉箫,乘鸾归去,不知风露冷瑶京？环佩湿,似月下归来飞琼。那更,香鬟云鬓,清辉玉臂,广寒仙子也堪并。

生唱：愁听,吹笛关山,敲砧门巷,月中都是断肠声。人去远,几见明月亏盈。惟应,边塞征人,深闺思妇,怪他向别离明。①

不难看出,这里借月亮之"景",牛小姐抒的是喜悦幸福之"情",蔡伯喈抒的则是伤感悲凉之"情"。为何面对同一景（月亮）,二人却生出不同之"情"呢？这就需要我们对剧中人物做进一步的深入分析。马克思说："人的本质不是单个人所固有的抽象物,在其现实性上,它是一切社会关系的总和。"②尼·德·列维托夫认为："人的个性始终是一定的社会经济结构的代表者和一定的阶级的个性。个性是在一定的生产条件和社会条件中形成的。"③顾仲彝关于戏剧人物性格总结出了三种尺度：人物的社会性方面、性格心理方面、形体外貌方面。这三种尺度涵盖了人物的阶级出身、家庭背景、教育程度、社会关系、社会地位、政治态度、宗教信仰、倾向性、气质、兴趣、情感、意志能力、想象力、相貌等等内容。④ 这些因素共同作用形成人物性格,同理,这些因素的不同或者改变,便会导致不同的人物性格。以此关照牛氏小姐和蔡伯喈,问题就迎刃而解了。在剧中,牛小姐是丞相之女,出生于钟鸣鼎食之家,大家闺秀,受过良好教育,本就锦衣玉食的她又嫁于新科状元为妻,自

---

① 高明：《琵琶记》,蔡运长注,华夏出版社2000年版,第216页。
② 《马克思恩格斯文集》第1卷,人民出版社2009年版,第505页。
③ 转引自顾仲彝：《编剧自我修养》,华中科技大学出版社2016年版,232页。
④ 顾仲彝：《编剧自我修养》,华中科技大学出版社2016年版,第232～241页。

第五章　文化自信视域下我国古典编剧理论资源的当代价值

然是人逢喜事精神爽,于是面对中秋圆月,所唱之词字里行间便弥漫着幸福甜蜜之情。而蔡伯喈则出身寒门,一介书生,已娶赵五娘为妻,本欲辞试在家尽孝,无奈其父不从,于是被迫进京赴试,考中状元,奉旨娶了丞相之女牛氏小姐为妻。蔡伯喈思念家中的结发妻以及双亲,以尽孝为由,欲辞官回乡,熟料牛丞相与皇帝不从,由此导致他心情苦闷、郁郁寡欢。这个背景下,他所面对的虽为牛氏小姐面对之月,但他心中由圆月所生之情已非牛氏小姐的幸福甜蜜,而是抑郁伤感。面对同一月,二人的内心却判然有别,一悲一喜,一景两情,两情互衬,人物形象也便由此变得泾渭分明。

从戏剧史的角度看,一些作品之所以为世人称颂,成为经典而得以流传,究其原因,重要的一点就在于作品塑造了鲜明的人物形象,而这些人物形象的塑造又是通过"即景生情"来完成的。以《桃花扇》中侯方域这一人物形象的塑造为例,如在《题画》一场戏中,有这样两段描写:

【玉芙蓉】春风上巳天,桃瓣轻如翦,正飞绵作雪,落红成霰。溅血点作桃花扇,比着枝头分外鲜。携上妆楼展,对遗迹宛然,为桃花结下了生死冤。①

【鲍老催】这流水溪堪羡,落红英千千片。抹云烟,绿树浓,青峰远。仍是春风旧境不曾变,没个人儿将中系恋。是一座空桃源,趁着未斜阳将棹转。②

这出戏的背景是侯方域接到了李香君托人捎来的桃花扇,于

---

① 孔尚任:《桃花扇》,云亭山人评点,李保民点校,上海古籍出版社2017年版,第117页。
② 孔尚任:《桃花扇》,云亭山人评点,李保民点校,上海古籍出版社2017年版,第118页。

是跋山涉水,赶回南京探望李香君。熟料,李香君被选入宫。待侯方域赶到李香君住处,发现早已人去楼空。睹物思人,引出无限感伤,于是借景抒情,有了上述文辞。正如云亭山人对此的点评所言:"对血迹看扇,此桃花扇之根也;对桃花看扇,此桃花扇之影也。偏于此时写桃花图,题桃源诗,此桃花扇之月痕灯晕也。情无尽,境亦无尽。"①景色虽美,却恋人不在。以景衬情,眼前之景越美,心中之情越悲。情与景的反差越大,侯方域这个苦寻恋人而不得的抑郁寡欢、失魂落魄的书生形象就变得越鲜明立体。

再以《长生殿》中李隆基这一人物形象的塑造为例。如《定情》这一场戏:

[大石引子][东风第一枝]【生扮唐明皇引二内侍上】端冕中天,垂衣南面,山河一统皇唐。层霄雨露回春,汉宫草木齐芳。升平早奏,韶华好,行乐何妨。愿此生终老温柔,白云不羡仙乡。②

此时,安史之乱尚未发生,大唐王朝一派歌舞升平。所以,李隆基一出场,即景生情,唱出了这段词曲。由此,一个才艺双全、风流多情的君王形象跃然纸上。

又如《闻铃》《见月》两场戏:

[前腔]渐渐零零,一片凄然心暗惊。遥听隔山隔树,战合风雨,高响低鸣。一点一滴又一声,一点一滴又一声,和愁人血泪交相迸。对这伤情处,转自忆荒茔。白杨萧瑟雨纵横,此

---

① 孔尚任:《桃花扇》,云亭山人评点,上海古籍出版社2012年版,第85页。
② 洪升:《长生殿》,吴人评点,上海古籍出版社2012年版,第2页。

第五章　文化自信视域下我国古典编剧理论资源的当代价值

际孤魂凄冷。鬼火光寒,草间湿乱萤。只悔仓皇负了卿,负了卿!我独在人间,委实的不愿生。语娉娉,相将早晚伴幽冥。一恸空山寂,铃声相应,阁道峻嶒,似我回肠恨怎平!①

〔摊破金字令〕黄昏近也,庭院凝微霭,清宵静也,钟漏沉虚籁。一个愁人有谁偢采,已自难消难受,那堪墙外,又推将这轮明月来。寂寂照空阶,凄凄浸碧苔。独步增哀,双泪频揩,千思万量没布摆。②

此时,安史之乱爆发,杨贵妃被刺死于马嵬坡。失去爱妃,遭遇离乱,饱经沧桑的李隆基已没了昔日的意气风发,性格亦随之发生了变化,心境使然,再看周围景物,即景生情,寒蝉凄切,满目苍凉,于是唱出了这段曲文。赵山林说:"剧作家为了表现人物特定的'心'即特定的意志,总是要为他们设计特定的'地'即在某种戏剧情境中的特定位置。"③劳逊说:"剧本中必须只有结实的社会背景;剧作者把环境体现得愈彻底,我们就愈能深刻地了解性格。一个孤立的性格是不成其为性格的。"④对比上文,不难发现,《长生殿》的剧作者设计了一系列特定场景,通过即景生情的艺术手法,生动而形象地揭示了李隆基这个人物性格的发展变化。⑤

---

①　洪升:《长生殿》,吴人评点,上海古籍出版社2012年版,第74页。
②　洪升:《长生殿》,吴人评点,上海古籍出版社2012年版,第106页。
③　赵山林:《中国戏剧学通论》,安徽教育出版社1995年版,第431~432页。
④　劳逊:《戏剧与电影的剧作理论与技巧》,邵牧君、齐宙译,中国电影出版社1978年版,第349页。
⑤　郭预衡:《中国古代文学史长编》,上海古籍出版社2007年版,第578~579页。

二、叙事重心:"因情设景"

李渔说:"批点传奇者,每遇游山玩水、赏月观花等曲,见其止书所见不及中情者,有十分佳处只好算得五分,以风云月露之词工者尽多,不从此剧始也。"①这段话至少包括以下两个方面的解读:一方面,从情景统一的角度,指出了戏曲艺术的抒情性。换句话说,一切"景"之所设,比是为了剧作者的"情"之所抒,"在古代编剧理论中,强调戏曲艺术的抒情性,这是古代曲论家的一个普遍认识,如王骥德注重'畅情',汤显祖推崇'唯情',金圣叹亦认为戏曲创作在于排解剧作者郁积的情感'块垒'"。② 另一方面,强调了戏曲艺术的"剧"之特性,即戏曲艺术的叙事性。正如谭帆所言:"古典戏曲在抒情,但戏曲艺术的抒情不能是剧作者主观情感的直接表现,它要借助于叙事来达到抒情之目的。"③在此基础上,若将上述文字加以提炼,可以进而表述为:"景"之所设是为剧作家"情"之所抒,剧作家"情"之所抒又需借助"事"之所述。按此逻辑,图例表示如下:

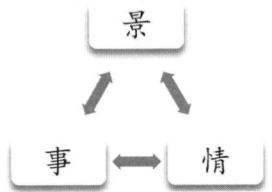

这里,"情""景""事"形成了一个动态系统,三者是一个不可分

---

① 李渔:《闲情偶寄·戒浮泛》,《李渔全集》第三卷,浙江古籍出版社 1992 年版,第 22 页。
② 谭帆:《中国古代编剧理论的宏观体系》,《戏剧艺术》1986 年第 2 期。
③ 谭帆:《中国古代编剧理论的宏观体系》,《戏剧艺术》1986 年第 2 期。

第五章 文化自信视域下我国古典编剧理论资源的当代价值

割的整体。基于此,李渔对剧本创作中"舍情言景"的做法提出了批评:"舍情言景,不过图其省力,殊不知眼前景物繁多,当从何处说起?"①由此不难看出,如果说"即景生情"的"情"强调的是剧中人物之"情",那么"舍情言景"中"情"则是针对剧作家之"情"而言的。而剧作家之"情"又需借助于"事"得以抒发,这个意义上来说,"舍情言景"的做法便是对戏剧艺术叙事重心的一种偏离。反观戏剧史上的那些经典之作,之所以会穿越历史长河而流传至今,究其原因,重要的一点就在于其所遵循的不是"舍情言景",而是"因情设景",换句话说,就是坚持"情""景""事"相统一的创作原则。以《西厢记》为例,这部剧的"景"之设始终围绕着"事"之所述,又通过"事"之所述,最终实现了剧作家的"情"之所抒。该剧以男女主人公的爱情为主线,按其叙事逻辑,大致分为以下几个阶段:相遇→相识→相知→相爱→相离→相聚。如在开头"惊艳"这场戏中,有这样一段描写:

  随喜了上方佛殿,早来到下方僧院。行过厨房近西,法堂北,钟楼前面。游了洞房,登了宝塔,将回廊绕遍。数了罗汉,参了菩萨,拜了圣贤。②

这里的一系列景物描写,并非剧作家的闲来之笔,其目的亦非是为了"游山玩水、赏月观花",而是为了下文张生与崔莺莺的初遇营造情境。所以,金圣叹在批注这段描写时,如此说道:"盖上文以佛殿、僧院、厨房、法堂、钟楼、洞房、宝塔、回廊衬出惊艳也。其文

---

① 李渔:《闲情偶寄·戒浮泛》,《李渔全集》第三卷,浙江古籍出版社1992年版,第23页。
② 王实甫:《西厢记》,浙江古籍出版社2011年版,第2~3页。

如宋刻玉玩,双层浮起。"①

有了初次相遇,情节若向前发展,男女主人公间的认识程度势必要随之加深,这就需要营造一种更为特殊的情境。于是,在"酬韵"一场戏中,便有了这样一段描写:

夜深香霭散空庭,帘幕东风静。拜罢也斜将曲栏凭,长吁了两三声。刬团圞明月如悬镜。又不是轻云薄雾,都则是香烟人气,两般儿氤氲得不分明。②

这场戏的背景是,崔莺莺给父亲上香,红娘替她许愿,说:"愿俺姐姐早寻一个姐夫,拖带红娘咱!"③此时夜深人静,月明星稀,听了红娘这番话,即景生情,莺莺不由长叹:"心中无限伤心事,尽在深深两拜中。"言外之意,配得上我的那个风流才子究竟在哪儿呢?听了莺莺的叹息,张生捕捉到了信息——"小姐倚栏长叹,似有动情之意。"于是,即景生情,吟诗一首:

月色溶溶夜,
花阴寂寂春。
如何临皓魄,
不见月中人。

听到墙外传来如此清新之诗,再加上红娘提醒,说这吟诗之人"便是那二十三岁不曾娶妻的那傻角"。莺莺更为心动,于是依韵

---

① 王实甫、高明:《第六才子书:西厢记　第七才子书:琵琶记》,线装书局 2007 年版,第 40 页。
② (元)王实甫:《西厢记》,中国青年出版社 2004 年版,第 22 页。
③ (元)王实甫:《西厢记》,中国青年出版社 2004 年版,第 22 页。

第五章　文化自信视域下我国古典编剧理论资源的当代价值

和诗一首：

> 兰闺深寂寞，
> 无计度芳春。
> 料得高吟者，
> 应怜长叹人。

这一唱一合，张生与崔莺莺二人实现了心灵上的沟通，二人也就由相遇发展到了相识。所以，金圣叹的批语如此说道："凡作文，必须一篇之中并无一句一字是杂凑入来。……不过双文长叹，若不写则下文不可斗然吟诗耳。乃并不于双文上写，亦不于双方心中写，却向明月上看他陪一香烟，便写得双文一叹如许浓至。绝世奇文，绝世妙文。"①

剧情如果要继续向前推进，男女主人公之间的感情就要继续加深。质言之，二人就要由"相识"发展到"相知"，而这就需要剧作家营造一种与之相适应的场景。于是，在"琴心"一场戏中，有了这样一段描写：

> 其声壮，似铁骑刀枪冗冗；其声幽，似落花流水溶溶；其声高，似风清月朗鹤唳空；其声低，似听儿女语，小窗中，喁喁。
> 他那里思不穷，我这里意已通，娇鸾雏凤失雌雄。他曲未终，我意转浓，争奈伯劳飞燕各西东，尽在不言中。②

剧中，孙飞虎带兵包围寺院，老夫人许诺，谁能破敌，便把女儿

---

① 王实甫、高明：《第六才子书：西厢记　第七才子书：琵琶记》，线装书局2007年版，第60页。
② （元）王实甫：《西厢记》，中国青年出版社2004年版，第60页。

许给对方,张生临危挺身,英雄救美,破了敌兵,熟料老夫人赖婚,张生为此心生苦闷,红娘出计,让他操琴给莺莺听,以探莺莺的真实想法。于是便有了上面这段描写。琴动,心亦动。这里,琴成为张生、崔莺莺二人感情的试金石,也成为二人互诉衷肠的一根情弦。正如金圣叹批语的所说:"'思已穷'是言日间赖婚;'恨不穷',是言此时弹琴;'曲未通',是言琴未入弄;'意已通',是言听者已先会得也。妙绝。"① 显然,这里男女主人公之间的感情已由相识发展到了相知。

高尔基说:"情节即人物之间的联系、矛盾、同情、反感和一般的相互关系,——某种性格、典型的成长和构成的历史。"② 从这个意义上来说,情节若要继续推进,就意味着人物关系的进一步发展。于是在"酬简"一场戏中,有这样一段描写:

彩云何在?月明如水浸楼台。憎居禅室,鸦噪庭槐。风弄竹声,则道似金珮响;月移花影,疑是玉人来。③

剧中,遭老夫人拒婚后,张生对崔莺莺害了相思病。在红娘的帮助下,二人有了相见机会,定了终身。于是文中便有了这段描写,由此表明张生、崔莺莺二人已由相识发展到了相爱。

然而,故事尚未结束,张生和崔莺莺二人的爱情注定了要一波三折。于是在《哭宴》一场戏中,有了这样一段描写:

---

① 王实甫、高明:《第六才子书:西厢记 第七才子书:琵琶记》,线装书局2007年版,第107页。
② 高尔基:《和青年作家谈话》,《论文学》,人民文学出版社1978年版,第355页。
③ (元)王实甫:《西厢记》,中国青年出版社2004年版,第91页。

第五章　文化自信视域下我国古典编剧理论资源的当代价值

　　碧云天，黄花地，西风紧、北雁南飞。晓来谁染霜林醉？总是离人泪。①

　　剧中，老夫人得知了张生、崔莺莺二人的约会，虽胸有怒火，怎奈生米已做成熟饭，多说亦是无益，于是给张生约法三章：若想娶莺莺为妻，必须进京赶考，并且要高官得中。张生无奈，只得答应。于是文中有了这段十里长亭送别的场景描写，以此表现男女主人公的难舍难分。到此，故事发展成为男女主人公由相爱到相离。

　　兵法上说，"善战者，求之于势"。又说，"善战人之势，如转圆石于千仞之山者，势也"。② 兵法如此，剧作法亦然。优秀的将领在战场上总是善于创造有利态势，优秀的剧作家亦能精准把握观众的审美心理，在创作中善于营造一种独特的"势"，成功地将故事推向高潮。《西厢记》便是如此，张生和崔莺莺的分离，就是剧作家匠心独运创造的一种"势"，二人好不容易发展到相爱，接着却是分离，这就会在观众心中造成一种压抑感，但对于剧作家而言，制造分离，并非为了分离而分离，今日的分离是为了明日更好的相聚。这种先抑后扬，就是对"势"的一种出色运用。于是，在"衣锦荣归"一场戏中，有了这样一段描写：

　　玉鞭骄马出皇都，畅风流玉堂人物。今朝三品职，昨日一寒儒。御笔亲除，将姓名翰林注。③

　　这里的剧情是，高官得中的张生归心似箭，要与崔莺莺团聚，

---

① （元）王实甫：《西厢记》，中国青年出版社2004年版，第102页。
② 孙武：《孙子兵法与三十六计》，中国华侨出版社2013年版，第53页。
③ （元）王实甫：《西厢记》，中国青年出版社2004年版，第132页。

于是快马加鞭出京城。至此,伴随着一系列"景"之所设的渐次展开,男女主人公由相遇、相识、相知、相爱、相离再到相聚的"事"之所述得到完美呈现,又通过"事"之所述,最终实现了剧作家"愿普天下有情的都成了眷属"的"情"之所抒。由此不难看出,戏剧创作中,"景"非虚设,而是为了叙事,但叙事亦非为了叙事而叙事,而是最终要指向剧作家所要表达的"情"。正如金圣叹所说:"借家家家中之事,写吾一人手下之文者,意在于文,意不在事也。"①也正是认识到了这一点,编剧刘和平提出,"结构的艺术主要是叙事结构,但在叙事里面一定充满了感情,结构是有感情的,没有感情的结构不是戏剧结构,怎样在结构里面去找到感情?这样一来,就不会只去想怎样安排事件去推行故事,它就能升华"。②

三、切实路径:"舍景言情"

李渔反对剧本创作中"舍情言景"的做法,提出了"舍景言情"的观点:"咏花既愁遗鸟,赋月又想兼风。若使逐件铺张,则虑事多曲少;欲以数言包括,又防事短情长。展转推敲,已费心思几许,何如只就本人生发,自有欲为之事,自有待说之情,念不旁分,妙理自出。……吾欲填词家舍景言情,非责人以难,正欲其舍难就易耳。"③需要指出的是,作为学术讨论,我们不应孤立地将李渔这里所言的"舍景言情"做表面的理解,而应结合这段话所处的整体语境并应将其置放于李渔的整个编剧理论体系中做全面的考察。这

---

① 转引自叶长海:《中国戏剧学史稿》,上海文艺出版社1986年版,第324页。
② 卞智洪:《论人物态度——塑造人物的一把钥匙》,《中国电视》2016年第3期。
③ 李渔:《闲情偶寄·贵显浅》,《李渔全集》第三卷,浙江古籍出版社1992年版,第23页。

第五章　文化自信视域下我国古典编剧理论资源的当代价值

个背景下,我们会发现,李渔提出"舍景言情"并非是对"景"的彻底抛弃,而是对于戏剧创作中"舍情言景"错误做法的一种纠正。李渔这一观点的提出,至少出于以下几个方面的考虑:

一是从剧作家易于创作的角度考虑。与"舍景言情"相对的是"舍情言景",在李渔看来,后者不过是图其省力,看似省力,其实不然,反会使得戏剧艺术所应述之"事"淹没于华而不实的"景"物之中,到最后有妙语,而无妙事。所以这种剧本写法不可取。"咏花既愁遗鸟,赋月又想兼风",剧作家会为此所累,最终不得其门。反之,"舍景言情"却是一种切实可行的创作方法,由"情"出发,剧作家就会摆脱"辗转推敲,已费心思几许"的困惑,快速且准确地进入创作状态,从而少走一些弯路。

二是从观众易于欣赏的角度考虑。李开先说,"因名其刻为《改定元贤传奇》,泰泉黄詹事所谓以奇事为传者是已"。① 削仙提出,"传奇,传奇也。不过演奇事,畅奇情"。② 李渔说得更直截了当:"有奇事,方有奇文。"③由此可见,"事"是戏剧艺术的核心元素。在回答所有戏剧家的共同目的是什么这一问题时,贝克认为,"有两个。第一,尽快赢得观众的注意。第二,保持观众兴趣的稳定,最好是使之有加无已,直到剧终"。④ 综合起来说,一部戏剧作品首要的任务就是要讲述一个令人称"奇"的"故事",以赢得观众的注意并使后者保持兴趣。此外,还需强调这样一个要求,即剧作

---

① 李开先:《李开先全集》下,卜键笺校,上海古籍出版社2014年版,第2051页。

② 削仙:《〈鹦鹉洲〉序》,蔡毅编著:《中国古典戏曲序跋汇编》,齐鲁书社1989年版,第1275页。

③ 李渔:《闲情偶寄·贵显浅》,《李渔全集》第三卷,浙江古籍出版社1992年版,第4页。

④ (美)贝克(Baker,G.P.):《戏剧技巧》,余上沅译,中国戏剧出版社1985年版,第20页。

家所讲之事不仅要"奇",而且还要保证能将这个故事讲得明白晓畅、通俗易懂。在李渔看来,与诗文歌赋等艺术门类不同,戏曲是做给读书人、不读书人以及妇人、小儿同看的,"话则本之街谈巷议,事则取其直说明言"。①为此,他这样提醒道:"汤若士《还魂》一剧……问其精华所在,则以《惊梦》《寻梦》二折对……《惊梦》首句云:'袅晴丝吹来闲庭院,摇漾春如线。'以游丝一缕,逗起情丝,发端一语,即费如许深心,可谓惨淡经营矣,然听歌《牡丹亭》者,百人之中有一二人解出此意否?"②事实的确如此,一部剧,剧作家惨淡经营许久,如果剧中所描写的内容却不为观众所理解,那么剧作家的一片苦心则将付诸东流,这无疑是件令人惋惜的事情。反过来说,剧作家也应该由此进行反思,从中汲取经验教训。

此外,李渔还认识到"情"既是戏剧作品永葆艺术生命力的重要法宝,也是促使作品和观众之间保持良好互动的黏合剂。在他看来,"传奇无冷热,只怕不合人情。如其离合悲欢,皆为人情所必至,能使人哭,能使人笑;能使人怒发冲冠,能使人惊魂欲绝,即使鼓板不动,场上寂然,而观者叫绝之声,反能露天动地"。③由此可见,对于戏剧创作而言,打动观众的不是剧作家在作品中将"景"描绘得有多美,而是作品所要讲述的故事,以及由故事所表现或传达出来的"情"。

如果说"舍景言情"还停留在较为抽象的理论层面,那么李渔提出的"只就本人生发"则是对"舍景言情"的具体化。麦基认为,剧本有两种写法,一是从里面往外面写,另一种则是由外面往里面

---

① 李渔:《闲情偶寄·贵显浅》,《李渔全集》第三卷,浙江古籍出版社1992年版,第17页。
② 李渔:《闲情偶寄·贵显浅》,《李渔全集》第三卷,浙江古籍出版社1992年版,第18页。
③ 李渔:《闲情偶寄·剂冷热》,《李渔全集》第三卷,浙江古籍出版社1992年版,第69页。

第五章 文化自信视域下我国古典编剧理论资源的当代价值

写。从外到里写,可以描写人物的表面,但无法创造出情感真理,而情感真理的唯一可靠的源泉是剧作家自己,"如果你停留在人物的表面,你将会不可避免地写出情感的陈词滥调。为了创造具有启迪意义的人类反应,你不但必须进入人物的内心,而且还要进入你自己的内心"。① 不难看出,麦基所提出的剧本"从里面往外面写"的观点和李渔"只就本人生发"的观点如出一辙。同时,前者也为我们更深刻而全面地解读李渔的观点提供了以下两个新的视角:

1."只就本人生发"指的是从剧作家本人生发。这个意义来说,"舍景言情"中所言之"情"即剧作家之"情"。质言之,就是要进入剧作家内心。剧作家有了创作冲动,是因为他有话要说,有情要抒,这样,剧作家欲抒之"情"就成为贯穿作品的一条红线,并且据此"情"对其所占有的素材进行筛选裁剪。正是基于这样的认识,高尔基才说,"艺术的本质是赞成或反对的斗争,漠不关心的艺术是没有而且不可能有的"。② 此外,由于创作是基于剧作家内心的真实情感,这便从根本上杜绝了创作过程中的食古不化、步人后尘以及矫揉造作、空洞虚假等弊端,从而会使作品切实收到以"情"动人的审美效果。洪升的以下观点就由此而来:"余是以知文章之妙,固出之于天,发之于心,不必仿步前人,锢其所法,障我性灵。而自为之,则字字幻化,句句幻化,节节幻化,篇篇幻化。不可拘执,不可捉摸,纵横肆部门,冲亘八隅。"③麦基也表达了相同观点:"当一个场景对我们来说具有情感上的意义时,我们便可以相信,

---

① 罗伯特·麦基:《故事:材质、结构、风格和银幕的原理》,周铁东译,中国电影出版社2001年版,第179页。
② 高尔基:《论文学》,孟昌、曹葆华、戈宝权译,人民文学出版社1978年版,第141页。
③ 洪升:《长生殿》,吴人评点,上海古籍出版社2012年版,第3页。

它对观众来说也同样具有意义。我们是靠创造能够打动我们的作品去打动我们的观众的。"①

从戏剧史的角度看,一些作品之所以成为经典,为人称颂,究其原因,重要的一点就在于这些作品的字里行间灌注了剧作家的真情实感。以那些早已为人们熟知的作品为例,比如《西厢记》通过张生与崔莺莺的故事,抒发了剧作家"愿天下有情人都成了眷属"之盼;②《长生殿》通过李隆基、杨贵妃的故事,抒发了剧作家"唱不尽兴亡变幻"之叹;③《牡丹亭》通过杜丽娘与柳梦梅的故事,抒发了剧作家"生者可以死,死者可以生"的"至情"之情;④《桃花扇》通过侯方域与李香君的"离合之情",抒发了剧作家心中的"兴亡之感"。⑤

2."只就本人生发"指的是从剧中人物生发。从这个意义来说,"舍景言情"中所言之"情"即剧中人物之"情"。质言之,就是要进入剧中人物的内心。关于这个问题,古今中外的戏剧理论家都有过论述。如孟称舜在《古今名剧事选·序》里说:"撰曲者不化其身为曲中之人,则不能为能曲。"⑥王骥德在《曲律·论引子》中说:"引子,须以自己之肾肠,代他人之口吻。盖一人登场,必有几句紧

---

① 罗伯特·麦基:《故事:材质、结构、风格和银幕的原理》,周铁东译,中国电影出版社2001年版,第180页。
② 王实甫:《西厢记》,浙江古籍出版社2011年版,第68页。
③ 洪升:《长生殿》,吴人评点,上海古籍出版社2012年版,第97页。
④ 汤显祖:《牡丹亭》,陈同、谈则、钱宜合评,李保民点校,上海古籍出版社2017年版,第1页。
⑤ 孔尚任:《桃花扇》,云亭山人评点,李保民点校,上海古籍出版社2017年版,第1页。
⑥ 孟称舜:《古今名剧合选·序》,隗芾、吴毓华:《古典戏曲美学资料集》,文化艺术出版社1992年版,第233页。

第五章　文化自信视域下我国古典编剧理论资源的当代价值

要说话,我设以身处其地,模写其似。"①到了李渔,提出了这样的观点:"言者,心之声也。欲代此一人立言,先宜代此一人立心。若非梦往神游,何谓处身处地?"②赵山林认为,李渔明确地把"设身处地"与"代人立心"联系起来,因而在"心"与"地"关系的认识上达到了一个新的高度。③ 欲"代人立心",就需剧作家"梦往神游""设身处地",化身为剧中之人。换句话说,"即是要与剧中人物一样去感受,去思想,直到心灵的至深至微之处"。④ 为实现这个目标,剧作家至少要做到以下两点:

(1)热爱剧中人物

巴金说:"我写梅,写瑞珏,写鸣凤,我心里充满了同情和悲愤。我庆幸我把自己的感情放进了我的小说,我代那许多做了不必要的牺牲的年轻女人叫出了一声:'冤枉!'"⑤由此可见,作家对他笔下的人物爱得是何等深沉。小说如此,戏剧亦然。需要指出的是,剧作家要热爱剧中人物,不仅要热爱他笔下的正面人物,同样还要热爱他笔下的反面人物。这是因为作品中的每个人物,站在其位置上都是主观的,要寻找他的性格、情境和立场。越深入地理解人物、同情人物,就越能接近人物。⑥ 所以,麦基说:"拥抱你所创造的所有人物,尤其是坏人。他们跟其他每一个人物一样,都值得你

---

① 王骥德:《王骥德曲律》,陈多、叶长海注译,湖南人民出版社1983年版,第156页。
② 李渔:《闲情偶寄·贵显浅》,《李渔全集》第三卷,浙江古籍出版社1992年版,第47页。
③ 赵山林:《中国戏剧学通论》,安徽教育出版社1995年版,第427页。
④ 赵山林:《中国戏剧学通论》,安徽教育出版社1995年版,第428页。
⑤ 巴金:《和读者谈谈〈家〉》,《收获》1957年第1期。
⑥ 卞智洪:《论人物态度——塑造人物的一把钥匙》,《中国电视》2016年第3期。

去爱。……如果你不能爱他们,就不要写他们。"①也正是在这个意义上,李渔提出了下列观点:"无论立心端正者,我当设身处地,代生端正之想;即遇立心邪辟者,我亦当舍经从权,暂为邪辟之思。"②

(2)化身剧中人物

李渔说:"我欲做官,则顷刻之间便臻荣贵;我欲致仕,则转盼之际又入山林;我欲作人间才子,即为杜甫、李白之后身;我欲娶绝代佳人,即作王嫱、西施之元配;我欲成仙作佛,则西天蓬岛即在砚池笔架之前;我欲尽孝输忠,则君治亲年,可跻尧、舜、彭篯之上。"③显然,这个时候的剧作家和他笔下人物之间的界线彻底消失,已经完全分不清周公是蝴蝶,还是蝴蝶是周公,真正达到了物我交融、物我两忘的境界。麦基认为:"作家都是临时替角,他坐在文字处理机前或在房内踱步时,总是在表演,扮演着他所有的人物:男人、女人、孩子、怪兽。我们在我们的想象中表演,直到诚实的、专属于人物的情感在我们的血液中奔涌。"④这时明确地指出了剧作家化身剧中人的普遍性和重要性。需要指出的是,剧作家化身为剧中之人,其目的不是迷失自我,陷入虚妄,而是为了更全面地体察人物的内心世界,更真切地传达人物的情感,从而更精准地刻画人物形象。麦基说:"写作优秀人物的基础是自知。……从荷马到莎士比亚……海明威……等故事大师的想象中走出了不计

---

① 罗伯特·麦基:《故事:材质、结构、风格和银幕的原理》,周铁东译,中国电影出版社2001年版,第180页。

② 李渔:《闲情偶寄·语求肖似》,《李渔全集》第三卷,浙江古籍出版社1992年版,第47页。

③ 李渔:《闲情偶寄·语求肖似》,《李渔全集》第三卷,浙江古籍出版社1992年版,第47页。

④ 罗伯特·麦基:《故事:材质、结构、风格和银幕的原理》,周铁东译,中国电影出版社2001年版,第180页。

第五章　文化自信视域下我国古典编剧理论资源的当代价值

其数的人物,每一个人物都是那样地令人痴迷,那样地独一无二,那样地充满着崇高的人性美。当我们考察这些人物,并意识到所有这些人物都源于一个单一的人性时……我们会叹为观止。"①这里"人性"作为共通的东西,就成为了剧作家走进剧中人物的桥梁。就此而言,从剧作家内心之"情"出发,和从剧中人物内心之"情"出发,其实是事物的一体两面。正如叶长海所言:"作者之'情'常常表现为'思想',而角色之'情',则需要化为'生活'了。一旦作者与角色之情自然融合,而且十分强烈与执着,那末,就能达于艺术创造的'神情合一'的最佳境界。有时,你就分不清这究竟是作者之情抑或是角色之情。"②

结　语

李渔的"情景说",以"情景"为其总纲,对戏剧艺术的创作进行了全面而系统的考察和总结。在人物塑造上,认为要"说何人,肖何人",于是提出"即景生情"说。在叙事技巧上,认为要"议某事切某事",于是批评了"舍情言景",提出"舍景言情"说,并将其具体化为"只就本人生发",从而为剧作家提供了一种切实有效的写作路径。这个意义上来说,李渔的编剧艺术"情景说"已极大地更新并且扩充了传统"情景说"的审美内涵,将原本主要针对诗歌等抒情艺术的理论探讨延伸到戏剧这一叙事艺术领域。此举既是对我国传统的"情景说"的继承和延续,同时也是对前者的突破和创新。李渔关于"情景说"的论述,既吸收了前人的思想资源,又融合了自

---

①　罗伯特·麦基:《故事:材质、结构、风格和银幕的原理》,周铁东译,中国电影出版社2001年版,第454页。

②　叶长海:《中国戏剧学史稿》,上海文艺出版社1986年版,第138～139页。

身的创作心得,切实做到了理论性和实践性的统一。就此而言,对其进行全面发掘和整理,无论对于我们当前的戏剧创作,还是对于我国新时代特色戏剧编剧理论体系的构建,都具有重要的启示意义。

第二节　李渔编剧艺术"三美说"新论

李渔在《〈香草亭传奇〉序》中就戏剧创作提出情事新奇、文词警拔、有裨风教三项要求,认为"情事不奇不传;文词不警拔不传;情、文俱备而不轨乎正道,无益于劝惩,使观者、听者哑然一笑而遂已者,亦终不传。……三美俱擅,词家之能事毕矣"。① 本文对李渔这段话加以概括提炼,称之为编剧艺术的"三美说"。

李渔编剧艺术"三美说"的提出与他的戏剧观密不可分。换句话说,前者是后者在创作层面上的具体化。在中国传统文人的惯性思维里,戏剧创作是"文人之末技",不登大雅之堂,故一直不被重视。但到了李渔,这一观念被彻底颠覆,他提出:"填词非末技,乃与史传诗文同源而异派者也。"②这就明确地将戏剧创作提到了与史传诗文同样重要的艺术高度。这个背景下,"同源而异派"的提法也为戏剧创作的艺术定位提供了两个重要取向:第一,既然与诗文同源,那么与诗文一同肩负起"益于世道人心"的社会文化功能,便成了戏剧责无旁贷的艺术使命。第二,既然与诗文异派,那么就要注意到在具体的创作过程中,戏剧所表现出来的与诗文有

---

① 李渔:《〈香草亭传奇〉序》,《李渔全集》第一卷,浙江古籍出版社1992年版,第47页。

② 李渔:《闲情偶寄·结构第一》,《李渔全集》第一卷,浙江古籍出版社1992年版,第1页。

第五章 文化自信视域下我国古典编剧理论资源的当代价值

明显区别的艺术特性。宏观地讲,前者是叙事艺术,后者是抒情艺术。微观地讲,戏剧的创作重点在于情节设置和塑造人物,并且其所担负的"风教"功能也必须依托于前二者才能实现。弄清了这两个重要取向,对李渔的编剧艺术"三美说"才会有一个全面而深刻的理解和把握。由此出发,本文将李渔的编剧艺术"三美说"置放于新时代语境下,在中西方戏剧创作理论的互证中对其加以重新梳理和阐释,以期为我国当前的戏剧创作提供有益借鉴。

一、故事:非奇不传

关于戏剧规律或特性的讨论,由来已久。19世纪末,法国戏剧理论家布伦退尔(Ferdinand Brunetiere)提出"冲突说",认为"戏剧是人的意志与限制和贬低我们的自然势力或神秘力量之间的对比的表现:它所表现的是我们之中的一个被推到舞台上去生活,去和命运作斗争,和社会规律作斗争,和他同属人类的人作斗争,和自然作斗争,如果必要,还和他周围人们的感悟、兴趣、偏见、愚行、恶意作斗争"。[①] 此后,该学说成为西方戏剧理论界的主流观点。

与西方主客对立的二元论文化背景不同,在以"天人合一"为理想的文化语境中,"中国古典戏曲理论中没有'冲突'的概念"[②],认为"奇"才是戏剧的特性。持这一观点的历代不乏其人,如明清两代的李开先、削仙、倪倬、李渔等。李开先说,"因名其刻为《改定元贤传奇》,泰泉黄詹事所谓以奇事为传者是已"。[③] 削仙认为,

---

① (法)布伦退尔:《戏剧规律》,转引自顾仲彝:《编剧理论与技巧》,北京:中国戏剧出版社1981年版,第68页。
② 孙惠柱:《顾仲彝戏剧理论述评》,《戏剧艺术》1982年第3期。
③ 李开先:《李开先全集》下,卜键笺校,上海古籍出版社2014年版,第2051页。

"传奇,传奇也。不过演奇事,畅奇情。"① 倪倬指出,"传奇,纪异之书也。无奇不传,无传不奇。"② 李渔总结道:"古人呼剧本为'传奇'者,因其事甚奇特,未经人见而传之,是以得名,可见非奇不传。"③ 以上诸家阐发"传奇"内涵,其重点都在"事"即故事情节之"奇"。④ 基于此,李渔在"三美说"中提出的第一个要求便是"情事不奇不传"。那么,"情事"何以出"奇"呢?答案至少包括以下几点。

(一)奇与新

李渔说:"新即奇之别名也,若此等情节业已见之戏场,则千人共见,万人共见,绝无奇矣,焉用传之?"⑤ 对于戏剧创作来说,故事若不"新",效果则不"奇"。为此,他批评了当时剧坛上的不良现象:"吾观近日之新剧,非新剧也,皆老僧碎补之衲衣,医士合成之汤药。取众剧之所有,彼割一段,此割一段,合而成之,即是一种'传奇',但有耳所未闻之姓名,从无目不经见之事实。"⑥ 时光流转,几百年过去了,李渔批评的这种现象,依然存在于当前的戏剧领域。李莎在《戏曲"同质化"现象之思考》一文中说:"时至今日,……我们见到了太多大化之、扁平肤浅的应景之作。此类作品停

---

① 削仙:《〈鹦鹉洲〉序》,蔡毅编著:《中国古典戏曲序跋汇编》,齐鲁书社1989年版,第1275页。
② 倪倬:《二奇缘·小引》,蔡毅编著:《中国古典戏曲序跋汇编》,齐鲁书社1989年版,第1383页。
③ 李渔:《闲情偶寄·脱窠臼》,《李渔全集》第三卷,浙江古籍出版社1992年版,第9页。
④ 赵山林:《中国戏剧学通论》,安徽教育出版社1995年版,第364页。
⑤ 李渔:《闲情偶寄·脱窠臼》,《李渔全集》第三卷,浙江古籍出版社1992年版,第9页。
⑥ 李渔:《闲情偶寄·脱窠臼》,《李渔全集》第三卷,浙江古籍出版社1992年版,第10页。

第五章 文化自信视域下我国古典编剧理论资源的当代价值

留在对社会表象的观察上,惯常以通用的概念出发,以集体的感悟替代个体的感悟,因因相袭,人云亦云,了无新意。"①了无新意的作品,肯定赢得不了观众的注意。而贝克(Baker,G.P.)认为,"所有戏剧家的共同目的是什么?有两个。第一,尽快赢得观众的注意。第二,保持观众兴趣的稳定,最好是使之有加无已,直到剧终"。② 那么,如何才能尽快赢得观众注意,并使观众的兴趣有增无减呢?李渔给出的答案是:"且戏场关目,全在出奇变相,令人不能悬拟。若人人如是,事事皆然,则彼未演出而我先知之,忧者不觉其可忧,苦者不觉其为苦,即能令人发笑,亦笑其雷同他剧,不出范围,非有新奇莫测之可喜也。"③这已经将道理说得相当透彻了:欲求"奇",必先"新"。需要指出的是,这里所说的"新",并非仅指题材之新,还应包括故事的立意之新、讲述故事的视角之新,以及改编剧本时的"变旧成新"。

李渔认为,"变则新,不变则腐;变则活,不变则板,至于传奇一道,尤是新人耳目之事"。④ 试以吴晓江导演的《玩偶之家》为例,众所周知,《玩偶之家》是由挪威剧作家易卜生于1879年创作的一部话剧,改编这样一部早已为世人熟知的作品,如何才能让观众感觉耳目一新呢?李渔说,"凡人作事,贵于见景生情,世道迁移,人

---

① 李莎:《戏曲"同质化"现象之思考》,《戏剧艺术》2016年第6期,第83~88页。
② (美)贝克(Baker,G.P.):《戏剧技巧》,余上沅译,中国戏剧出版社1985年版,第20页。
③ 李渔:《闲情偶寄·脱套第五》,《李渔全集》第三卷,浙江古籍出版社1992年版,第102页。
④ 李渔:《闲情偶寄·变调第二》,《李渔全集》第三卷,浙江古籍出版社1992年版,第70页。

心非旧,当日有当日之情态,今日有今日之情态,传奇妙在入情"。① 这里指出了戏剧创作贵在创新,要与时俱进。而《玩偶之家》改编所处的现实语境是:随着全球化的日益加深,我国的知识界面临着"如何推动国内开放多元的文化转变? 如何应对全球的文化同质化? 如何继承和发展中国的传统文化?"②等等一系列难题。显然,《玩偶之家》的改编者对此进行了深入思考,并将这种思考融入到了创作当中,从而赋予了作品以鲜明的时代感。该剧上演后在国内外引起强烈反响的一个重要原因也即在于此。正如成洲所说:"在一定程度上,这个改编的故事反映了跨国婚姻中的文化冲突问题,但是显然不局限于此,而是有着更大的隐喻意义。挪威的娜拉与中国丈夫之间的文化与观念的冲突,反映全球化时代,交流面临的挑战,揭示了东西文化和社会的体制之间存在巨大的差异。对于中国观众而言,需要反思一系列问题:中国如何面对强势的西方文化? 如何看待自己的文化传统? 接受西方文化是否就是全球化?"③

(二)奇与真

尚"奇"求"新",不等于荒唐怪诞。黑格尔说:"艺术家之所以为艺术家,全在于他认识到真实,而且把真实放到正确的形式里,

---

① 李渔:《闲情偶寄·变旧成新》,《李渔全集》第三卷,浙江古籍出版社1992年版,第73页。

② 何成洲:《易卜生与世界文学:〈玩偶之家〉在中国的传播、改编与接受研究》,《戏剧》2018年第3期。

③ 何成洲:《易卜生与世界文学:〈玩偶之家〉在中国的传播、改编与接受研究》,《戏剧》2018年第3期。

使我们观照,打动我们的情感。"①赫尔德强调,"真是一切美的基础"。②戏剧之"美"同样要建立在"真"的基础上,否则就会成为空中楼阁、无本之木。对于"真"在戏剧创作中的重要性,李渔同样有着深刻认识和精彩解读:"王道本乎人情,凡作传奇,只当求于耳目之前,不当索诸闻见之外。无论词曲,古今文字皆然。凡说人情物理者,千古相传;凡涉荒唐怪异者,当日即朽。"③"人情物理"作为"荒唐怪异"对立面存在,显然是表"真实"之意。这个背景下,就形成了"理真"和"情真"两种不同的建构取向。

1. 理真

李渔提出,艺术创作"虽贵新奇,亦须新而妥,奇而确。妥与确,总不越过一理字,欲望句之惊人,先求理之服众"。④那么,何谓"理"呢?郑燮认为,"譬之一木一草,其能发生者,理也。……其既能发生,则事也"。⑤这就进一步指出了"理"和"事"的关系,即"事"是"理"的感性显现。这个意义上而言,强调"理真",便是强调"事真"。而具体到戏剧创作,"事真,故奇"⑥则是吕天成提出的一个著名论断,从而明确地指出了"奇"需以"事(理)真"为基础。试以《拜月亭》为例,该剧讲述的是金贞元年间,社会动荡,百姓流离失所,避难过程中,蒋世隆与妹妹瑞莲失散,巧遇尚书王镇之女王

---

① (德)黑格尔:《美学》(第一卷),朱光潜译,人民文学出版社1958年版,第343页。

② 转引自王仲:《追求真理歌颂美善——学习江泽民在七次文代会上讲话的一点体会》,《美术》2002年第2期。

③ 李渔:《闲情偶寄·戒荒唐》,《李渔全集》第三卷,浙江古籍出版社1992年版,第14页。

④ 胡经之主编:《中国古典美学丛编》(上),中华书局1988年版,第249页。

⑤ 叶燮、沈德潜:《原诗说诗晬语》,凤凰出版社2010年版,第26页。

⑥ 吕天成:《曲品》,北方文艺出版社2000年版,第60页。

瑞兰，并结为夫妻。瑞莲则与王瑞兰之母相遇，并被后者收为义女。战乱平定，王镇找到了女儿，但拒认世隆为婿。后来，世隆和结义兄弟兴福考中文武状元，历尽波折，世隆终与瑞兰团圆，兴福和瑞莲也结为夫妻。这部剧情节曲折离奇，充满巧合，却又不给人突兀刻意之感，千百年来，深受观众喜欢。究其原因，重要的一点就在于它的奇而真。正如赵山林所说，"《拜月亭》中父女、兄妹、夫妻、文武之间，偶然离合，一奇接着一奇，但动乱的时代由此得到真实反映，人物的悲欢由此得到充分表露，所以这'奇'就使人感到真实可信，就产生了扣人心弦的艺术力量"。①

2.情真

李渔提出，"文乎生情，情不真则文不至耳。……情真则文至矣"。② 又道，"世间奇事无多，常事为多，物理易尽，人情难尽。……即前人已见之事，尽有摹写未尽之情，描画不全之态。若能设身处地，伐隐攻微，被泉下之人，自能效灵于我"。③ 这两段话都突出强调了"情真"在戏剧创作中的重要性。需要指出的是，这里的"情真"应做两个层面上的理解，一是剧作者的情感之真，即剧作者对所述之事以及事中之人要报以"温情和敬意""了解之同情"；二是剧中人物的情感之真，即剧作者设身处地，深入到剧中人物内心，发掘其丰富而真实的情感世界，并给予生动呈现，从而折射出世间冷暖，人生百态。以汤显祖的《牡丹亭》为例。这部剧讲述的是杜丽娘因爱慕书生柳梦梅，由生而死，又由死复生，后与柳梦梅有情人终成眷属的故事。如果以现实的眼光看，一个人因爱而死，

---

① 赵山林：《中国戏剧学通论》，安徽教育出版社1995年，第367页。
② 湖上笠李渔：《芥子园随笔》下，广西民族出版社1995年版，第488页。
③ 李渔：《闲情偶寄·戒荒唐》，《李渔全集》第三卷，浙江古籍出版社1992年版，第14～15页。

又因爱而生,这显然是不可能的事情,但千百年来,《牡丹亭》的故事却久演不衰,代代流传,观众对此非但全无怪力乱神之感,且沉醉其间流连忘返。原因何在?就在于"其中推动的力量是不可压抑的青春觉醒和爱情渴望,因此从人类正常情感发展的逻辑说来,又是完全可能的"。① 这个意义上讲,如果我们将吕天成那句"事真,故奇"换个字眼,说"情真,故奇"同样成立。

二、文词:警策拔俗

李渔"三美说"中提出的第二个观点是,"文词不警拔,不传"。那么,我们需要回答的是"文词"何以"警拔"呢?答案至少包括以下几点。

(一)"说一人,肖一人"

贝克在论述戏剧何以打动观众时指出刻画好人物性格是解决这一问题的关键:"在戏剧中,动作无疑是最直接地感染着一般观众的。可是如果剧作家要和观众畅所欲言地沟通思想,那么写好台词是不可缺少的。然而一个剧本的永久价值终究在于其中的性格描写。性格描写能吸引人的注意力,它是在观众中使剧本的主题或人物产生同情的主要手段。"②莱辛(Gotthold Ephraim Lessing)更是口气坚决地强调:"一切与性格无关的东西,作家都可以置之不顾。对于作家来说,只有性格是神圣的,加强性格,鲜明地表现性格,是作家在表现人物特征的过程中最当着力用笔之

---

① 赵山林:《中国戏剧学通论》,安徽教育出版社1995年版,第372页。
② (美)贝克(Baker,G.P.):《戏剧技巧》,余上沅译,中国戏剧出版社1985年版,第243页。

处。"① 如果说上述文字表明贝克、莱辛认识到了"性格描写"对于戏剧创作的重要性的话,那么,与二人相比,李渔的不同凡响之处则在于他回答了"如何性格描写"这一更具实践性的创作难题:"务使心曲隐微,随口唾出,说一人,肖一人,勿使雷同,弗使浮泛。"② 老舍也表达了类似的看法:"剧作者则须在人物头一次开口,便显出他的性格来。……闻其声、知其人。"③ 持相同观点的还有高尔基,他说:"要使剧中人物在舞台上,在演员的表演中,具有艺术价值和社会性的说服力,就必须使每个人物的台词具有严格的独特性和充分的表现力——只有在这种条件下,观众才懂得每个剧中人物的一言一行,只能像是作者所确定的和舞台上演员所表现的那样。"④

一言以蔽之,人物是戏剧作品的灵魂,塑造性格化的人物形象是戏剧创作的核心,也是戏剧作品摆脱同质化,从而获得永久艺术生命力的必由之路。试以《茶馆》为例,该剧被曹禺誉为"中国戏剧史上空前的范例"。在这部三万多字的三幕剧中,仅第一幕出场的人物就多达二十几个,且这一幕的篇幅较短,不允许每个人说太多的话。但在实际的演出中,这一幕取得的效果却相当好。⑤ 究其原因,重要的一点就在于它成功塑造了一批性格鲜明的人物形象。也正是认识到了人物性格描写的重要性,老舍才如此说道:

---

① (德)莱辛(Gotthold Ephraim Lessing):《汉堡剧评》,张黎译,上海译文出版社1998年版,第125页。

② 李渔:《闲情偶寄·语求肖似》,《李渔全集》第三卷,浙江古籍出版社1992年版,第47页。

③ 王行之编:《老舍论剧》,中国戏剧出版社1981年版,第5页。

④ (苏)高尔基:《高尔基论文学》,人民文学出版社1978年版,第58页。

⑤ 老舍:《戏剧语言——在话剧、歌剧创作座谈会上的发言》,《剧本》1962年第4期。

第五章　文化自信视域下我国古典编剧理论资源的当代价值

"我要求自己始终把眼睛盯在人物的性格与生活上,以期开口就响,闻其声知其人,三言五语就勾出一个人物形象的轮廓来。"①

(二)重机趣

李渔说,"'机趣'二字,填词家必不可少。机者,传奇之精神,趣者,传奇之风致。少此二物,则如泥人土马,有生形而无生气"。②陈赓平对此的解读是:"'机'就是说全部戏曲应有生气,前后贯串,不得补缀成篇。'趣'就是要戒除传奇中的腐板道学气,造语应有风趣。"③这里指出了"机趣"至少体现在以下两个层面:一是有效推进剧情,二是生动活泼,富有情趣。下面老舍的两段话则是这两个层面的最好证明,他说:"我要求自己用字造句都眼观六路,耳听八方,不单纯地、孤立地去用一个字、造一句,而是力求前呼后应,血脉流通,字与字,句与句全挂上钩,如下棋之布子。"④又言:"喜剧的语言必须有味道,令人越咂摸越有意思,越有趣。"⑤

试以《西厢记》中的一段对话为例,在"闹简"这一场戏中,红娘和崔莺莺就张生送来的简贴有这样一番对话:

> 莺莺:红娘,这东西哪里来的？我是相国的小姐,谁敢将这简帖儿来戏弄我,我几曾惯看这样东西来？我告过夫人,打下你个小贱人下截来。
>
> 红娘:小姐使我去,他着我将来。小姐不使我去,我敢问

---

① 老舍:《对话浅论》,《电影艺术》1961年第1期。
② 李渔:《闲情偶寄·重机趣》,《李渔全集》第三卷,杭州:浙江古籍出版社1992年版,第20页。
③ 陈赓平:《论李渔对于中国戏曲理论上的贡献》,《西北师大学报》1960年第1期。
④ 老舍:《戏剧语言——在话剧、歌剧创作座谈会上的发言》,《剧本》1962年第4期。
⑤ 王行之编:《老舍论剧》,中国戏剧出版社1981年版,第10页。

>　　他讨来？我又不识字，知他写的是些什么？小姐休闲，比及你对夫人说科，我将这简贴儿，先到夫人行出首去。
>
>莺莺：你到夫人行，却出首谁来？
>
>红娘：我出首张生！
>
>莺莺：红娘，也罢，且饶他这一次。

　　红娘和莺莺此番对话，就极富机趣。金圣叹的评语可以为证："每读此白，如听小鸟斗鸣，最足下酒也。"①

　　对于"机趣"的重视，在西方戏剧理论中，我们也可以找到相关的论述。别林斯基以戏剧作品中两个人物的争论为例对此加以说明："如果两个人争论某个问题，那么这里不但没有戏，而且也没有戏的因素。但是，如果争论的双方彼此都想占上风，努力刺痛对方性格的某个方面，或者触伤对方脆弱的心弦，如果通过这个，在争论中暴露了他们的性格，争论的结果又使他们产生新的关系，这就已经是一种戏了。"②在他看来，对剧作家来说，单纯的描写人物之间关于某个问题的争论，毫无意义，但如何通过争论能刻画人物性格，并推动剧情发展，则是明智之举。施莱格尔也表达了类似的看法："对话不过是形式的最初的外在基础，如果互不影响对话的一方，而双方的心情自始至终没有变化，那末，即便对话的内容值得注意，也引不起戏剧兴趣。"③再如《西厢记》"拷红"这一场戏中，当

---

①　王实甫、高明：《第六才子书：西厢记　第七才子书：琵琶记》，线装书局2007年版，第124页。

②　（苏）别林斯基：《戏剧诗》，《古典文艺理论译丛》第3册，人民文学出版社1962年版，第148页。

③　（德）奥·威·施莱格尔：《戏剧性与其他》，《古典文艺理论译丛》第11辑，人民文学出版社1966年版。转引自陈世雄：《两种戏剧性初探》，《戏剧艺术》1983年第1期。

第五章　文化自信视域下我国古典编剧理论资源的当代价值

老夫人将莺莺和张生交往一事归罪于红娘时,老夫人和红娘有这么一段对话:

> 夫人:这端事都是你个贱人。
> 红娘:非是张生小姐红娘之罪,乃夫人之过也。
> 夫人:这贱人倒指下我来,怎是我之过?
> 红娘:信者人之根本,人而无信,不知其可也。大车无輗,小车无軏,其何以行之哉?

接下来,红娘开始历数老夫人的过错:当初普救寺被围,老夫人许诺退兵者,以女妻之。张生出策,退了兵,但老夫人却赖婚,自食其言,此为失信。既然不肯答应这门婚事,就应该以金帛为酬礼,打发张生离开,但老夫人却没有这么做,这等于为张生和小姐的往来提供了机会。这么算起来,老夫人才应该对此事负全责。说完了老夫人的不是,接着,红娘建言:"目下老夫人若不息其事,一来辱没相国家谱;二来张生日后名重天下,施恩于人,忍令反受其辱哉?使至官司,老夫人亦得治家不严之罪。官司若推其详,亦知老夫人背义而忘恩,岂得为贤哉?红娘不敢自专,乞望夫人台鉴:莫若恕其小过.成就大事,搁之以去其污,岂不为长便乎?"①
这段对话同样富有"机趣",不仅刻画了红娘的性格,同时又推动了剧情的发展:老夫人态度转变,答应莺莺和张生的婚事,这才有了后面张生赴京赶考、长亭送别等桥段。难怪金圣叹对此发出了"都是清绝丽极之文"②的赞叹。

(三)意取尖新

李渔在《闲情偶寄》"意取尖新"一节中说:"同一话也,以尖新

---

① 王实甫:《西厢记》,浙江古籍出版社2011年版,第48页。
② 王实甫、高明:《第六才子书:西厢记　第七才子书:琵琶记》,线装书局2007年版,第172页。

出之,则令人眉扬目展,有如闻所未闻;以老实出之,则令人意懒心灰,有如听怕不必听。白有尖新之文,文有尖新之句,句有尖新之字,则列之案头,不观则已,观则欲罢不能;奏之场上,不听则已,听则求归不得。"①这里强调了"意取尖新"对于戏剧创作的重要性。

何谓"意取尖新"? 李玫的观点是,"李渔所言的'意',其含义当可解释为'意味'"。② 而"意味",在徐复观看来,则"是流动着一片感情的朦胧缥缈的情调"。③ 接下来我们要追问的是何谓"尖新"? 李渔认为,"其实尖新即是纤巧",并且指出,"传奇之为道也,愈纤愈密,愈巧愈精"。④ 通过上述分析,我们基本可以给"意取尖新"做出以下定义:台词精炼隽永,富有诗意。

劳逊(J.H.Lowson)说:"诗意不只是对话中一个可有可无的属性。它是一种不可缺少的特质,否则对话将无法达成它的真正目的。"基于此,他进一步强调道:"对话离开了诗意便只具有一半的生命。"⑤老舍也表达了相同的观点:"我们写出不少的相当好的剧本,可惜没有留下多少足以传诵的名句。……我们的剧本往往是结结实实,而看起来缺少些空灵之感,叫人觉得好像是逛了北海公园,而没有看见那矗立晴空的白塔。……带有诗意的语言能够给听众以弦外之音,好像给舞台上留出一些空隙,耐人寻味。……

---

① 李渔:《闲情偶寄·意取尖新》,《李渔全集》第三卷,浙江古籍出版社1992年版,第52页。

② 李玫:《李渔〈闲情偶寄·词曲部〉中"意取尖新"析义》,《南都学坛》2012年第3期。

③ 徐复观:《释诗的比兴:奠定中国诗的欣赏基础》,《中国文学精神》,上海书店出版社2004年版。

④ 李渔:《闲情偶寄·戒荒唐》,《李渔全集》第三卷,浙江古籍出版社1992年版,第52页。

⑤ (美)劳逊(J.H.Lowson):《戏剧与电影的剧作理论与技巧》,邵牧君、齐宙译,中国电影出版社1978年版,第360、373页。

第五章 文化自信视域下我国古典编剧理论资源的当代价值

话剧对话在一定的时候能够提出惊人的词句,也会发生亮相儿的效果,使听众深思默虑,想到些舞台以外的东西的,我管这个叫'空灵'。"①这种"空灵"就是诗意。

富有诗意的戏剧语言的一个重要特点是精炼。顾仲彝教授指出:"精炼的语言的最高表现就成为全剧的警句,百读而不厌,越听越有味。每一伟大的剧作里总有一两句传诵不绝的警句,语短意长,语浅意深,说出了生活的真理,道出了作品的主题,留传后世,万古常青。"②这是一个正确而又极其重要的论断。考察戏剧史,我们可以找出许多力证。如《西厢记》中的"愿普天下有情人的都成了眷属",《牡丹亭》中的"世间只有情难诉",《张协状元》中的"人恶人怕天不怕,人善人欺天不欺",《意中缘》中的"丈夫非无泪,不洒别离间",《谇范叔》中的"不如意事常八九,可与人言无二三",《琵琶记》中的"不是一番寒彻苦,争得梅花扑鼻香",《岳阳楼》中的"今生不与人方便,念尽弥陀总是空",《王粲登楼》中的"男儿自有冲天志,不信书生一世贫",③《哈姆雷特》中的"生还是死,这是个问题",《俄狄浦斯王》中的"一切难堪的事,只要向着正确的方向进行,都会成为好事",《威尼斯商人》中的"富贵催人生白发,布衣蔬食易长年",等等。凡此种种,不一而足。这些台词句句凝练,又通俗易懂,虽寥寥数语,却"包含绝大文章"。其功能已不再仅仅停留于刻画人物性格、推进剧情发展的层面,而是上升到了生存哲学的高度,成了一种精神性的存在,穿透了历史的尘埃,从而赋予了作品以永恒的艺术魅力。

---

① 老舍:《戏剧语言——在话剧、歌剧创作座谈会上的发言》,《剧本》1962年第4期。
② 顾仲彝:《编剧理论与技巧》,中国戏剧出版社1981年版,第391页。
③ 参阅刘洪仁、乔莉:《古代文学名句精华 戏剧小说卷》(重庆出版社2003年版)一书。笔者《李渔编剧艺术"三美说"新论》一文发表时注释部分有所遗漏,在此加以补充,并对作者表达歉意。

三、功能：有裨"风教"

  李渔认为戏剧作品除了"情事要奇""文词警拔"之外，还应"有裨风教"。"风教"一词出自《毛诗序》，"意为《风》乃至《诗》的性质和功能，兼具'风'与'教'，是为'风教'"。① 陈立群在论述"风教"的当代价值时提出，"风教"作为文化治理的先声，为现代文化治理观念的酝酿、技术的准备等等，提供了重要的思想资源，"即使不再是我们时代的主旋律，其根基与内容也与当代有很大的歧异，但作为在人类社会生活中持存良久的文化治理技术和实践，它们仍然可以为我们当下的文化治理提供借鉴"。② 具体到戏剧领域，王梦佳认为，随着时代思潮、社会风气、统治政策及文人审美理想等多方面因素的变化，"风教"理论也发生着不断变化，但"对其作为戏剧审美标杆之一而存在的合理性，却是一直被普遍而广泛地认同着"。③ 这个意义上来说，如果我们不拘泥于李渔"有裨风教"的历史背景和具体内容，而是从文艺作品要"劝恶扬善""文以载道"这一古今相通的精神层面对其进行重新阐释的话，就会发现李渔的这一观点为我们构建新时代的戏剧观、提升戏剧的社会文化功能，指导当前的戏剧创作，具有重要的启示意义。

  为何要重视戏剧的文化功能呢？究其原因，至少有以下两种解释：一是与戏剧的审美特性及其拥有的强大传播力密切相关。关于戏剧的演出盛况，古今文字多有描述。如清代王应奎曾这样写道："观者方圆数十里，男女杂沓而至，男子有黎而老者，童而孺

---

① 陈立群：《"风教"与"寓教于乐"》，《学术研究》2017 年第 7 期。
② 陈立群：《"风教"与"寓教于乐"》，《学术研究》2017 年第 7 期。
③ 王梦佳：《中国古代戏曲"教化论"的流变》，《理论建设》2013 年第 5 期。

第五章　文化自信视域下我国古典编剧理论资源的当代价值

者,有扶杖者,有牵衣裾者,有衣冠甚伟者,有竖褐不完者,有踱步者,有蹀足者,有于众中挡拨挨枕以示雄者,约而计之,殆不下数千人焉。"①在当代作家贾平凹的笔下,农村看戏时的盛景是这样的:"杨树上,柳树上,槐树上,一个树杈上一个人。他们常常乐而忘了险境,双手鼓掌时竟从树杈上掉下来,掉下来自不会损伤,因为树下是无数的人头,只是招致一顿臭骂罢了。"②看戏的场合盛大,看戏的效果如何呢?明代陶奭名提出:"每演戏时,见有孝子、悌弟、忠臣、义士,激烈悲苦,流离患难,虽妇人、牧竖,往往涕泗横流,不能自已。旁视左右,莫不皆然。此其动人最恳切,最神速,较之老生拥皋比讲经义,老衲登上座说佛法,功效百倍。……此则虽戏而有益者也。"③无独有偶,陈独秀在《论戏曲》一文中,也表达了相似的观点:"戏曲者,普天下之人类所最乐睹、最乐闻者也,易入人之脑蒂,易触人之感情。故不入戏园则已耳,苟其入之,则人之思想权未有不握于演戏曲者之手矣。使人观之,不能自主,忽而乐,忽而哀,忽而喜,忽而悲,忽而手舞足蹈,忽而涕泗滂沱,虽些少之时间,而其思想之千变万化,有不可思议者也。"④由此可见,作为一种独特的艺术形式和娱乐方式,戏剧为人民群众所喜爱程度之深,及其影响力之大,在厚人伦、醇风化方面发挥着巨大的社会教育功能。⑤

---

①　王应奎:《柳南文钞》卷 4,乾隆刊本,转引自黄书光:《变迁与转型:中国传统教化的近代命运》,上海教育出版社 2014 年版,第 139 页。

②　贾平凹:《秦腔》,李朝全主编:《散文百年经典 1917—2015》,中央编译出版社 2016 年版,第 249 页。

③　陶奭名:《小柴桑喃喃录》,明末刻本。转引自黄书光:《变迁与转型:中国传统教化的近代命运》,上海教育出版社 2014 年版,第 139 页。

④　陈独秀:《论戏曲》,《新小说》1905 年第 2 期。转引自黄书光:《变迁与转型:中国传统教化的近代命运》,上海教育出版社 2014 年版,第 139 页。

⑤　黄书光:《变迁与转型:中国传统教化的近代命运》,上海教育出版社 2014 年版,第 139 页。

二是对我国戏剧创作中存在的问题反思的结果,以当下我国的艺术创作为例,习近平总书记指出,改革开放以来,我国的文艺创作取得了巨大成就,但同时也存在着不足,表现为"在有些作品中,有的调侃崇高、扭曲经典、颠覆历史,丑化人民群众和英雄人物;有的是非不分、善恶不辨、以丑为美,过度渲染社会阴暗面;有的搜奇猎艳、一味媚俗、低级趣味,把作品当作追逐利益的'摇钱树',当作感官刺激的'摇头丸'……还有的热衷于所谓'为艺术而艺术',只写一己悲欢、杯水风波,脱离大众、脱离现实"。[1] 毋庸讳言,以上这些现象同样存在于戏剧创作领域。一些剧作者在资本市场的驱使下,态度浮躁、盲目跟风,使得戏剧变成了快餐文化,失去了"文以载道"的使命担当和自觉追求。正如谢玺璋所说:"这些年,我们比较多地消遣、娱乐、轻松、游戏,似乎造成了一种误解,以为非如此不成戏也,非如此则观众不满意也,对于戏剧应该承担的社会责任,反而想得少了。"[2]针对当前戏剧创作中存在的问题,谢玺璋将其归纳为三个短板或缺失:即政治情怀、理论素养和真情实感。其中,政治情怀"就是对历史和现实的观照与思考,进而在戏剧艺术与历史和现实之间建立起某种联系,使得戏剧艺术可以重新介入历史和现实,以去除俗常之蔽而恢复洞见和更高的人性关怀"[3]。这实际上可理解为对传统"风教"理论的创新性阐释。作为一种创作要求,"有裨风教"的内容虽古今有别,但其精神却古今如一。

重视戏剧的社会文化功能,并非中国仅有,国外也有着许多相

---

[1] 习近平:《在文艺工作座谈会上的讲话》,《人民日报》2015年10月15日第2版。

[2] 谢玺璋:《当前戏剧创作的三个短板》,《文艺报》2015年11月2日第4版。

[3] 谢玺璋:《当前戏剧创作的三个短板》,《文艺报》2015年11月2日第4版。

第五章　文化自信视域下我国古典编剧理论资源的当代价值

似的论述。狄德罗在回答"一部戏剧作品的目的是什么"时如此说道,"我想,是引起人们对道德的爱和对恶行的恨"。①无独有偶,博马舍提出"严肃戏剧的根本目的,是要提供一个比在英雄悲剧中所能找到的更加直接、更能引起共鸣的兴趣,以及更为适用的教训",并认为"我会被引导着去改正我的过失,我离开剧场的时候,比起我进入剧场的时候,将是一个较好的人,只不过因为我受到了感动,有了温情和同情"②。可见强调戏剧的文化功能,古今中外,概莫能外。

应该指出的是,强调戏剧的文化功能,不是生硬说教,而是"寓教于乐"。正如贺拉斯所言:"诗人的愿望应该是给益处的和乐趣,他写的东西应该给人以快感,同时对生活帮助……寓教于乐,既劝谕读者,又使他喜爱,才能符合众望。"③换句话说,"文艺的认识作用、教育作用和审美作用是紧密地联系着的,不能彼此分割的,文艺的审美作用不能离开一定的认识作用和教育作用,而认识作用和教育作用必须通过审美作用才能实现"。④显然,这段论述与李渔所提倡的"事""文""有裨风教"的"三美说"可以互为支撑。

结　语

通过上述分析,不难发现,李渔的编剧艺术"三美说"涵盖了情

---

①　(法)狄德罗:《狄德罗美学论文选》,人民文学出版社1984年版,第106页。

②　(法)博马舍:《论严肃戏剧》,陈瓞译,伍蠡甫、蒋孔阳主编:《西方文论选》,上海译文出版社1979年版,第399、403页。

③　(古罗马)贺拉斯:《诗艺》,《诗艺·诗学》,人民文学出版社1962年版,第155页。

④　郑择魁、蔡良骥:《中文专业基础知识总汇》,杭州大学出版社1990年版,第14页。

节、人物、语言、文化功能等诸多方面,已建立起了较为完备的戏剧艺术的叙事机制。如在故事情节上,他提出"有奇事,方有奇文";在人物塑造上,他指出"说一人,肖一人";在戏剧语言上,他强调"于嘻笑诙谐之处,包含绝大文章";在文化功能上,他主张"正风俗,警人心"。毫无疑问,李渔的这些观点已成为我们今天建构具有中国特色的戏剧编剧理论体系的宝贵财富。

近些年,随着我国文艺创作的繁荣,相关的理论研究也呈现出了蓬勃发展之势。遗憾的是,这些理论多来自于西方。具体到戏剧领域,如经常被提及的亚里士多德、黑格尔等人的戏剧理论和戏剧思想,而较少看到系统的、有中国特色的本土化理论。事实上,在编剧卞智洪看来,亚里士多德、黑格尔的戏剧理论,乃至20世纪中叶以来的西方文艺理论,"对创作中的编剧来说,除了作为戒律,基本无用"。"对优秀作品的产生基本没有正面影响。"相反,我国传统的那些从实践功夫和生命体验的角度展开论述的创作理论却发人深省,其中最为重要的代表就是李渔的戏剧理论。在研究方法上,采用的不是西方的那种分析法,不下定义,不说"戏是什么",而是直言"戏怎么写",而这一点"非长期浸淫戏曲创作而又有高度理论总结能力者,断然无法做到"。① 这段论述源于卞智洪对自身创作实践的深切体认,因此对以下观点具有说服力:与西方的艺术理论相比,我国的传统艺术理论在其系统性上,固然有其不足,但对于创作实践而言,它却是切实有效的。

从大戏剧观的角度来看,我们发掘和构建本土化的编剧理论体系,不仅于当前的戏剧创作有益,对于眼下的影视剧创作亦有重要的指导意义。英国戏剧理论家马丁·艾思林指出:"纵观整个戏剧史,它的发展是一个分化的过程:……电影、电视剧和广播剧的

---

① 卞智洪:《论人物态度——塑造人物的一把钥匙》,《中国电视》2016年第3期。

第五章 文化自信视域下我国古典编剧理论资源的当代价值

出现,继续了这种分化过程;但奇怪的是,它们同传统戏剧的联系,反而比例如歌剧与话剧之间的联系更深。"① 在周华斌看来,20世纪以来科学技术的发展,为戏剧提供了新的载体和媒体,同时带来新的视听语言和表现技巧,催生了电影、电视剧等各种新型艺术门类,而这些戏剧形态虽自具个性特征,但不曾离开过戏剧的总体规律,亦不能完全摆脱戏剧所赋予的营养和遗传因子。② 这里二人皆明确地指出了电影、电视剧等艺术门类与戏剧之间存在着深层次的内在关联。这个背景下,发掘和整合优秀的传统戏剧编剧理论资源,对于指导和构建我国新时代语境下的大戏剧艺术创作和编剧理论体系意义重大。

中国传统文化博大精深,在文艺理论领域,经过长期的实践探索,古人已积累起了丰厚的理论资源,如果对这些宝贵的理论资源加以创造性转化和创新性发展,完全可以实现"古为今用"。为此,徐中玉提出,"研究古代文论,如果研究得好,运用借鉴得适当,是很有用的,是很有助于在文艺理论的研究与建议上,走出一条我们民族的自己的道路来的"。③ 曹顺庆也强调,"我们需要注重传统话语的建构……促使传统审美话语与新话语的融合,从而摆脱'失语'状态,使文学和艺术走向积极的发展之路"。④ 从这个意义上来说,坚持文化自信,激活优秀的传统编剧理论资源,从中汲取能量与营养,是构建有中国特色的新时代戏剧编剧理论体系的必然选择和大势所趋。而这正是本文对李渔的"三美说"进行创新性阐

---

① (英)马丁·艾思林:《戏剧剖析》,罗婉华译,中国戏剧出版社1981年版,第81页。

② 周华斌:《我的"大戏剧观"》,《戏剧艺术》2005年第3期。

③ 徐中玉:《古代文艺创作论集》,中国社会科学出版社1985年版,第312页。

④ 曹顺庆、黄文虎:《失语症:从文学到艺术》,《文艺研究》2013年第6期。

释的根本目的和价值所在。

第三节 李渔戏剧人物理论新解

李渔的戏剧编剧理论集中体现在《闲情偶寄》的《词曲部》,共6章37款,是我国古典戏剧史上最为系统、完备的一部编剧理论专著。但若细心观察,会发现在这6章37款中,有关于结构、词采、音律等方面的论述,却没有关于人物的独立章节,这也使得当下研究李渔人物理论方面的学术文章较少。事实上,人物理论是李渔戏剧编剧理论体系的重要内容,只是未能以专章的形式出现,而是宛如一颗颗珍珠散布其间,虽为零乱,却晶莹璀璨。时至今日,其中的某些观点依然能为我们当下的戏剧创作及其理论构建提供深刻洞见。从这个意义上而言,对李渔人物理论进行全方位整理以及创新性解读就显得迫切而必要。归纳起来,李渔的戏剧人物理论至少包括以下几个方面。

一、典型化——"悉取而加之"

李渔说:"传奇无实,大半皆寓言耳。欲劝人为孝,则举一孝子出名,但有一行可纪,则不必尽有其事,凡属孝亲所应有者,悉取而加之,亦犹纣之不善,不如是之甚也,一居下流,天下之恶皆归焉。其余表忠表节,与种种劝人为善之剧,率同于此。"[①]这里不难看出,李渔已指出了一种在戏剧创作中如何塑造人物形象的方法,即剧作家通过艺术虚构,将收集到的所有与要塑造的人物形象及其

---

① 李渔:《闲情偶寄·审虚实》,《李渔全集》第三卷,浙江古籍出版社1992年版,第15页。

第五章 文化自信视域下我国古典编剧理论资源的当代价值

性格有关的感性材料,经过筛选、加工,然后集中到这个人物身上。① 作为一种创作理论,"李渔的论述明显地强调了虚构在艺术形象塑造中的作用,从人物形象塑造的角度阐述艺术概括,把我国典型化理论向前推进了一步"。② 那么,何为"典型化"? 为使问题得到更好解决,在回答何谓"典型化"之前,有必要先弄清何为"典型"。所谓"典型",《写作大辞典》上的解释是:"指既有鲜明独特的个性特征,又充分地概括着某类人物的共同特征,同时,深刻地显示出一定社会生活的某些本质和规律的艺术形象。又称典型人物。"③ 而所谓"典型人物",在别林斯基看来,指的"是一整类人的代表,是很多对象的普通名词,却以专名词表现出来。举例说,奥赛罗是只属于莎士比亚所描写的一个人物的专名词;然而,当我们看到一个人嫉妒心发作时,就会叫他奥赛罗,尽管这个人的名字是伊凡或彼得,是个俄国人或德国人,而不是摩尔人"。④ 显然,这段话与上文李渔所举"犹纣之不善,不如是之甚也,一居下流,天下之恶皆归焉"的例子在意思上已极为相似了。

解决了何谓"典型"的问题,"典型化"问题就容易理解了。所谓"典型化",即"作家根据自己对生活的深刻观察与独特理解,把本来不典型或不够典型的日常形象集中起来,进行由表及里的开掘与去芜存菁的提炼,创造出具有高度典型性的艺术形象,从而真

---

① 尹均生主编:《中国写作学大辞典》(第3卷),中国检察出版社1998年版,第403页。

② 尹均生主编:《中国写作学大辞典》(第3卷),中国检察出版社1998年版,第403页。

③ 庄涛等主编:《写作大辞典》,汉语大词典出版社1992年版,第75页。

④ 别林斯基:《论人民的诗》,《别林斯基论文学》,新文艺出版社1958年版,第128页。

实地反映出生活的某些本质和规律的方法"。① 换句话说,典型化"就是指文艺家通过收集、分析大量的生活材料,从中提炼出最能体现某种人物或某种生活现象的素材进行整合、虚构,在艺术加工的基础上创造出新的艺术形象"。② 毫无疑问,李渔所说的"欲劝人为孝,则举一孝子出名,但有一行可纪,则不必尽有其事,凡属孝亲所应有者,悉取而加之"就是对所占有的生活素材的整合和虚构。下面鲁迅的这段话也表达了同样的认识,他在《我怎么做起小说来》一文中说:"所写的事迹,大抵有一点见过或听到过的缘由,但决不全用这事实,只是采取一端,加以改造,或生发开去,到足以几乎完全发表我的意思为止。人物的模特儿也一样,没有专用过一个人,往往嘴在浙江,脸在北京,衣服在山西,是一个拼凑起来的脚色。"③持相同看法的还有列夫·托尔斯泰和高尔基。列夫·托尔斯泰说:"我认为,如果直接写某一个真人,那写出来的决不是典型的——结果会是个别的、特殊的、索然无味的某种东西。我们正是应该从某人那里取来他的主要的、有代表性的特点,并且用观察到的另一些人的有代表性的特点来补充那时才会是典型的。必须观察同样的许多人,才能塑造出一个特定的典型。"④高尔基说:"假如一个作家能从二十个到五十个,以至于几百个店铺老板、官吏、工人中每个人的身上,把他们最有代表的阶级特点、习惯、嗜

---

① 庄涛等主编:《写作大辞典》,汉语大词典出版社1992年版,第77页。

② 王先霈、孙文宪:《文学理论导引》,高等教育出版社2005年版。转引自柴建才:《柳青的典型化创作及其意义》,《西北农林科技大学学报》2013年第1期。

③ 鲁迅:《我怎么做起小说来》,《鲁迅文集》,华中科技大学出版社2014年版,第25页。

④ 转引自《古典文艺理论译丛》第11期,人民文学出版社1965年版,第116页。

好、姿势、信仰和谈吐等等抽取出来,再把它们综合在一个小店铺老板、官吏、工人的身上,那么这个作家就能用这种手法创造'典型'来。"①这里鲁迅、列夫·托尔斯泰和高尔基三个人的观点可以成为解释李渔上述观点具有合理性的佐证,同时,也可以更好地帮助我们从现代性的视角对上述李渔的观点展开全新性阐释与解读。

二、性格化——"说一人,肖一人"

李渔说:"填词义理无穷,说何人肖何人,议某事切某事,文章头绪之最繁者,莫填词若矣。"②又说:"务使心曲隐微,随口唾出,说一人,肖一人,勿使雷同,弗使浮泛。"③在赵山林看来,李渔的上述观点,可以说已经是性格化的要求了。④

从戏剧发展史的角度看,在国外,对于"性格化"的强调,也一直不乏其人。如黑格尔、莱辛、乌格里诺维奇、贝克等。黑格尔说:"每个人都是一个整体,本身就是一个世界,每个人都是一个完满的有生气的人,而不是某种孤立的性格特征和寓言式的抽象品。"⑤莱辛认为:"一切与性格无关的东西,作家都可以置之不顾。对于作家来说,只有性格是神圣的,加强性格,鲜明地表现性格,是

---

① 高尔基:《谈谈我怎样学习写作》,《论文学》,人民文学出版社 1978 年版,第 159 页。
② 李渔:《闲情偶寄·戒浮泛》,《李渔全集》第三卷,浙江古籍出版社 1992 年版,第 22 页。
③ 李渔:《闲情偶寄·语求肖似》,《李渔全集》第三卷,浙江古籍出版社 1992 年版,第 47 页。
④ 赵山林:《中国戏剧学通论》,安徽教育出版社 1995 年版,第 440 页。
⑤ 黑格尔:《美学》(第一卷),朱光潜译,商务印书馆 1979 年版,第 303 页。

作家在表现人物特征的过程中最当着力用笔之处。"①乌格里诺维奇则强调:"文学或造型艺术中任何真正的艺术形象既是'典型',即一定人群所固有的由社会决定的那些个性特征的总和,同时又是有独特个性和生活命运的具体的人。"②贝克更是明确提出,"在戏剧中,动作无疑是最直接地感染着一般观众的。可是如果剧作家要和观众畅所欲言地沟通思想,那么写好台词是不可缺少的。然而,一个剧本的永久价值终究在于其中的性格描写"。③

通过以上列举对比,不难做出如下判断:如果说黑格尔、莱辛、乌格里诺维奇、贝克等人的理论价值在于认识并强调了戏剧创作中的"性格化重要性"问题,那么,李渔的理论价值则在于指出并回答了戏剧创作中的"如何性格化"问题。而后者的观点显然更具有实践性意义。那么,又何谓"性格化"呢?回答这个问题之前,有必要先弄清楚何为"性格"。《写作大辞典》上的解释是,所谓"性格","指人对现实的态度及与之相应的行为方式中比较稳定的独特的心理特征的总和。性格是一个人最鲜明、最重要、最核心的个性心理特征,它是在自身生理素质的基础上,通过具体生活环境的影响而逐步形成的"。④ 解决了"性格"问题,"性格化"问题就容易理解了。所谓"性格化",在表演艺术领域,"是指演员创造人物性格特征时的一种技巧和方法。为了塑造角色的人物性格,演员运用技巧把属于自己但不符合人物性格的情感、动作、外貌和习惯等加以

---

① 莱辛:《汉堡剧评》,张黎译,上海译文出版社1998年版,第125页。

② 乌格里诺维奇:《艺术与宗教》,王先睿、李鹏增译,生活·读书·新知三联书店1987年版,第203页。

③ 贝克:《戏剧技巧》,余上沅译,中国戏剧出版社1985年版,第243页。

④ 庄涛等主编:《写作大辞典》,汉语大词典出版社1992年版,第3页。

第五章　文化自信视域下我国古典编剧理论资源的当代价值

控制和改造,努力使自己的一举一动符合作品中人物的性格"。① 如果我们将这段话借用到编剧艺术领域,关于"性格化"的定义,可以做出如下表述,即剧作家创造人物性格特征时的一种技巧和方法,为了塑造剧中人物的性格,剧作家运用技巧对所占有的生活素材进行筛选,对那些不符合人物性格的情感、动作、外貌和习惯等方面的素材加以裁剪和改造,努力使其笔下人物的一举一动符合作品中所设定的角色的性格。正是基于这种认识,老舍说:"剧作者则须在人物头一次开口,便显出他的性格来。……闻其声、知其人。"②持相同观点的还有高尔基,他说:"要使剧中人物在舞台上,在演员的表演中,具有艺术价值和社会性的说服力,就必须使每个人物的台词具有严格的独特性和充分的表现力——只有在这种条件下,观众才懂得每个剧中人物的一言一行,只能像是作者所确定的和舞台上演员所表现的那样。"③一言以蔽之,人物是戏剧作品的灵魂和生命载体,而塑造性格化的人物形象则是戏剧创作的重中之重,也是戏剧作品摆脱同质化,从而获得永久艺术生命力的必由之路。以《茶馆》为例,该剧被曹禺誉为"中国戏剧史上空前的范例"。在这部三万多字的三幕剧中,仅第一幕出场的人物就多达二十几个人,并且这一幕的篇幅较短,这就使得剧作家面临着这样一个创作难题,即不能允许每个人说太多的话。但在实际的演出中,这一幕取得的效果却相当好。④ 究其原因,重要的一点就在于它成功塑造了一批性格鲜明的人物形象。按老舍的话说:"我要求自己始终把眼睛盯在人物的性格与生活上,以期开口就响,闻其声知

---

① 隆荫培、徐尔充、欧建平:《舞蹈知识手册》,上海音乐出版社1999年版,第38页。
② 王行之编:《老舍论剧》,中国戏剧出版社1981年版,第5页。
③ 高尔基:《高尔基论文学》,人民文学出版社1978年版,第58页。
④ 老舍:《戏剧语言——在话剧、歌剧创作座谈会上的发言》,《剧本》1962年第4期。

其人，三言五语就勾出一个人物形象的轮廓来。"①据此观照上文李渔提出的"务使心曲隐微，随口唾出，说一人，肖一人"的创作观点，我们可以肯定地做出以下判断：如果说在"典型化"问题上，李渔的人物创作理论已孕育着萌芽，那么在性格化问题上，其已经生发出"新叶"。

三、物我互化——"代此一人立心"

"物化"一词，最早见于《庄子·齐物论》，文中说："昔者庄周梦为蝴蝶，栩栩然蝴蝶也。自喻适志与！不知周也。俄然觉，则蘧蘧然周也。不知周之梦为蝴蝶与？蝴蝶之梦为周与？周与蝴蝶，则必有分矣。此之谓物化。"②后作为美学思想而延伸到文艺领域。如陆机在《文赋》说，"其始也，皆收视反听，耽思傍讯，精骛八极，心游万仞"。③刘勰在《文心雕龙》中说，"故思理为妙，神与物游，神居胸臆，而志气统其关键；物沿耳目，而辞令管其枢机。枢机方通，则物无隐貌"。④到了李渔，则提出了下列观点："言者，心之声也。欲代此一人立言，先宜代此一人立心，非梦往神游，何谓设身处地？无论立心端正者，我当设身处地，代生端正之想；即遇立心邪辟者，我亦当舍经从权，暂为邪辟之思。……果能若此，即欲不传，其可得乎？"⑤这里陆机、刘勰和李渔三人所谈论的对象固然有别，前者针对的是侧重于抒情的诗歌艺术，后者针对的是侧重于叙事的戏剧艺术，但就艺术创作层面而言，三人所秉承的"物化"的美学思想

---

① 老舍：《对话浅论》，《电影艺术》1961年第1期。
② 庄周：《庄子》，岳麓书社2016年版，第13页。
③ 陆机：《文赋译注》，张怀瑾译注，北京出版社1984年版，第22页。
④ 刘勰：《文心雕龙译注》，上海古籍出版社2010年版，第132页。
⑤ 李渔：《闲情偶寄·语求肖似》，《李渔全集》第三卷，浙江古籍出版社1992年版，第47页。

第五章 文化自信视域下我国古典编剧理论资源的当代价值

却是相通的。这体现了我国古代艺术理论思想的承续性,同时,也彰显了我国古代艺术理论思想的独特性。章必功、李健认为:"'物化'所昭示的文艺创造主客体浑一的忘我的精神境界,表现了中国古代审美创造理论的巨大价值。它不同于西方美学的审美移情理论,而有自己的理论品格。"① 由此可见,与西方主客二分的文化背景不同,在以天人合一为理想的文化语境中,"物化"强调是一种生命对生命的对话与交流,是一种心灵对心灵的共鸣与体认,其最高境界是物我互化。② 正是基于这样的认识,李渔提出了"梦往神游",认为"欲代此一人立言,先宜代此一人立心",并明确将"代人立心"与"设身处地"联系了起来。

那么,李渔这里所说的"心""身""地"又该做何解释?要回答这个问题,金圣叹在《第六才子书西厢记》二之三《赖婚》总批处关于"心、体、地"的论述可以为我们提供有益借鉴。金圣叹说:"事固一事也,情固一情也,理固一理也,而无奈发言之人,其心则各不同也,其体则各不同也,其地则各不同也。彼夫人之心与张生之心不同,夫是故有言之而正,有言之而反也。乃张生之体与莺莺之体又不同,夫是故有言之而婉,有言之而激也。至于红娘之地与莺莺之地又不同,夫是故有言之而尽,有言之而半也。"③ 赵山林认为,金圣叹这里所言的"心"指的是戏剧人物的意志,是人物行动的性格根据和动力;"体"指的是剧中人物的相互关系,如老夫人与崔莺莺是母女关系,老夫人与张生是岳母与未婚女婿的关系(除老夫人外,张生、莺莺、红娘都是这样看的);"地"指的是剧中人物在某种

---

① 章必功、李健:《中国古代审美创造"物化"论》,《文学评论》2007年第1期。

② 章必功、李健:《中国古代审美创造"物化"论》,《文学评论》2007年第1期。

③ 王实甫、高明:《第六才子书:西厢记 第七才子书:琵琶记》,线装书局2007年,第94~95页。

戏剧情境中所处的特定位置。① 在确定了"心、体、地"三者的基本内涵之后,我们要进一步追问的是到底如何立"心"? 如何"设身处地"? 李渔给出的答案是:"予谓总其大纲,则不出'情景'二字。景书所睹,情发欲言,情自中生,景由外得,二者难易之分,判如霄壤。以情乃一人之情,说张三要象张三,难通融于李四;景乃众人之景,写春夏尽是春夏,止分别于秋冬。善填词者当为所难,勿趋其易。批点传奇者,每遇游山玩水、赏月观花等曲,见其止书所见不及中倩者,有十分佳处只好算得五分,以风云月露之词工者尽多,不从此剧始也。善咏物者,妙在即景生情。"接下来,他以高明所著《琵琶·赏月》的一场戏为例,进一步解释道:"同一月也,牛氏有牛氏之月,伯喈有伯喈之月。所言者月,所寓者心。牛氏所说之月,可移一句于伯喈? 伯喈所说之月,可挪一字于牛氏乎? 夫妻二人之语犹不可挪移混用,况他人乎? 人谓此等妙曲工者有几,强人以所不能,是塞填词之路也。予曰不然。作文之事贵于专一,专则生巧,散乃入愚,专则易于奏工,散者难于责效。百工居肆,欲其专也;众楚群咻,喻其散也。舍情言景,不过图其省力,殊不知眼前景物繁多,当从何处说起? 咏花既愁遗鸟,赋月又想兼风。若使逐件铺张,则虑事多曲少;欲以数言包括,又防事短情长。展转推敲,已费心思几许,何如只就本人生发,自有欲为之事,自有待说之情,念不旁分,妙理自出。"②本文对这段话加以提炼概括,称之为戏剧艺术的"情景说"。毫无疑问,李渔的"情景说"已将如何立"心"、如何"设身处地"说得相当透彻了。需要指出的是,这里的"本人生发"作为一种创作方法或路径,至少包涵着这样一种解读,即从剧作家本人出发,以"情"为桥梁,由己推人,替剧中人物立心,最后达到物

---

① 赵山林:《中国戏剧学通论》,安徽教育出版社1995年版,第430页。
② 李渔:《闲情偶寄·戒浮泛》,《李渔全集》第三卷,浙江古籍出版社1992年版,第22~23页。

第五章 文化自信视域下我国古典编剧理论资源的当代价值

我互化。

需要指出的是,这里的"物我互化",我们对其应做两个层面的解读:一是剧作家要做到"入乎其内",即一旦进入创作状态,剧作家便不是他所虚构出来的那个艺术世界的局外人,不是巴尔扎克所言的"书记员",更不是自然主义所倡导的"零度介入",而是要做到庄子所说的"忘我"。换言之,就是要化身为剧中之人,随着剧中人物的情感洪流激荡翻滚,悲伤着他们的悲伤,欢乐着他们的欢乐。按李渔的话说,就是"我欲做官,则顷刻之间便臻荣贵;我欲致仕,则转盼之际又入山林;我欲作人间才子,即为杜甫、李白之后身;我欲娶绝代佳人,即作王嫱、西施之元配;我欲成仙作佛,则西天蓬岛即在砚池笔架之前;我欲尽孝输忠,则君治亲年,可跻尧、舜、彭篯之上"。① 显然,这个时候的剧作家和他笔下的人物之间的界线彻底消失,完全分不清周公是蝴蝶,还是蝴蝶是周公,而是真正达到了物我交融、物我两忘的境界。李渔的上述说法,虽为经验之谈,但并非一己之见,而是古今中外的艺术家们的一种共识,如高尔基就曾这样说道:"科学工作者研究公羊时,用不着想象自己也是一头公羊,但是文学家则不然,他虽慷慨,却必须想象自己是个吝啬鬼,他虽无私心,却必须觉得自己是个贪婪的守财奴,他虽意志薄弱,但却必须令人信服地描写出一个意志坚强的人。"② 类似的例子还有老舍,他说:"比如说:我设想张三是个心眼爽直的胖子,我即假拟着他的宽嗓门,放炮似地话直说。同样地,我设想李四是个尖嗓门的瘦子,专爱说刻薄话,挖苦人,我就提高了调门,细声细气地绕着弯子找厉害话说。这一胖一瘦若是争辩起来,胖子便越来越起急,话也就越短而有力。瘦子呢,调门儿大概会越来

---

① 李渔:《闲情偶寄·语求肖似》,《李渔全集》第三卷,浙江古籍出版社1992年版,第47页。

② 高尔基:《论文学》,人民文学出版社1978年,第317页。

越高,话也越来越尖酸。说来说去,胖子是面红耳赤,呼呼地喘气,而瘦子则脸上发白,话里添加了冷笑。"①这些说法和李渔的上述观点有着异曲同工之妙。

二是剧作家要做到"出乎其外"。正如王国维所言,"诗人对宇宙人生,须入乎其内,又须出乎其外。入乎其内,故能写之;出乎其外,故能观之。入乎其内,故有生气;出乎其外,故有高致"。② 诗歌如此,戏剧亦然。剧作家必须认识到剧本创作仅是戏剧艺术的一个重要环节,它还涉及导演、演员、观众等诸多方面。从这个意义上而言,在塑造人物的过程中,剧作家还应保持必要的理性和冷静,而不是完全处在一种柏拉图所说的"迷狂"状态而不能自拔。也正是出于对剧本的审美特性的深刻认识和把握,李渔才说:"圣叹所评,乃文人把玩之《西厢》,非优人搬弄之《西厢》也。文字之三昧,圣叹已得之;优人搬弄之三昧,圣叹犹有待焉。"③为此,李渔对剧作家做出如下提醒:"填词之设,专为登场。"④又在《闲情偶寄》"词别繁减"一节中如此说道:"因作者只顾挥毫,并未设身处地,即以口代优人,复以耳当听者,心口相维,询其好说不好说,中听不中听,此其所以判然之故也。笠翁手则握笔,口却登场,全以身代梨园,复以神魂四绕,考其头目,试其声音,好则直书,否则搁笔。"⑤这就明确指出了剧本创作作为一种复杂而特殊的审美活动,它要

---

① 老舍:《出口成章》,复旦大学出版社2004年版,第65页。
② 王国维:《人间词话》,靳德峻笺证,蒲菁补笺,四川人民出版社1981年版,第75页。
③ 李渔:《闲情偶寄·填词余论》,《李渔全集》第三卷,浙江古籍出版社1992年版,第65页。
④ 李渔:《闲情偶寄·选剧第一》,《李渔全集》第三卷,浙江古籍出版社1992年版,第66页。
⑤ 李渔:《闲情偶寄·词别繁减》,《李渔全集》第三卷,浙江古籍出版社1992年版,第48页。

求剧作家必须做到既能进得去,又能出得来。

结　语

谭帆说:"只有到了李渔《闲情偶寄》的出现,中国古代戏剧观的演进才最终完成,而古代编剧理论宏观体系中'剧学体系'一脉也宣告落成。"①从这个意义上来讲,李渔无疑是中国古典戏剧编剧理论的集大成者。陈多说:"总括起来,我觉得笠翁的写剧理论的核心是:从生活出发,从人物出发,为舞台演出而写作。我们学习它,主要的应当围绕着这三点吸取有益的经验。"②这就明确指出了李渔戏剧理论对人物的重视。换句话说,戏剧人物理论是李渔戏剧编剧理论的重要内容。他所提出的"悉取而加之""说一人,肖一人""代此一人立心"等著名论断则构成了其戏剧人物理论的核心框架。而这些观点,即便放在今天,依然能熠熠生辉。由此,我们坚信,对李渔戏剧人物理论进行重新整理和发掘,并将其置放于新时代语境中加以创新性阐释和解读,必能为我国当下的戏剧创作以及电视剧剧本创作提供有益借鉴。

第四节　技、美、道三位一体:李贽戏剧理论新建构

李贽(1527—1602),号卓吾,福建泉州人,明代伟大的哲学家,杰出的戏剧理论家。将戏剧理论建立在哲学思想基础之上,是李贽区别于其他戏剧理论家的一个明显标志。戏剧理论内涵丰富,

---

① 谭帆:《中国古代编剧理论的宏观体系》,《戏剧艺术》1986年第2期。
② 陈多:《试谈李笠翁的写剧理论》,《剧本》1957年第9期。

包括编剧(剧本创作)、表演、导演和观众等诸多方面,基于李贽剧评主要着眼剧本的事实,本文关于李贽戏剧理论的探讨重点围绕编剧(剧本创作)层面展开。李贽戏剧理论的相关文章如《杂说》《童心说》《玉合》《昆仑奴》《拜月》《红拂》等主要收录在《焚书》《续焚书》两书。其中,他所提出的"四好说""化工说""童心说"在我国戏剧理论史上影响深远,明清之际的王骥德、孟称舜、金圣叹、黄图珌、李渔等人皆从中汲取滋养并对其加以丰富和发展。当代学者叶长海、夏写时、谭帆、朱万曙、梁晓萍等人也从不同视角对李贽的戏剧理论进行考察和解读。叶长海在《中国戏剧学史稿》中对李贽的"童心说""化工说""戏曲评论"进行了评述。[①] 夏写时在《论李卓吾的戏剧批评》中对李贽的戏剧批评展开了剖析。[②] 谭帆《中国古代编剧理论的宏观体系》一文着重从编剧理论的角度探讨了李贽"四好说",并指出了后者在我国古代编剧理论发展史上的贡献。[③] 梁晓萍《从"化工说"看李贽的美学观》一文提出:"李贽的美学观与其'人性自由'之哲学思想密不可分,是其童心说在审美方面的具体体现。"[④]在前人的研究基础上,本文将李贽的戏剧理论置放于中西方戏剧思想互鉴的大背景下,对其进行全面考察。整体上看,李贽戏剧理论涵盖三个层面:一是戏剧技法学层面,其核心范畴是"四好说";二是戏剧美学层面,其核心范畴是"化工说";三是戏剧哲学层面,其核心是"童心说"。在逻辑关系上,由"四好说"至"化工说",再到"童心说",三者逐次上升,表现为"技""美"感

---

① 叶长海:《中国戏剧学史稿》,上海文艺出版社1986年版,第123～128页。
② 夏写时:《论李卓吾的戏剧批评》,《古代文学理论研究》(第四辑),上海古籍出版社1981年版,第265～283页。
③ 谭帆:《中国古代编剧理论的宏观体系》,《戏剧艺术》1986年第2期。
④ 梁晓萍:《从"化工说"看李贽的美学观》,《学习与探索》2018年第6期。

第五章　文化自信视域下我国古典编剧理论资源的当代价值

性层面向着"道"之层面的理性升华;反过来说,三者渐次下行,表现为"道"之哲思在"美""技"层面的感性展现。需要指出的是,上述两种路径只是基于叙述逻辑的清晰而提出的。事实上,三者一体圆通,不可分割。要之,从"四好说""化工说""童心说"有机统一的视角重新建构李贽戏剧理论,对构建"技""美""道"合一的新时代中国特色戏剧理论体系具有重要启示意义。

一、四好:关目好、曲好、白好、事好

"四好说"是李贽在评点《红拂》一剧时提出来的。他说:"此记关目好,曲好,白好,事好。乐昌破镜重合,红拂智眼无双,虬髯弃家入海,越公并遣双妓,皆可师可法,可敬可羡。"[①]在我国古典文艺理论的表现形态中,评点是一种重要而独特的存在样式。正如朱万曙所言:"评点不是著作形态。但是,在明代中叶以后戏曲理论批评中,它显然应该占据重要的位置,可惜它一直没有被认真看待过。……它固然不像《曲律》那样系统地总结戏曲创作规律,但是由于它紧附于作品,其批评就更加接近戏曲的'类'的特征,从零散的批语中我们能够寻觅到评点家们更加贴近于戏曲创作的真知灼见。"[②]李贽的戏剧批评亦应作如是观。

明代孙鑛曾提出南戏"十要",并将"关目"列为第二。与孙鑛不同,李贽将"关目"排在"四好"中的首要位置。"关目"一词,大约始于元末明初,其内涵最初比较宽泛驳杂,有细节、情节、情节性、

---

① 李贽:《焚书 续焚书》,岳麓书社1990年版,第193页。
② 朱万曙:《明代戏曲评点研究》,安徽教育出版社2002年版,第322页。

戏剧性,甚至接笋、照应、伏笔等意。① 但到了李贽这里,"关目"的含义显然已较为集中明确,主要指戏曲作品的情节结构之意。这可在他对一些剧本所做的眉批②中找到例证,如:

> 此出关目妙极,全在不说出。(《李卓吾批评幽闺记·第二十六出总批》)
> 此剧关目极,说得好,曲亦好,真元人手笔也。(《拜月亭序》)
> 此出似谈,亦无关目,然亦自少不得。(《李卓吾批评幽闺记·第八出眉批》)
> 曲与关目之妙,全在不费力气,妙至此乎!《李卓吾批评幽闺记·第二十八出总批》)

此外,李贽不仅将"关目"作为衡量戏剧作品艺术水平高低的评价标准,而且还从"关目"的角度对一些剧作提出修改意见,如在点评《琵琶记》时,认为:"第三出《牛氏规奴》就及牛氏,亦有关目。"(《李卓吾批评琵琶记·第三出批语》)又如在评点该剧第二出《高堂称庆》时,指出:"称庆席上合请张太公,方有张本。"(《幽闺记》第二出眉批)这里,需要强调的是,李贽在论述"关目"的过程中,实际上已涉及了人物(牛氏、张太公)和情节(关目)的关系问题。高尔基说:"情节,即人物之间的联系、矛盾、同情、反感和一般的相互关

---

① 夏写时:《论李卓吾的戏剧批评》,《古代文学理论研究》(第四辑),上海古籍出版社1981年版,第265~283页。
② 夏写时《论李卓吾的戏剧批评》一文认为:明万历年间容与堂等刊刻署"李卓吾先生批评"之《西厢记》《琵琶记》《幽闺记》《玉合记》《红拂》五剧之评语当出自李贽之手。朱万曙在《明代戏曲评点研究》一书中亦认为:容与堂刊刻的五种"李评"曲本是出自李卓吾之手的评本。笔者认同两人观点,故本文所举眉批皆取之此五种"李评"曲本。

第五章 文化自信视域下我国古典编剧理论资源的当代价值

系——某种性格、典型的成长构成的历史。"① 质言之,情节和人物互为表里,一体两面。人物性格的发展,表现为情节的推进;反过来说,情节的跌宕起伏,则又表现为人物性格的变化。以《西厢记》"赖简"一出为例,剧中,张生是一介饱读诗书、深受儒家思想熏陶的书生,而莺莺又是出身相国府的大家闺秀,这样的文化背景和身份地位,就决定了两人若想挣脱千百年来提倡的"存天理,灭人欲"礼教的束缚,绝非易事,"莺莺不可轻易以身相许,张生也不能贸然冲动轻狂,'赖简'的曲折,就成为人物性格发展中重要的不可缺少的一环"。② 正是深刻地认识到了这一点,李贽在点评《西厢记》"赖简"一折时,才发出如此感叹:"有此一阻,才尽才子光景。莺莺娇态,张生情状,千古如见,何物文人,技至此乎!"(第十一折《赖简》总批)

通过上述分析可知,在李贽这里,"关目"出现了新的变化:成为戏剧评价的首要标准,其内涵已较为明确集中,并在人物塑造方面发挥着重要作用。就此而言,李贽已明确意识到"戏剧性"是戏剧艺术的第一属性,从而正确地把握了"诗剧和诗的区别"。③ 这为戏剧脱离诗词领域,最终获得独立艺术地位,开辟了道路。

关于"曲""白"两种戏曲语言形式的讨论,稍早于李贽的李开先、何良俊,或与李贽同时的徐渭等人对此皆有涉及。李开先在《西野春游词序》中指出,"词(指曲词)与诗,意同而体异,诗宜悠远而有余,词宜明白而不难知。以词为诗,诗斯劣矣;以诗为词,词斯乖矣"。进而提出,"用本色者为词人之词,否则为文人之词矣"。④

---

① 高尔基:《论文学》,孟昌等译,人民文学出版社1978年版,第335页。
② 季国平:《宋明理学与戏曲》,中国戏剧出版社2003年版,第196页。
③ 夏写时:《论我国民族戏剧观的形成》,《戏剧艺术》1984年第1期。
④ 李开先:《西野春游词序》,郭绍虞:《中国历代文论选》第3册,上海古籍出版社1980年版,第89页。

何良俊在《曲论》中写道:"盖《西厢》全带脂粉,《琵琶》专弄学问,其本色语少。盖填词须用本色语,方是作家。"①徐渭认为:"以时文为南曲,元末、国初未能,其弊起于《香囊记》。《香囊》乃宜兴老生员邵文明作,习《诗经》,专学杜诗,遂以二书语句勾入曲中;宾白亦是文语,又好用故事作对子,最为害事。"于是,提出建议,"吾意:与其文而晦,曷若俗而鄙之易晓也?"②由此可见,三人皆在提倡戏曲语言要本色自然。李贽显然承续了这一传统,举例如下:

此曲甚妙,甚自在,不逊《西厢》《拜月》也。(《琵琶记》第九出眉批)
曲妙甚!曲妙甚!曲至此又可与《西厢》《拜月》兄弟矣!(《琵琶记》第二十一出眉批)
曲巧甚,却又不伤巧。(《琵琶记》第二十四出眉批)
《琵琶》曲妙在转处。(《琵琶记》第二十七出眉批)
曲至此都成自然,此是文章家第一流也。(《琵琶记》第二十六出眉批)

这里,李贽对于淳真质朴的曲词不吝赞美。反之,则会提出批评,如在点评《琵琶记》第九出第二曲的曲词时,认为:"填词太丰,所以逊《西厢》《拜月》耳!"又如对本出《临妆感叹》"破齐阵引"曲词的评点:"填词太富贵,不像穷秀才家;且与后面没关系。"(《琵琶记》第九出眉批)这里,也反证了李贽要求曲词平淡自然,且保持叙事的连贯统一。

---

① 何良俊:《曲论》,中国戏曲研究院编:《中国古典戏曲论著集成》(四),中国戏剧出版社1959年,第6页。
② 徐渭:《南词叙录》,中国戏曲研究院编:《中国古典戏曲论著集成》(三),中国戏剧出版社1959年,第243页。

第五章　文化自信视域下我国古典编剧理论资源的当代价值

对"白"的重视,是李贽戏剧理论的又一重要特色,也是他在关于戏曲艺术认识的深刻性上超过前人的地方。这一点,在他所做的一些眉批当中同样可以找到明证。略举几例:

> 凡白用说话方妙,诗句可厌。(《琵琶记》第二十七出眉批)
> 白妙甚,今人不能及矣。(《琵琶记》第三出眉批)
> 《拜月》曲白都近自然矣,疑天造,岂曰人工?(《幽闺记》总批)

这里,需要指出的是,与前人多单纯从"曲"的角度谈论戏曲的做法不同,李贽则是将"曲""白"并提,从而突出了"白"在戏曲创作中的重要性。他的这一做法对后来的戏剧理论家李渔所提出的下列观点显然具有启示性:"宾白一道,当与曲文等视,有虽得意之曲文,即当有最得意之宾白,但使笔酣墨饱,其势自能相生。"①但李贽将"曲""白"并重的理论贡献远不止于此,如他在《琵琶记》第二十三出《代尝汤药》的眉批中这样写道:"曲与白竟至此乎,我不知其曲与白也,但见蔡公在床,五娘在侧,啼啼哭哭而已。神哉,技至此乎!"(《琵琶记》第二十三出眉批)由此可见,李贽"曲""白"并重的真正革新性、开创性意义在于:它已超越了旧有曲论囿于纯粹语言层面上的辨析,进而将二者(曲、白)与推动剧情、塑造人物等方面联系了起来,从而极大地拓展和提升了戏曲语言的理论边界与审美功能。

"事好"是李贽"四好说"的又一重要内容,这里的"事好"与孙鑛南戏"十要"中的"事佳"应为同义。在吕天成那里,"事佳"又与

---

① 李渔:《闲情偶寄》,《李渔全集》(第三卷),浙江古籍出版社1991年版,第45页。

"事奇"同解。① 所以,一定程度上,"事好"可以理解为"事奇"。如李贽在《琵琶记》第二十五出的总评中这样写道:"剪头发这样题目,真是无中生有,妙绝千古,故做出多少好文字来。有好题目,自有好文字也。"②这里的"题目"即"题材"。③ 而"题材"便是李贽所说的"事"。④ 依此而论,"剪头发这样题目"即"剪头发这样的事"。"无中生有"既有艺术虚构之意,又包含着另一层意思:作品所述事情之"奇"。而"妙绝千古"指的则是"奇"所产生的审美效果。关于"奇"之于戏曲艺术的重要性,后来李渔做了更全面的总结:"古人呼剧本为'传奇'者,因其事甚奇特,未经人见而传之,是以得名,可见非奇不传。"⑤并要言不烦地指出,"有奇事方有奇文"。⑥ 这和李贽"有好题目自有好文字"的说法异曲同工。

值得注意的是,"奇"虽然是戏剧艺术的审美特性,但"奇"又必须以"真"为基础。否则"奇"便成了无源之水。对此,李贽显然有着清醒的认识,这可从他对《琵琶记》所做的批语中找到明例,如:

"情景至此,竟真矣。文字乃如此乎。奇甚!奇甚!"(《琵琶记》第二十三出总批)

"戏则戏矣,倒须似真;惹真者,反不妨似戏也。今戏者太

---

① 叶长海:《中国戏剧学史稿》,上海文艺出版社1986年版,第191页。
② 李贽:《李卓吾先生批评琵琶记》,隗芾、吴毓华编:《古典戏曲美学资料集》,文化艺术出版社1992年版,第113页。
③ 陈衍:《中国古代剧作学史》,武汉出版社1999年版,第199页。
④ 夏写时:《论李卓吾的戏剧批语》,《古代文学理论研究》(第四辑),上海古籍出版社1981年版,第265~283页。
⑤ 李渔:《闲情偶寄》,《李渔全集》(第三卷),浙江古籍出版社1991年版,第9页。
⑥ 李渔:《闲情偶寄》,《李渔全集》(第三卷),浙江古籍出版社1991年版,第4页。

第五章 文化自信视域下我国古典编剧理论资源的当代价值

戏,其者亦大真,俱不是也。"(《琵琶记》第八出总批)

"似假似真,令人惝恍,文至此,活矣!活矣!"(《琵琶记》第三十七出眉批)

"太戏,不像。"(《琵琶记》第八出眉批)

这里,李贽深刻地指出了戏剧创作中"奇"与"真","虚"与"实"之间的辩证关系。对此,后来的王骥德在《曲律》中亦有精彩论述:"剧戏之道,出之贵实,而用之贵虚……以实而用实也易,以虚而用实也难。"[①]王骥德和李贽的观点在文字表述上固然有所差别,但就其精神实质而言,二人显然又是一致的。

通过上述分析,可知李贽的"四好说"着眼于戏剧作品(剧本)的整体,在其内容上,涵盖了人物、故事、情节、语言等诸多方面,做到这一点显然是极其难能可贵的,同时这也是他超越前人的关键所在。正如叶长海所言,在当时的戏曲评论中存在一种偏见,即往往只欣赏一句一曲的文字,而不知从"关目"等更重要的角度去分析剧本的总体特色。因而后来王骥德提出"论曲,当看其全体力量如何",李渔提出"结构第一"等一整套批语标准,李贽的观点同王骥德和李渔的认识较为接近。[②] 从这个意义上来讲,李贽的"四好说"是中国古典戏曲理论发展史上的一个分水岭。

"四好说"的提出,显示了李贽对于戏剧技法的重视,正如他在《樊敏碑后》中所言:"盖技巧神圣,人自重之。"[③]但需要指出的是,李贽重"技",却不囿于"技",他明确指出:"若夫结构之密,偶对之切,依于理道,合乎法度,首尾相应,虚实相生,种种禅病,皆所以语

---

① 王骥德:《王骥德曲律》,陈多、叶长海注译,湖南人民出版社1983年版,第201页。

② 叶长海:《中国戏剧学史稿》,上海文艺出版社1986年版,第128页。

③ 李贽:《焚书 续焚书》,岳麓书社1990年版,第215页。

文,而皆不可以语天下之至文也。"①具体到戏剧领域,在李贽的理论视野里,"技"之上,还有一个较高的层面,那就是"美"。超越戏曲技法学,站到戏曲美学的高度,由此,也就引导曲论进入到了戏剧美学的新天地。②

二、化工:"以自然之为美"

"化工说"是李贽在评点《拜月》《西厢》和《琵琶》三剧时提出来的。他认为:"《拜月》、《西厢》,化工也;《琵琶》,画工也。夫所谓画工者,以其能夺天地之化工,而其孰知天地之无工乎?今夫天之所生,地之所长,百卉具在,人见而爱之矣,至觅其工,了不可得,岂其智固不能得之欤!要知造化无工,虽有神圣,亦不能识知化工之所在,而其谁能得之?由此观之,画工虽巧,已落第二义矣。"③需要指出的是,"画工""化工"二词,并非李贽首创,而是渊源有自。苏轼在《王维吴道子》一文中说:"吴生虽妙绝,犹以画工论。摩诘得之于象外,有如仙翮谢笼樊。吾观二子皆神俊,又于维也敛衽无间言。"④吴子良在《林下偶谈》中写道:"四时异景,万卉殊态,乃见化工之妙;肥瘠各称,妍淡曲异,乃见画工之妙。"⑤李贽沿用"画工""化工"之名,援引其入"剧论",并创造性地赋予二者以新的审美内涵。

"画工""化工"两种审美境界的划分,基于李贽观剧的自身感受。他说:"吾尝揽《琵琶》而弹之矣,一弹而叹,再弹而怨,三弹而

---

① 李贽:《焚书 续焚书》,岳麓书社1990年版,第96页。
② 郑小雅:《论晚明曲学"双美说"》,《华侨大学学报》2008年第1期。
③ 李贽:《焚书 续焚书》,岳麓书社1990年版,第96页。
④ 苏轼:《王维吴道子画》,颜中其:《苏轼论文艺》,北京出版社1985年版,第218页。
⑤ 吴氏:《林下偶谈》,中华书局1985年版,第26页。

第五章 文化自信视域下我国古典编剧理论资源的当代价值

向之怨叹无复存者。此其故何耶？岂其似真非真，所以入人之心者不深耶！盖虽工巧之极，其气力限量只可达于皮肤骨血之间，则其感人仅仅如是，何足怪哉！《西厢》、《拜月》，乃不如是。意者宇宙之内，本自有如此可喜之人，如化工之于物，其工巧自不可思议尔。"①李贽论剧明显继承了我国古代文论近取诸身的传统，在他看来，"画工"是基于"穷巧极工"之美，其产生的"气力"只可达于"皮肤骨血"之间，却不能直抵人心，从而获得灵魂震撼之感。质言之，这种美还停留在戏剧技法的层面，观赏此类作品，一旦剧情结束，审美活动即告结束，缺乏一种更为深层次意义上的回味悠长。而"化工"则是一种"大巧不工"之美，这种美当然建立在剧作家对于戏剧技法精到把握的基础之上，但它又超越了"技法"这一层面。正如李贽所言："追风逐电之足，决不在于牝牡骊黄之间；声应气求之夫，决不在于寻行数墨之士，风行水上之文，决不在于一字一句之奇。"②欣赏"化工"之作，审美活动并不因剧情的结束而结束，而是会产生"曲终人杳，江上峰青，留有余不尽之意于烟波缥缈间"③的审美效果。

李贽"化工说"的提出，对后来的王骥德、潘之恒、祁彪佳、金圣叹、李渔、黄图珌、王国维等众多戏剧理论家皆产生了重大影响。如王骥德"风神说"谓："其妙处，正不在声调之中，而在句字之外，又须烟波渺漫，姿态横逸，揽之不得，挹之不尽。摹改则令人神荡，写怨则令人断肠，不在快人，而在动人。此所谓'风神'，所谓'标韵'，所谓'动吾天机'。不知所以然而然，方是神品，方是绝技。"④

---

① 李贽：《焚书 续焚书》，岳麓书社1990年版，第96～97页。
② 李贽：《焚书 续焚书》，岳麓书社1990年版，第96页。
③ 梁廷枏：《曲话》，中国戏曲研究院编：《中国古典戏曲论著集成》（八），中国戏剧出版社1959年版，第271页。
④ 王骥德：《王骥德曲律》，陈多、叶长海注译，湖南人民出版社1983年版，第138页。

潘之恒"神合说"言:"神何以观也？盖由剧而进于观也,合于化矣！然则剧之合也有次乎？曰有。技先声,技先神。神之合也,剧期进已。"①祁彪佳"神妙说"称:"只是淡淡说去,自然情与景会,意与法合。盖情至之语,气贯其中,神行其际。肤浅者不能,镂刻者亦不能。"②金圣叹以云作比,解释戏剧创作之奥妙:"云只是山川所出之气,升到空中,却遭微风,荡作缕缕。既是风无成心,便是云无定规,都是互不相知,便乃偶尔如此。"③黄图珌"词气说"云:"词之有气,如花之有香,勿厌其秾艳,最喜其清幽,既难其纤长,犹贵其纯细,风吹不断,百润还凝。是气也,得之于造物,流之于文运,缭绕笔端,盘旋纸上,芳菲而无脂粉之俗,蕴藉而有麝兰之芳,出之于鲜花话卉,入之于绝响奇音也。"④王国维解读元曲:"一言以蔽之,曰:自然而已矣。""但摹写其胸中之感想与时代之精神,而真挚之理与秀杰之气,时流露于其间。"⑤凡此种种,皆能看出众人之观点与"化工说"在理论上的承续关系,即都在强调戏剧创作要追求一种只可意会不可言传、沁人心脾的"自然之美"。这一点,我们可以在李贽的《读律肤说》一文中得到更清晰的解释:"盖声色之来,发于情性,由乎自然,是可以牵合矫强而致乎？故自然发于情性,则自然止乎礼义,非情性之外复有礼义可止也。惟娇强乃失之,故以

---

① 潘之恒:《潘之恒曲话》,汪效倚辑注,中国戏剧出版社1988年版,第47页。

② 祁彪佳:《远山堂剧品》,中国戏曲研究院编:《中国古典戏曲论著集成》(六),中国戏剧出版社1959年版,第140页。

③ 王实甫、高明:《第六才子书:西厢记 第七才子书:琵琶记》,线装书局2007年版,第9页。

④ 黄图珌:《看山阁集闲笔》,中国戏曲研究院编:《中国古典戏曲论著集成》(七),中国戏剧出版社1959年版,第140～141页。

⑤ 王国维:《宋元戏曲史》,华东师范大学出版社1995年版,第120～121页。

自然之为美耳,又非于情性之外复有所谓自然而然也。"①这里,李贽指出艺术(戏剧)作品的"自然美",既非源于儒家"发乎情,止乎礼"的"抑情",亦非来自道家"蔽于天而不知人"的"无情",②而是生发于作者的"至情","言出至情,自然刺心,自然动人,自然令人痛哭"。③ 基于此,李贽发出了以下追问:"孰谓传奇不可以兴,不可以观,不可以群,不可以怨乎?"④并进而提出主张,戏剧创作应"小中见大,大中见小,举一毛端建宝王刹,坐微尘里转大法轮"。⑤至此,不难发现,李贽所推崇的"化工"之美绝非形式主义意义上的为"美"而"美",而是在"美"之背后蕴涵着关于世界、人生、人性的更为宽广、更为深刻的哲学思考。正如梁晓萍所言:李贽的美学观与其哲学思想紧密关联,与其美学思想相关的哲学观集中体现在其自然人性论方面,突出表达乃童心说。⑥

三、童心:天下至文之源

"童心说"是李贽戏剧思想的核心,亦是其哲学思想的重心。所谓童心,李贽的解释是:"夫童心者,真心也。若以童心为不可,是以真心为不可也。夫童心者,绝假纯真,最初一念之本心也。"⑦这里指出了"童心"即"真心"。由此出发,在世界观上,李贽提出,"岂知吾之色身洎外而山河,遍而大地,并所见之太虚空等,皆是吾

---

① 李贽:《焚书 续焚书》,岳麓书社1990年版,第132页。
② 蔡仲德:《李贽的音乐美学思想》,《中国音乐学》1993年第2期。
③ 李贽:《焚书 续焚书》,岳麓书社1990年版,第140页。
④ 李贽:《焚书 续焚书》,岳麓书社1990年版,第193页。
⑤ 李贽:《焚书 续焚书》,岳麓书社1990年版,第97页。
⑥ 梁晓萍:《从"化工说"看李贽的美学观》,《学习与探索》2018年第6期。
⑦ 李贽:《焚书 续焚书》,岳麓书社1990年版,第97页。

妙明真心中一点物相耳。"①这似乎走向了绝对的唯心主义,但事实又并非完全如此,因为他"好察迩言",如他所说:"我之所以好察者,百姓日用之迩言也。"他进而指出,"能好察则得本心"。②可见李贽思想中又带有朴素的唯物主义成分。在人生观上,李贽认为,"童心"是做人之本:"若失却童心,便失却真心,失却真心,便失却真人。人而非真,全不复有初矣。童子者,人之初也;童心者,心之初也。"所以,他主张:"护此童心而使之勿失。"③护住"童心",便守住了"真心",有了"真心"方是"真人"。而所谓"真人",李贽做了以下回答:"弟尝谓世间有三等人……独有一等,怕作官便舍官,喜作官便作官,喜讲学便讲学,不喜讲学便不肯讲学。此一等人心身俱泰,手足轻安,既无两头照顾之患,又无掩盖表扬之丑,故可称也。"④李贽提倡做"真人",反对做"假人",认为:"盖其人既假,则无所不假矣。由是而以假言与假人言,则假人喜。以假事与假人道,则假人喜;以假文与假人谈,则假人喜。无所不假,则无所不再。满场是假,矮人何辩也?"⑤在文艺观上,李贽则明确指出:"天下之至文,未有不出于童心焉者也。苟童心常存,则道理不行,闻见不立,无时不文,无人不文,无一样创制体格文字而非文者。诗何必古选,文何必先秦。降而为六朝,变而为近体;又变而为传奇,变而为院本,为杂剧,为《西厢》,为《水浒传》,为今之举子业,大贤言圣人之道,皆古今至文,不可得而时势先后论也。故吾因是而有感于童心者之自文也,更说甚么《六经》,更说甚么《语》《孟》乎?"⑥显然,这里涉及了艺术本源的问题。在李贽看来,凡天下至文皆出

---

① 李贽:《焚书 续焚书》,岳麓书社1990年版,第135～136页。
② 李贽:《焚书 续焚书》,岳麓书社1990年版,第39页。
③ 李贽:《焚书 续焚书》,岳麓书社1990年版,第98页。
④ 李贽:《焚书 续焚书》,岳麓书社1990年版,第45页。
⑤ 李贽:《焚书 续焚书》,岳麓书社1990年版,第98页。
⑥ 李贽:《焚书 续焚书》,岳麓书社1990年版,第98页。

第五章　文化自信视域下我国古典编剧理论资源的当代价值

自于"童心",如若不是出于"童心",即便《六经》《语》《孟》这样的文章,"纵出自圣人,要亦有为而发,不过因病发药,随时处方,以救此一等懵懂弟子,迂阔门徒云耳。药医假病,方难定执,是岂可遽以为万世之至论乎?"①反之,若出于"童心",像《西厢》《拜月》这样的戏剧作品亦"自当与天地相终始,有此世界,即离不得此传奇"。②

由此可见,无论是世界观、人生观,抑或是文艺观,李贽对"童心"或"真心"的标举是以一贯之的。而具体到戏剧创作领域,又表现为以下两种特点:

1.剧作家之"真"。关于"为人"与"为文"之间的关系,李贽有过诸多论述,如他所说:"向秀思旧赋,只说康高才妙技而已。夫康之才之技,亦古今所有;但其人品气骨,则古今所希也。岂秀方图自全,不敢尽耶?则此赋可无作也。旧亦可无尔思矣。秀后康死,不知复活几年,今日俱安在也?康犹为千古人豪所叹,而秀则已矣,谁复更思秀者……'竹林七贤',此为最骨头者!"③又说,"苏长公何如人,故其文章自然惊天动地。世人不知,只以文章称之,不知文章直彼余事耳,世未有其人不能卓立而能文章垂不朽者"。④作文如此,戏剧创作亦然。剧作家要做"真人",不能做"假人",假人只会说假话、做假事、写假文。假文即便做到"穷巧极工",也不能感人,因为它徒具其表,并非出于"真心",没有真情实感,缺乏真正动人的精神内涵。所以,李贽明确指出:"若有做作,便有安排,便不能久,不免流入欺己欺人不能诚意之病。"⑤并进而提出:"且夫世之真能文者,比其初,皆非有意于为文也。其胸中有如许无状

---

① 李贽:《焚书 续焚书》,岳麓书社1990年版,第99页。
② 李贽:《焚书 续焚书》,岳麓书社1990年版,第192页。
③ 李贽:《焚书 续焚书》,岳麓书社1990年版,第205页。
④ 李贽:《焚书 续焚书》,岳麓书社1990年版,第47页。
⑤ 李贽:《焚书 续焚书》,岳麓书社1990年版,第39页。

可怪之事,其喉间有如许欲吐而不敢吐之物,其口头又时时有许多欲语而莫可所以告语之处,蓄极积久,势不能遏。一旦见景生情,触目兴叹,夺他人之酒杯,浇自己之垒块;诉心中之不平,感数奇于千载。既已喷玉唾珠,昭回云汉,为章于天矣,遂亦自负,发狂大叫,流涕恸哭,不能自止。宁使见者闻者切齿咬牙,欲杀欲割,而终不忍藏于名山,投之水火。"①由此可见,真正的戏剧创作不是沽名钓誉、附庸风雅,而是出于剧作家心中有股不可遏制、不吐不快的创作激情和冲动。正如李贽对《西厢记》的点评中所说:"余览斯记,想见其为人,当其时必有大不得意于君臣朋友之间者,故惜夫妇离合因缘以发其端。"②由此可见,剧作家是在"愿普天下有情的都成了眷属"这一"真心"的驱动下进行创作的,这也从哲学的高度解释了一部《西厢记》为何能跨越千年,传唱至今,成为经典。

李贽强调剧作家需秉真心(情)的主张,为他之后的许多戏剧理论家所继承。如王骥德提出:"作闺情曲而多及景语,吾知其窘矣。此在高手,持一'情'字,摸索洗发,方挹之不尽,写之不穷,淋漓渺漫,自有余力。何暇及眼前与我相二之花鸟烟云,俾掩我真性、混我寸管哉!"③潘之恒认为:"能痴者而后能情,能情者而后能写其情。"④顾曲散人直言:"'子犹诸曲,绝无文彩,然有一字过人,曰'真'。"⑤张琦在《衡曲麈谈》中提出:"'曲'也者,达其心而为言

---

① 李贽:《焚书 续焚书》,岳麓书社1990年版,第97页。
② 李贽:《焚书 续焚书》,岳麓书社1990年版,第97页。
③ 王骥德:《王骥德曲律》,陈多、叶长海注译,湖南人民出版社1983年版,第210页。
④ 潘之恒:《潘之恒曲话》,汪效倚辑注,中国戏剧出版社1988年版,第72~73页。
⑤ 顾曲散人:《太霞曲语》,郭绍虞主编:《中国历代文论选》第4册,上海古籍出版社1980年版,第195页。

第五章　文化自信视域下我国古典编剧理论资源的当代价值

者也。""其为辞也,浮游不衷,必多雕琢虚伪之气,欲自掩饰而不能。"①袁于令《焚香记序》谓:"剧场即一世界,世界只一'情'。……倘演者不真,则观者之精神不动;然作者不真,则演者之精神亦不灵。"②李渔认为:"批点传奇者,每遇游山玩水、赏月观花等曲,见其止书所见不及中情者,有十分佳处只好算得五分,以风云月露之词工者尽多,不从此剧始也。"进而指出:"展转推敲,已费心思几许,何如只就本人生发,自有欲为之事,自有待说之情,念不旁分,妙理自出。"③凡此种种,皆在强调戏剧创作中剧作家抒写"真性情"的重要性,而这些观点跟李贽所提出的"真心"说显然一脉相承。

2.剧中人物之"真"。孟称舜说:"曲之难者,一传情,一写景,一叙事。然传情、写景犹易为工,妙在叙事中绘出情景,则非高手未能矣。"④这里指出了戏剧创作的独特性:叙事。这就决定了"它不能仅是剧作者内在情感的直接抒写,而要把这种内在情感'外化'成某种形象实体作为情感载体,并通过艺术形象蕴蓄和表现剧作者的情感思想"。⑤ 这里的"形象实体"即剧中人物。依此而论,剧作家之"情"和剧中人物之"情"就成了一体两面。就此而言,塑造人物也就成了剧作家创作的重中之重。

---

①　张琦:《衡曲麈谈》,中国戏曲研究院编:《中国古典戏曲论著集成》(四),中国戏剧出版社1959年版,第267、273页。

②　袁于令:《焚香记序》,陈多、叶长海选注:《中国历代剧论选注》,上海古籍出版社2010年版,第252页。

③　李渔:《闲情偶寄》,《李渔全集》(第三卷),浙江古籍出版社1991年版,第23页。

④　孟称舜:《古今名剧合选》,隗芾、吴毓华编:《古典戏曲美学资料集》,文化艺术出版社1992年版,第233页。

⑤　谭帆:《金圣叹与中国戏曲批评》,华东师范大学出版社1992年版,第86页。

"三味"与"三美"——以中国电视剧为中心的编剧艺术研究

在论及戏剧创作中如何塑造人物时,莱辛提出:"王公和英雄人物的名字可以为戏剧带来华丽和威严,却不能令人感动。我们周围人的不幸自然会深深侵入我们的灵魂,倘若我们对国王们产生同情,那是因为我们把他们作人,并非当作国王之故。"①人之为人,在于其心灵和情感。观众对剧中人物产生同情,是因为二者的心灵发生了碰撞,产生了火花,而这种火花产生的前提是:在观众的心中,剧中人物需是"真人",人物之"心"需是"真心"。反之,同情则不会发生。这也从一个侧面解释了李贽的如下质问:"言虽工,于我何与,岂非以假人言假言,而事假事文假文乎?"②这个背景下,李贽所言的"童心"也就自然过渡到了对戏剧人物的批评上来。凡符合这一标准的,李贽便不吝赞美之辞。如《琵琶记》中的蔡母,在《蔡公逼试》一出中,蔡公逼子赶考,蔡母反对,于是她有这样一段唱词:"一旦分离掌上珠,我这老景凭谁?苦,忍将父母饥寒死,博得孩儿名利归!你纵然衣锦归故里,补不得你名行亏。"这段话中,没有大的道理,有的只是一个年迈母亲内心的真实表达,但读来却令人动容,于是,李贽在批注中写道,"是圣母,是达人!"反之,对不符合"真心"这一标准的,李贽则加以斥责,如该剧中的蔡伯喈,打着"孝"的旗号,却热衷功名,后来,衣锦还乡的他在父母坟前有这样一段唱词:"爹爹、妈妈,你怎便先归黄土,乾坤岂容不孝子,名亏行缺不如死,只愁我死缺祭祀。"对此,李贽批道:"又不肯死了!"这句批点既充满揶揄讽刺,又一针见血。夏写时说:"问题不在于人物身上是不是可以出现虚假的封建的东西,问题在于作家持什么态度,倘若对此持肯定态度,这就是混淆了是非。当然这在封建社会的作家是难免的,于此也可以看出,李卓吾的确比同时

---

① 莱辛:《汉堡剧评》,上海译文出版社1981年版,第74页。
② 李贽:《焚书 续焚书》,岳麓书社1990年版,第98页。

第五章　文化自信视域下我国古典编剧理论资源的当代价值

代许多作家、批评家站得更高,看得更清。"①那么,我们不禁要追问,李贽为何能比一些作家、批评家站得高,看得远呢?究其原因,主要在于很多作家、批评家对于一些人事的观察和判断往往囿于传统以及眼前境况,这就必然会表现出某种历史的局限性。而李贽则不然,他是站在"童心"这一哲学的高度来鸟瞰这一切的,于是便超越了所谓的历史局限性,因此也就必然会比同时代的作家、批评家站得高,看得远。当然,指出这一点,目的不是为了从现代人的角度来非难生活在几百年前封建社会的作家和批评家,这是不公允的,也是苛刻的,而是在于强调赋予戏剧艺术以哲学品格的重要性。

李贽以"真心"评价戏剧人物,对明清之际的戏剧理论家同样产生了重要影响,尤其在如何赋予剧中人物以"真心"这一点上,更是产生了重要的理论先导作用,许多后来者沿着这一方向,进行了更为纵深的开掘。如孟称舜主张:"撰曲者不化其身为曲中之人,则不能为曲。"②王骥德认为:"须以自己之肾肠,代他人之口吻。"③金圣叹强调:"事固一事也,情固一情也,理固一理也,而无奈发言之人,其心则各不同也,其体则各不同也,其地则各不同也。"④李渔更是明确指出"言者,心之声也。欲代此一人立言,先宜代此一

---

①　夏写时:《论李卓吾戏剧批评》,《古代文学理论研究》(第四辑),上海古籍出版社1981年版,第269~287页。

②　孟称舜:《〈古今名剧合选〉·序》,陈多、叶长海:《中国历代剧论选注》,上海古籍出版社2010年版,第257页。

③　王骥德:《王骥德曲律》,陈多、叶长海注译,湖南人民出版社1983年版,第156页。

④　王实甫、高明:《第六才子书:西厢记　第七才子书:琵琶记》,线装书局2007年,第94页。

人立心"①的主张。凡此种种,皆不难看出上述观点和李贽"真心"说之间的发展脉络与历史渊源。

结　语

如果我们从中西方文化互鉴的大背景下观照李贽的戏剧思想,会发现其理论价值和贡献更为突出。纵观西方戏剧理论史,将戏剧理论建立在哲学基础之上的代表有黑格尔、尼采、萨特等人。黑格尔以"绝对理念"作为世界的本源,由此建立起了他恢宏的客观唯心主义大厦,以此为基础,形成了他的戏剧观:悲剧产生于两种片面力量的"冲突",片面力量的牺牲又成全了更高层面上"永恒正义的胜利"。黑格尔的戏剧观看似逻辑严谨,却存在着重大的理论缺陷。对此,吴文忠、涂力的论述极为精彩:"比如《罗密欧与朱丽叶》中,虽然罗密欧与朱丽叶最后都双双殉情,冲突的两个家庭握手言和,取得了'和解',但实际上,他们所代表的伦理力量并没有取得胜利,而是受到人们的批判和否定,反而是罗密欧与朱丽叶为争取爱情自由而奋斗的精神得到了人们的肯定和赞扬。在这里,'永恒正义'并没有取得所谓的胜利。实际上,这里,黑格尔就走到了他自己理论的反面。"②就此而言,与黑格尔的戏剧观相比,李贽建立在"童心"哲学基础之上、推崇歌颂男女爱情的《西厢记》为"化工"之作的戏剧观才具有真正意义上的合理性和普遍性。而在肯定人的"欲望""自由"等问题上,李贽的思想与尼采、萨特倒是有共通之处,如李贽认为:"故自然发于情性,则自然止乎礼义,非

---

① 李渔:《闲情偶寄》,《李渔全集》(第三卷),浙江古籍出版社1991年版,第47页。
② 吴文忠、涂力:《浅谈黑格尔的悲剧理论》,《人民论坛》2011年第2期。

第五章 文化自信视域下我国古典编剧理论资源的当代价值

情性之外复有礼义之可止也。"①但在存在主义所提出的"世界是荒谬的""他人即是地狱"等观点上,李贽的思想显然又与其存在着本质区别。如在处理人与社会的关系上,李贽批判的是"存天理,灭人欲"的封建礼教,而不是一切社会制度;在处理人与人的关系上,李贽提倡的是做"真人",交"真心",人与人之间要互爱而不相害:"令师反以我为害人,诳诱他后生小子,深痛恶我。不知他之所谓后生小子,即我之后生小子也,我又安忍害之。"②哲学思想上的分歧,同样反映在戏剧观上,如从李贽"童心"出发,发展出了戏剧"化工说";从黑格尔"理念"出发,发展出了戏剧"冲突说";从萨特等人"存在"出发,发展出了戏剧"荒诞说"。由此不难发现,在我国特色戏剧理论的形成过程中,李贽所做出的贡献是极其卓越的。

综上所述,李贽戏剧理论的内涵极其丰富,涵盖了戏剧技法学、戏剧美学、戏剧哲学三个层面。就戏剧技法层面而言,"四好说"涉及了戏剧的情节、人物、语言等诸多方面,从而有力地将戏剧从传统的诗词领域分离出来,为戏剧最终获得独立的艺术地位开辟了道路。就戏剧美学层面而言,"化工说"提倡"自然之美",如果说"四好说"重在体裁层面强调戏剧与诗词的界限和区别,那么"化工说"则意在审美层面突出戏剧和诗词之间的联系和赓续。就戏剧哲学层面而言,"童心说"主要从抒写"真性情"的角度围绕剧作家、戏剧功能、戏剧人物等方面展开论述。如果说"四好"重在"技","化工"重在"美",那么"童心"则重在"道"。依此而论,在李贽这里,其实已初步搭建起"技""美""道"三位一体的戏剧理论框架。就此而言,重新审视和解读李贽的戏剧思想,对于新时代中国特色编剧理论体系的构建具有重要的启示意义。

---

① 李贽:《焚书 续焚书》,岳麓书社1990年版,第132页
② 李贽:《焚书 续焚书》,岳麓书社1990年版,第39页。

结　语

一、研究贡献

根据笔者所搜集到的资料,目前国内研究电视剧编剧的学术文章,尤其是系统性的电视剧编剧研究理论专著不是很多。笔者希望通过本书的撰写为当前这种形势的改观尽绵薄之力。同时,本书也意在抛砖引玉,以期更多的学者专家关注中国电视剧编剧的研究,为中国电视剧事业的美好明天而共同奋斗。

概括起来,本文的研究贡献表现在以下几个方面:

1.本书提出了"三味说",其内涵包括真味、趣味、味外之味。在逻辑关系上,三者相互关联,又逐次递进,由此构成电视剧编剧创作追求的三种艺术境界。该理论立足本土,发掘、整合我国优秀的传统文化资源,以期为我国当前的电视剧剧本创作以及建构中国特色编剧理论体系提供参考。

2.本书提出了"三美说",其内涵包括成拍之美、成演之美、成看之美。该理论在系统性的文体审美规范中,对编剧与导演、演员、观众的关系问题做出了解答。

3.本书提出了"出入说",并以此作为理论依据,回应我国电视剧改编,尤其新媒体时代编剧在改编过程中遇到的新问题,提出新建议。

4.本书将中国电视剧编剧研究纳入到全球化语境下加以观

照,并提出"新方案",从一个侧面为中国电视剧实现"走出去"的文化战略目标,提供了较为有益的理论支撑和应对之策。

5.在文化自信视域下对我国古代编剧理论资源进行发掘整理,为构建中国特色编剧理论体系尽绵薄之力。

二、研究不足

本文存在诸多有待改进之处,表现为：

首先,框架设计上,限于能力和视野,本书在彰显出所谓的创新性同时,也出现了逻辑性不够严密的缺憾与不足。

其次,站在新的历史起点,文艺理论工作者要坚定文化自信,坚定文化自信,则离不开对中华民族传统优秀文化的掌握和运用。同理,中国电视剧编剧研究也要立足本土,发掘、激活中华民族优秀的传统文化资源,包括对古典文论、戏曲理论、编剧理论等加以继承并对其进行创造性转化。由此,本文尝试着提出了"三味说",但限于笔者知识储备和学术功底薄弱,对这一新的理论概念缺乏更科学、更精准、更深刻、更全面、更具说服力的系统性解释和阐发,还需要在未来的日子里做更深入的思考。

最后,全球化语境下,任何一种理论研究,都不能闭门造车,电视剧这样一种融物质与精神于一体的综合性艺术,更是如此。这个背景下,中国电视剧编剧的研究应该具有国际化视野。然而,限于能力和时间,这方面笔者做得不够,这是在下一步的研究中所必须克服的。

三、未来展望

本书对中国电视剧编剧进行了较为系统的分析和探讨,其目的是为我国的电视剧剧本创作以及中国特色编剧理论体系的构建

"三味"与"三美"——以中国电视剧为中心的编剧艺术研究

提供有价值的借鉴与参考。为进一步提升中国电视剧编剧的理论深度,研究者可以考虑从以下几个方面着手:

首先,系统、深入地发掘我国传统的文学理论、戏剧理论,尤其是编剧理论资源,从中汲取营养。要创作出具有鲜明民族特点和个性的优秀电视剧作品,需要对博大精深的中华文化有深刻的理解。同理,中国电视剧编剧的研究也需要建立在对博大精深的中华文化有深刻理解和系统把握的基础上,而不能全部地指望照搬西方的相关理论。换句话说,中国特色编剧理论体系的建立,其根基应深植于中华文化这一深厚而肥沃的土壤之中,要"中学为体,西学为用",方能行稳致远,反之,便会本末倒置,行而不远。因此,这方面存在着巨大的发展潜力和研究空间。

其次,从体制、权利、收入方面对中国电视剧编剧展开研究。客观地说,当前中国电视剧编剧还是一个弱势群体,其发展面临着诸多困境。实践表明,营造良好的电视剧产业生态环境,是激发电视剧编剧创作热情的重要保证。这方面有待于业务水平更高、更专业,理论视野更开阔的有识之士做进一步的开掘。

最后,新媒体时代的到来,互联网与移动互联网新技术的发展,使得中国电视剧编剧面临着前所未有的新挑战,同时,也面临着更多、更大、更宝贵的新机遇。这个背景下,将新媒体与编剧结合起来进行研究,大有可为。比如当下所流行的"网感""微信指数""机器人剧本创作""大数据读剧本"[①]等新事物的出现,都为我国电视剧编剧研究提出了新的课题和方向。

---

① 美剧《纸牌屋》的成功,让人们看到了科技参与艺术创作中的可能性。利用"大数据"对影视剧进行"全身CT",亦成为现实。通过人工智能读取、拆解影视剧文本,再根据大数据比对进行剧本评价,由计算机为人"打分"。从浩如烟海的剧本中找到优秀作品并投入创作,也许将成为未来影视剧创作的必由之路。参见吴楠、宋溪:《大数据读剧本:电视剧每集6个转折最吸引观众》,《北京日报》2017年3月2日。

参考文献

一、理论专著

（一）中国部分

[1]（春秋）孔丘：《论语》，杨伯峻、杨逢彬注译，岳麓书社2000年版。

[2]尹均生主编：《中国写作学大辞典》（第3卷），中国检察出版社1998年版。

[3]（春秋）老聃：《道德经》，梁海明译注，书海出版社2001年版。

[4]（战国）庄周：《庄子》，岳麓书社2016年版。

[5]（春秋）孙武：《孙子兵法与三十六计》，中国华侨出版社2013年版。

[6]（梁）刘勰：《文心雕龙译注》，上海古籍出版社2010年版。

[7]（南朝梁）钟嵘：《诗品》，上海古籍出版社1982年版。

[8]（晋）陆机：《文赋译注》，张怀瑾译注，北京出版社1984年版。

[9]（唐）司空图：《二十四诗品》，浙江古籍出版社2013年版。

[10]吴氏：《林下偶谈》，中华书局1985年版。

[11]（元）王实甫、高明：《第六才子书：西厢记　第七才子书：琵琶记》，线装书局2007年版。

[12](元)王实甫:《西厢记》,浙江古籍出版社 2011 年版。

[13](明)李开先:《李开先全集》,卜键笺校,上海古籍出版社 2014 年版。

[14](明)高明:《琵琶记》,蔡运长注,华夏出版社 2000 年版。

[15](明)李贽:《焚书 续焚书》,岳麓书社 1990 年版。

[16](明)汤显祖:《汤显祖诗文集》,徐朔方笺校,中华书局 1962 年版。

[17](明)吕天成:《曲品校注》,吴书荫校注,中华书局 1990 版。

[18](明)汤显祖:《牡丹亭》,陈同、谈则、钱宜合评,李保民点校,上海古籍出版社 2017 年版。

[19](明)王骥德:《王骥德曲律》,陈多、叶长海注译,湖南人民出版社 1983 年版。

[20](明)潘之恒:《潘之恒曲话》,汪效倚辑注,中国戏剧出版社 1988 年版。

[21](清)叶燮、沈德潜:《原诗说诗晬语》,凤凰出版社 2010 年版。

[22](清)洪昇:《长生殿》,吴人评点,上海古籍出版社 2012 年版。

[23](清)孔尚任:《桃花扇·凡例》,云亭山人评点,上海古籍出版社 2012 年版。

[24](清)王先谦集解:《庄子集解》,上海书店出版社 1986 年版。

[25](清)李渔:《李渔全集》,浙江古籍出版社 1992 年版。

[26](清)湖上笠李渔:《芥子园随笔》,广西民族出版社 1995 年版。

[27](清)王国维:《人间词话》,靳德峻笺证,蒲菁补笺,四川人民出版社 1981 年版。

[28](清)王国维:《人间词话新注》,滕咸惠校注,浙江文艺出版社2006年版。

[29](清)王国维:《宋元戏曲史》,华东师范大学出版社1995年版。

[30](清)曹雪芹、高鹗:《红楼梦》,华夏出版社2007年版。

[31](清)王夫之:《姜斋诗话笺注》,戴鸿森笺注,人民文学出版社1981年版。

[32](清)徐大椿:《乐府传声译注》,吴同宾、李光译,中国戏剧出版社1982年版。

[33](清)龚自珍:《龚定盦全集》,世界书局1935年版。

[34]鲁迅:《集外集拾遗补编》,人民文学出版社1993年版。

[35]鲁迅:《鲁迅杂文集》,汪东安选编,兰州大学出版社1998年版。

[36]鲁迅:《鲁迅文集》,华中科技大学出版社2014年版。

[37]毛泽东:《毛泽东选集》(第3卷),人民出版社1991年版。

[38]钱公侠、施瑛编:《戏剧》,启明书局1936年版。

[39]赵清阁:《编剧方法论》,独立出版社1942年版。

[40]夏衍等:《祝福:从小说到电影》,中国电影出版社1959年版。

[41]罗晓风选编:《编剧艺术》,文化艺术出版社1986年版。

[42]胡经之主编:《中国古典美学丛编》,中华书局1988年版。

[43]老舍:《老舍论创作》,上海文艺出版社1982年版。

[44]老舍:《老舍全集》,人民文学出版社2013年版。

[45]老舍:《出口成章》,复旦大学出版社2004年版。

[46]艾青:《我爱这土地:艾青抗战诗集》,艾丹编,中国青年出版社2015年版。

[47]巴金:《随想录》,作家出版社2009年版。

[48]茅盾:《鼓吹集》,作家出版社1959年版。

[49]胡风:《胡风全集》,湖北人民出版社1999年版。

[50]钱穆:《国史大纲》,《钱宾四先生全集》,商务印书馆1931年版。

[51]洪深编撰:《电影戏剧的编剧方法》,正中书局1946年版。

[52]王行之编:《老舍论剧》,中国戏剧出版社1981年版。

[53]伍蠡甫、蒋孔阳主编:《西方文论选》,上海译文出版社1979年版。

[54]郭绍虞主编:《中国历代文论选》,上海古籍出版社1980年版。

[55]徐复观:《中国文学精神》,上海书店出版社2004年版。

[56]谭帆:《金圣叹与中国戏曲批评》,华东师范大学出版社1992年版。

[57]郭预衡:《中国古代文学史长编》,上海古籍出版社2007年版。

[58]徐复观:《中国文学精神》,上海书店出版社2004年版。

[59]徐中玉:《古代文艺创作论集》,中国社会科学出版社1985年版。

[60]中国戏曲研究院编:《中国古典戏曲论著集成》,中国戏剧出版社1959年版。

[61]古典文艺理论译丛编辑委员会编:《古典文艺理论译丛》,人民文学出版社1962年版。

[62]蔡毅编:《中国古典戏曲序跋汇编》,齐鲁书社1989年版。

[63]吴毓华:《中国古代戏曲序跋集》,中国戏剧出版社1990年版。

[64]陈多、叶长海选注:《中国历代剧论选注》,上海古籍出版社2010年版。

[65]尹均生主编:《中国写作学大辞典》,中国检察出版社1998年版。

[66]庄涛等主编:《写作大辞典》,汉语大词典出版社1992年版。

[67]李朝全主编:《散文百年经典1917—2015》,中央编译出版社2016年版。

[68]赵山林:《中国戏剧学通论》,安徽教育出版社1995年版。

[69]叶长海:《中国戏剧学史稿》,上海文艺出版社1986年版。

[70]高宇:《古典戏曲导演学论集》,中国戏剧出版社1985年版。

[71]童庆炳主编:《文学理论教程》,高等教育出版社1998年版。

[72]顾仲彝:《编剧理论与技巧》,中国戏剧出版社1981年版。

[73]隗芾、吴毓华编:《古典戏曲美学资料集》,北京文化艺术出版社1992年版。

[74]隆荫培、徐尔充、欧建平:《舞蹈知识手册》,上海音乐出版社1999年版。

[75]汪流:《中外影视大辞典》,中国广播电视出版社2001年版。

[76]汪流:《电影编剧学》,北京广播学院出版社2000年版。

[77]朱万曙:《明代戏曲评点研究》,安徽教育出版社2002年版。

[78]陈应鸾:《诗味论》,巴蜀书社1996年版。

[79]伍蠡甫、蒋孔阳主编:《西方文论选》,上海译文出版社1979年版。

[80]文艺理论译丛编辑委员会:《文艺理论译丛》,人民文学出版社1958年版。

[81]郑择魁、蔡良骥:《中文专业基础知识总汇》,杭州大学出版社1990年版。

[82]徐中玉:《古代文艺创作论集》,中国社会科学出版社

1985年版。

[83]王行之编:《老舍论剧》,中国戏剧出版社1981年版。

[84]胡经之主编:《中国古典美学丛编》,中华书局1988年版。

[85]陈竹:《中国古代剧作学史》,武汉出版社1999年版。

[86]古典文艺理论译丛编辑委员会:《古典文艺理论译丛》,人民文学出版社1961年版。

[87]陈衍:《中国古代剧作学史》,武汉出版社1999年版。

[88]颜中其:《苏轼论文艺》,北京出版社1985年版。

[89]季国平:《宋明理学与戏曲》,中国戏剧出版社2003年版。

[90]古典文艺理论译丛编辑委员会:《古典文艺理论译丛》(第11册),人民文学出版社1966年版。

[91]刘誉:《影视制作基础概论》,中国电影出版社2010年版。

[92]王承廉:《电影电视表演基础》,文化艺术出版社1989年版。

[93]顾仲彝:《编剧理论与技巧》,中国戏剧出版社1981年版。

[94]谭霈生:《论戏剧性》,北京大学出版社1981年版。

[95]谭霈生:《论戏剧性的几个问题》,武汉市文化局戏剧工作室。

[96]张少康、刘三富:《中国文学理论批评发展史》,北京大学出版社2003年版。

[97]郑择魁、蔡良骥:《中文专业基础知识总汇》,杭州大学出版社1990年版。

[98]刘亚洲:《精神》,长江文艺出版社2015年版。

[99]王光祖等:《影视艺术教程》,高等教育出版社1992年版。

[100]汪克敏:《表演艺术语言对白训练》,云南科技出版社2012年版。

[101]黄书光:《变迁与转型:中国传统教化的近代命运》,上海教育出版社2014年版。

[102]胡爱民:《台词:表演中台词阐释的艺术》,中国电影出版社2010年版。

[103]陈吉德:《影视编剧艺术》,中国广播电视出版社2006年版。

[104]王超:《编剧课堂:从文字到艺术》,中国戏剧出版社2007年版。

[105]夏征农、陈至立:《辞海》,上海辞书出版社2010年版。

[106]陈祖继:《影视编剧教程》,中国传媒大学出版社2013年版。

[107]蹇河沿:《编剧的艺术》,云南大学出版社2010年版。

[108]钟大丰、舒晓鸣:《中国电影史》,中国广播电视出版社1995年版。

[109]谢晋:《我对导演艺术的追求》,中国电影出版社1998年版。

[110]厉震林:《电影编剧九讲》,文化艺术出版社2015年版。

[111]杨健:《拉片子:电影电视编剧讲义》,作家出版社2013年版。

[112]郝朴宁:《影视剧作教程》,重庆大学出版社2012年版。

[113]杨健、张先:《剧本写作初级教程》,文化艺术出版社2009年版。

[114]赵山林:《中国戏曲观众学》,华东师范大学出版社1990年版。

[115]王永敬:《剧论》,江苏文艺出版社1990年版。

[116]谢晋:《我对导演艺术的追求》,中国电影出版社1990年版。

[117]壮春雨:《电视剧学通论》,中国广播电视出版社1989年版。

[118]余师龙:《新戏剧概论》,大东书局1948年版。

[119]宋家玲、袁兴旺:《电视剧编剧艺术》,中国广播电视出版

社 2002 年版。

[120]曾枣庄主编:《欧阳修诗文赏析集》,巴蜀书社 1989 年版。

[121]庄庸:《网络文学评论评价体系构建——从顶层设计到基层创新》,福建教育图书公司 2016 年版。

[122]中国电视剧制作中心研究室:《电视剧研究资料选编》,中国电视剧制作中心 1984 年版。

[123]王宜文:《世界电影艺术发展史教程》,北京师范大学出版社 1998 年版。

[124]魏南江:《中国类型电视剧研究》,中国传媒大学出版社 2011 年版。

[125]电影艺术译丛编辑部:《电影艺术译丛》,中国电影出版社 1978 年版。

[126]巴金:《随想录》,作家出版社 2009 年版。

[127]谭霈生:《戏剧艺术的特性》,上海文艺出版社 1985 年版。

[128]古典文艺理论译丛编辑委员会:《古典文艺理论译丛》(第 11 辑),人民文学出版社 1966 年版。

[129]徐复观:《中国文学精神》,上海书店出版社 2004 年版。

[130]周星:《中国影视艺术理论研究》,中国电影出版社 2000 年版。

[131]刘彬彬:《中国电视剧改编的历史嬗变与文化审视》,岳麓书社 2010 年版。

[132]张宏、滴妮:《影视表演艺术 创作理论与实用教程》,中国传媒大学出版社 2015 年版。

[133]胡导:《戏剧导演技巧学》,中国戏剧出版社 2005 年版。

[134]许同均:《电影导演的表演艺术》,中国电影出版社 2004 年版。

[135]吴俊融:《电视编剧艺术》,科华图书出版公司1988年版。

[136]郑洞天:《电影导演的艺术世界》,中国电影出版社1993年版。

[137]陈加林:《导演与编剧艺术》,中国戏剧出版社2006年版。

[138]韩小磊:《电影导演艺术教程》,中国电影出版社2009年版。

[139]苏彭成:《影视表演学基础》,中国广播电视出版社2002年版。

[140]刘炳瑛:《马克思主义原理辞典》,浙江人民出版社1988年版。

[141]孙耀煜:《历代文论选释》,江苏教育出版社1989年版。

[142]夏征农:《辞海·艺术分册》,上海辞书出版社1988年版。

[143]郁沅:《二十四诗品导读》,北京大学出版社2012年版。

[144]中国社会科学院外国文学研究所外国文学研究资料丛刊辑委员会:《外国理论家、作家论形象思维》,中国社会科学出版社1979年版。

[145]中国艺术研究院话剧研究所主编:《话剧表演导演艺术探索》,文化艺术出版社1982年版。

[146]周端木:《戏剧结构论》,上海人民出版社2015年版。

[147]伍振国:《影视表演语言技巧》,新华出版社2015年版。

[148]徐晓钟:《导演艺术论》,文化艺术出版社2017年版。

[149]张应湘:《表导演艺术论》,广西师范大学出版社1997年版。

[150]秦学人、侯作卿编著:《中国古典编剧理论资料汇辑》,中国戏剧出版社1984年版。

[151]路海波:《电视剧编剧技巧》,南开大学出版社1986年版。

[152]翁慕、杨文虎:《电视剧编剧常识》,花城出版社1985年版。

[153]高鑫:《电视剧创作概论》,十月文艺出版社1986年版。

[154]姚扣根:《电视剧创作手册》,云南人民出版社2001年版。

[155]杨新敏:《电视剧叙事研究》,文化艺术出版社2003年版。

[156]刘书亮:《电影电视导演术》,北京广播学院出版社1997年版。

[157]刘萍、李灵:《中国电视剧》,湖北美术出版社2005年版。

[158]李胜利:《电视剧叙事情节》,中国广播电视出版社2006年版。

[159]严前海:《电视剧艺术形态》,复旦大学出版社2009年版。

[160]陈立强:《电视剧理论与编剧技法》,中国电影出版社2012年版。

(二)外国部分

[1](古希腊)亚里士多德:《诗学》,罗念生译,商务印书馆2002年版。

[2](古罗马)贺拉斯:《诗艺》,《诗艺·诗学》,人民文学出版社1962年版。

[3](德)黑格尔:《美学》,朱光潜译,商务印书馆1979年版。

[4]《马克思恩格斯选集》(第四卷),人民出版社2012年版。

[5](苏)列宁:《哲学笔记》,人民出版社1998年版。

[6](苏)高尔基:《论文学》,人民文学出版社1978年版。

[7](苏)别林斯基(В.Г.Белинский):《别林斯基论文学》,梁真

译,新文艺出版社1958年版。

[8](法)狄德罗:《狄德罗美学论文选》,人民文学出版社1984年版。

[9](美)劳逊(J.H.Lowson):《戏剧与电影的剧作理论与技巧》,邵牧君、齐宙译,中国电影出版社1978年版。

[10](英)威廉·阿契尔:《剧作法》,吴钧燮、聂文杞译,中国戏剧出版社2004年版。

[11](美)西摩·查特曼:《故事和话语》,徐强译,中国人民大学出版社2013年版。

[12](苏)高尔基:《论文学》,人民文学出版社1978年版。

[13](苏)高尔基等:《论剧作家的劳动》,孟昌等译,中国戏剧出版社1959年版。

[14](俄)C.M.爱森斯坦:《蒙太奇论》,富澜译,中国电影出版社2003年版。

[15](犹太)哈拉普(Louis Harap):《艺术的社会根源》,朱光潜译,新文艺出版社1951年版。

[16](苏)古里叶夫:《导演学基础》,张守慎译,中国戏剧出版社1960年版。

[17](苏)托夫斯托诺戈夫:《论导演艺术》,杨敏译,文化艺术出版社1992年版。

[18](苏)T.拉波治、B.E.哈查瓦:《演员与导演》,曹葆华、天蓝译,激流社1943年版。

[19](美)悉德·菲尔德:《电影剧本写作基础:从构思到完成剧本的具体指南》,中国电影出版社2002年版。

[20](美)赛格:《编剧的言外之意 剧本潜台词创作》,人民邮电出版社2015年版。

[21](美)罗伯特·麦基:《故事:材质、结构、风格和银幕剧作的原理》,周铁东译,中国电影出版社2001年版。

[22]（美）戈特利布、阿特尔:《导演攻略》,北京联合出版公司2015年版。

[23]（美）珍妮特·耐普瑞斯:《成为编剧》,秦娜译,中国电影出版社2017年版。

[24]（美）贝尔(Bare,R.L.):《影视导演艺术》,王守成等译,上海文艺出版社1989年版。

[25]（美）赫尔曼:《电影电视编剧知识和技巧》,朱角译,文化艺术出版社1983年版。

[26]（美）布莱克·斯奈德:《救猫咪 电影编剧宝典》,浙江大学出版社2011年版。

[27]（美）利文斯顿(D.Livingston):《电影和导演》,陈梅、陈守枚译,中国电影出版社1983年版。

[28]乌格里诺维奇:《艺术与宗教》,王先睿、李鹏增译,生活·读书·新知三联书店1987年版。

[29]（美）卡杜罗:《世界导演对话录》,世界图书北京出版公司2015年版。

[30]（美）迈克尔·豪格(Michael Hauge):《编剧有章法 俘获观众与打动买家》,吴筱译,中国华侨出版社2017年版。

[31]（美）克利克:《电影叙事节奏 编剧必备的120分钟设计技巧》,人民邮电出版社2015年版。

[32]（美）帕梅拉·道格拉斯:《美剧编剧入门》,上海三联书店2009年版。

[33]（美）斯科特·温菲尔德·萨布莱特:《完美编剧成长指南》,湖北科学技术出版社2018年版。

[34]（日）新藤兼人:《电影制作经验谈》,张加贝译,中国电影出版社1991年版。

[35]（日）富浩万太郎:《戏剧影视表演语言训练》,中国传媒大学出版社2014年版。

[36]杜定宇编:《西方名导演论导演与表演》,中国戏剧出版社1992年版。

[37](美)芒罗(Munro T.):《东方美学》,欧建平译,中国人民大学出版社1990年版。

[38](苏)斯坦尼斯拉夫斯基:《斯坦尼斯拉夫斯基全集》(第2卷),林陵、史敏徒译,中国电影出版社1959年版。

[39](美)布鲁斯东(Bluestone,G.):《从小说到电影》,高骏千译,中国电影出版社1981年版。

[40](苏)B.普多夫金:《论电影的编剧、导演和演员》,何力译,中国电影出版社1982年版。

[41](法)安德烈·巴赞:《电影是什么》,中国电影出版社1987年版。

[42](英)艾思林(M.Esslin):《戏剧剖析》,罗婉华译,中国戏剧出版社1981年版。

[43](瑞)沃尔夫冈·凯塞尔:《语言的艺术作品》,陈铨译,上海译文出版社1984年版。

[44](英)林格伦:《论电影艺术》,何力等译,中国电影出版社1979年版。

[45](苏)弗雷赫里:《银幕的剧作》,杨纳译,中国电影出版社1963年版。

[46](美)唐·利文斯顿:《电影和导演》,陈梅、陈守枚译,中国电影出版社1983年版。

[47](美)贝克(Baker,G.P.):《戏剧技巧》,余上沅译,中国戏剧出版社1985年版。

[48](德)莱辛(Gotthold Ephraim Lessing):《汉堡剧评》,张黎译,上海译文出版社1998年版。

[49](美)尼尔·波兹曼:《娱乐至死》,章艳译,广西师范大学出版社2004年版。

[50](美)埃德加·斯诺:《西行漫记 原名:红星照耀中国》,中国人民解放军战士出版社1979年版。

[51](英)马丁·艾思林:《戏剧剖析》,罗婉华译,中国戏剧出版社1981年版。

[52](美)温斯顿:《作为文学的电影剧本》,周传基、梅文译,中国电影出版社1983年版。

[53](美)温迪·简·汉森(Wendy Jane Henson):《编剧:步步为营》,世界图书出版公司北京公司2010年版。

[54](美)埃格里(Egri,L.):《编剧的艺术》,中国戏剧出版社1987年版。

[55](美)Steven Ascher、Edward Pincus:《数字时代影视制作人完全手册》,电子工业出版社2013年版。

[56](美)维尔(Vale,E.):《影视编剧技巧》,吴光灿、吴光耀译,中国戏剧出版社1991年版。

[57](美)西格:《编剧"点金术"剧本写作与修改指南》,北京联合出版公司2015年版。

[58](美)理查德·A.布鲁姆(Richard A.Blum):《电视和银幕写作:从创意到签约》,徐璞译,华夏出版社2003年版。

[59](美)希克斯:《编剧的核心技巧》,上海世界图书出版公司2012年版。

[60](美)维基·金(Viki King):《21天搞定电影剧本》,周舟译,北京联合出版公司2015年版。

[61](日)新藤兼人:《电影剧本的结构》,钱端义、吴代尧译,中国电影出版社1984年版。

[62](日)泊贵洋编:《从零开始做编剧 10位日本金牌导演、编剧谈剧本》,华中科技大学出版社2017年版。

[63](比)布莱:《批评意识》,郭宏安译,百花洲文艺出版社1993年版。

二、期刊论文

[1]老舍:《话剧的语言》,《剧本》1962年第1期。

[2]老舍:《语言与生活》,《剧本》1963年第5期。

[3]老舍:《戏剧语言——在话剧、歌剧创作座谈会上的发言》,《剧本》1962年第4期。

[4]老舍:《对话浅论》,《电影艺术》1961年第1期。

[5]陈赓平:《论李渔对于中国戏曲理论上的贡献》,《西北师大学报》1960年第1期。

[6]谭帆:《中国古代编剧理论的宏观体系》,《戏剧艺术》1986年第2期。

[7](苏)谢·尤特凯维奇:《转换器》,《世界电影》1985年第3期。

[8]胡仲仟:《论电影文学剧本与电影及编剧与导演的关系》,《新疆师范大学学报》1986年第2期。

[9]陈世雄:《两种戏剧性初探》,《戏剧艺术》1983年第1期。

[10]李玫:《李渔〈闲情偶寄·词曲部〉中"意取尖新"析义》,《南都学坛》2012年第3期。

[11]王大亮:《军事题材长篇小说出版的困境与希望》,《军营文化天地》2012年第3期。

[12]李莎:《戏曲"同质化"现象之思考》,《戏剧艺术》2016年第6期。

[13]林和平、柳青:《林和平:电视剧编剧需要"媚俗"》,《大众电影》2009年第4期。

[14]章必功、李健:《中国古代审美创造"物化"论》,《文学评论》2007年第1期。

[15]柳江南、祁振欣:《搏击沧海或独步文坛——南京军区电

视剧作家群体现象访谈》,《军营文化天地》2009年第12期。

[16]石静、杨滟:《对现实题材电视剧热播现象的思考》,《新闻世界》2012年第7期。

[17]何成洲:《易卜生与世界文学:〈玩偶之家〉在中国的传播、改编与接受研究》,《戏剧》2018年第3期。

[18]姜猛:《高满堂:编剧要站在民众之肩》,《名人传记》2011年第5期。

[19]蔡若坤:《历史剧与中国现代性》,《时代文学》2012年第1期。

[20]薛莎莎、李宇清、刘延霞、张晓博:《刘和平访谈录:传统文化仍是我们的精神命脉》,《秘书工作》2015年第1期。

[21]王海鸰、王陈:《"压垮骆驼的最后一根草"——编剧王海鸰访谈》,《大众电影》2007年第1期。

[22]林清奇:《论文学的真实性》,《山西师院学报》1979年第3期。

[23]曹桂生:《论真善美与现实主义艺术》,《美术》2006年第9期。

[24]王仲:《追求真理歌颂美善——学习江泽民在七次文代会上讲话的一点体会》,《美术》2002年第2期。

[25]黄钟军:《"后知青"时代的"中国梦"书写——浅析电视剧〈生命中的好日子〉》,《中国电视》2016年第7期。

[26]黄海清:《论艺术之真及其与美、善的关系》,《齐鲁学刊》1982年第6期。

[27]曾庆瑞:《抗战"雷剧""神剧"批判》,《名作欣赏》2015年第22期。

[28]王国威:《浅论军旅剧的崇高美》,《中国电视》2016年第5期。

[29]范咏戈:《近期军旅题材电视剧创作评析》,《中国电视》

2015年第1期。

[30]卞智洪:《论人物态度——塑造人物的一把钥匙》,《中国电视》2016年第3期。

[31]王本朝:《史诗性与当代文学的美学迷思》,《求是学刊》2014年第5期。

[32]车东轮:《书写百姓的精彩人生——专访电视剧〈闯关东〉编剧高满堂》,《中国电视》2008年第3期。

[33]路鹃、刘逸帆:《中国当代家庭伦理剧的文化反思及价值回归》,《当代电视》2014年第9期。

[34]林清奇:《论文学的真实性》,《山西师院学报》1979年第3期。

[35]艺军:《试论社会主义的电影喜剧》,《电影艺术》1961年第2期。

[36]涂彦:《试论家庭伦理剧的戏剧性营造》,《中国电视》2014年第9期。

[37]刘新华、秦俊香:《简论家庭伦理剧中的家庭伦理道德表现及存在的问题》,《中国电视》2011年第3期。

[38]张萍:《故事·话语·叙述交流:〈奔跑吧兄弟〉的叙事学分析》,《中国电视》2016年第6期。

[39]汤哲声:《中国网络小说的特征》,《中国文学批评》2015年第6期。

[40]涂彦:《浅析冲突的戏剧性效果——以电视剧〈北平无战事〉为例》,《中国电视》2015年第2期。

[41]林清奇:《论〈小二黑结婚〉的戏剧性》,《山西师大学报》1986年第3期。

[42]涂彦:《"戏剧性":电视剧艺术本体属性思辨》,《中国电视》2012年第1期。

[43]涂彦:《电视剧的"戏剧性"辨析》,《现代传播》2009年第4期。

[44]胡元翎:《李渔〈蜃中楼〉对"柳毅"故事的重写》,《文学遗产》2002年第2期。

[45]陈军:《论老舍小说中的戏剧性元素》,《中国现代文学研究丛刊》2007年第6期。

[46]马剑良:《传奇电视剧〈打狗棍〉的情节设置》,《中国电视》2014年第8期。

[47]姚安:《论李渔的十种曲及其戏曲理论的一致性》,《艺术百家》2002年第1期。

[48]邢戈:《故事层面·精神层面——电视剧类型化创作得失管窥》,《中国电视》2007年第11期。

[49]殷昭玖、赵峰:《电视剧应更加注重精神颜值》,《中国电视》2015年第10期。

[50]蒋孔阳:《说丑》,《文艺评论》1990年第6期。

[51]康尔:《营造意味:电影艺术提升品位的路径》,《东南大学学报》2013年第6期。

[52]吴文忠、涂力:《浅谈黑格尔的悲剧理论》,《人民论坛》2011年第2期。

[53]孙斌:《美:关于幸福的言说——维特根斯坦早期哲学思想中的美学观》,《浙江学刊》2000年第3期。

[54]史真:《细节人物的血肉——〈周恩来在大连〉观后》,《当代电视》1995年第4期。

[55]朱万曙:《黑格尔的观众视点》,《艺术百家》1995年第6期。

[56]申惠善:《简述韩国电视剧编剧体制》,《北京电影学院学报》2006年第2期。

[57]施旭升:《电视剧叙事节奏辨识——兼谈电视连续剧〈一年又一年〉叙事节奏的营构》,《中国电视》2000年第4期。

[58]中国电视艺术委员会评论员:《影视剧:莫把单纯"好看"

当王道》,《中国电视》2016年第9期。

[59]史建国:《网络小说影视改编调查研究》,《当代文坛》2015年第6期。

[60]蔡仲德:《李贽的音乐美学思想》,《中国音乐学》1993年第2期。

[61]曲德煊:《从古装及相近类型看电视剧类型化发展》,《中国电视》2007年第3期。

[62]张智华:《论古装剧的主要特征》,《中国电视》2008年第7期。

[63]包新宇:《改编的"三重天"——评电视剧〈圣天门口〉的改编特点》,《中国电视》2012年第12期。

[64]孙雄飞:《围城怎样上荧屏》,《上海电视》1990年第5期。

[65]王昕:《论现代历史剧的艺术真实性标准——兼评新版〈三国〉电视剧》,《中国电视》2010年第12期。

[66]杨新敏:《电视剧艺术的当代性、民族性》,《中国电视》1998年第10期。

[67]刘琰:《浅谈小说〈他来了,请闭眼〉的电视剧改编》,《当代电视》2016年第6期。

[68]许炳坤、李蔚:《从美国罢工看美国编剧机制》,《中国戏剧》2008年第4期。

[69]胡云、黄雯、周荣庭:《数字时代背景下中美编剧维权的比较与策略》,《北京电影学院学报》2009年第2期。

[70]吴楠:《剧本创作中的"由内而外"与"由外而内"——论戏剧结构、人物、动作、主题的四位一体》,《中国电视》2015年第10期。

[71]倪学礼:《振兴电视剧始自善待编剧——从写电视剧〈有泪尽情流〉说开去》,《现代传播》2005年第5期。

[72]张智华:《论科幻剧的主要叙事特征》,《中国电视》2006

年第11期。

[73]黄鸣奋:《当代科幻创意中的伦理问题》,《探索与争鸣》2016年第8期。

[74]贾秀清、冯扬:《亦幻亦真出别裁——科幻剧〈我是机器人〉的创作意义谈》,《当代电视》2016年第6期。

[75]刘艳:《论美国职业剧的专业主义特征》,《中国电视》2015年第6期。

[76]刘洪:《韩剧〈来自星星的你〉的类型杂糅及其启示》,《金陵科技学院学报》2014年第1期。

[77]林进桃:《韩剧〈来自星星的你〉叙事策略探析》,《文艺理论与批评》2014年第3期。

[78]萧萍:《韩剧:关于女性、消费与文化认同》,《上海师范大学学报》2006年第5期。

[79]杨帆:《中西集体主义与个人主义的价值观差异》,《湖北广播电视大学学报》2009年第9期。

[80]张仁里:《"解放天性"与"从自我出发"辨析》,《戏剧》2006年第3期。

[81]柴建才:《柳青的典型化创作及其意义》,《西北农林科技大学学报》2013年第1期。

[82]周华斌:《我的"大戏剧观"》,《戏剧艺术》2005年第3期。

[83]程乔娜:《作品中的人与生活中的人》,《剑南文学》2012年第1期。

[84]杨沉:《接受美学视域下的网络阅读研究》,《新世纪图书馆》2013年第10期。

[85]胡健:《艺术是情感的表现:科林伍德表现主义美学新论》,《美与时代》2010年第9期。

[86]林方直:《旧话新提:"经学家看见〈易〉"》,《红楼梦学刊》1988年第4期。

[87]曹顺庆、黄文虎:《失语症:从文学到艺术》,《文艺研究》2013年第6期。

[88]康尔:《营造意味:电影艺术提升品位的路径》,《东南大学学报》2013年第6期。

[89]谭晓钟:《文坛巨子——巴金》,《四川党的建设》2004年第5期。

[90]程振理:《高考作文"七度空间"增分策略》,《语文知识》2016年第6期。

[91]王捷:《概论哈代小说人物性格的审美意蕴》,《外国文学研究》1990年第2期。

[92]茅盾:《谨严第一》,《新闻出版交流》2003年第5期。

[93]刘毅青:《徐复观与伽达默尔:解释学的比较——"意义"和"意味"的张力》,《杭州师范大学学报》2009年第3期。

[94]刘春声:《要"写一人,肖一人"——谈人物语言个性化手法在新闻作品中的运用》,《新闻与写作》1987年第8期。

[95]于尔根·哈贝马斯、行远:《现代性:一项尚未完成的事业》,《文艺研究》1994年第6期。

[96]刘佳:《探析"鲁剧"民族精神及成功因素》,《今传媒》2014年第12期。

[97]唐昊:《媒介融合时代的跨媒介叙事生态》,《中国出版》2014年第24期。

[98]黄华军:《康德的崇高论及其现代意义》,《湛江师范学院学报》2005年第2期。

[99]陈立群:《"风教"与"寓教于乐"》,《学术研究》2017年第7期。

[100]王梦佳:《中国古代戏曲"教化论"的流变》,《理论建设》2013年第5期。

[101]韩刚:《〈咱爸咱妈〉导演阐述》,《中国电视》1996年第5期。

[102]路海波:《重建现代人的精神家园——23集电视连续剧〈咱爸咱妈〉印象》,《中国电视》1996年第7期。

[103]王书云:《编剧三题——有感于电视剧〈咱爸咱妈〉》,《中国电视》1996年第10期。

[104]谢飞:《电影剧作的意义》,《北京电影学院学报》1994年第1期。

[105]野田高梧:《剧作结构的基础》,《世界电影》1984年第4期。

[106]张宏森:《编剧的意义及其他——从一个侧面谈中国电视剧艺术》,《中国电视》2000年第5期。

[107]章小雨:《中国电视剧2011年—2016年状况分析》,《视听》2016年第7期。

[108]刘亚洲:《关于信仰》,《龙》2016年第4期。

[109]洪鹄、王瑞如:《麦基:不卖故事》,《南都周刊》2011年第41期。

[110]朱克虎:《一部具有史诗和里程碑意义的时代佳作——观〈海棠依旧〉有感》,《中国电视》2016年第10期。

[111]王国威:《李渔编剧艺术"三美说"新论》,《华侨大学学报》2018年第6期。

[112]高希希:《用虔诚之心还原伟人——电视剧〈毛泽东〉导演阐述》,《中国电视》2016年第1期。

[113]陈多:《试谈李笠翁的写剧理论》,《剧本》1957年第9期。

[114]夏写时:《论李卓吾的戏剧批评》,《古代文学理论研究》(第四辑),上海古籍出版社1981年版。

[115]鞠斐、孔喜中:《琅琊榜上家国情——兼谈电视剧如何获得年轻观众的关注》,《中国电视》2016年第3期。

[116]梁晓萍:《从"化工说"看李贽的美学观》,《学习与探索》2018年第6期。

[117]孔笙:《用诚意创作点亮人性之光——电视剧〈琅琊榜〉导演阐述》,《中国电视》2016年第1期。

[118]李光安:《基于大众传播场的艺术文化探讨》,《河南社会科学》2013年第12期。

三、学位论文

[1]沈洁:《新世纪中国电视剧编剧问题研究》,南京师范大学硕士学位论文,2007年。

[2]李晓:《赵冬苓"家国主旋律"类型电视剧作研究》,山东师范大学硕士学位论文,2013年。

[3]于蕊:《赵冬苓影视剧作品研究》,山东师范大学硕士学位论文,2013年。

[4]韩亚娟:《关于王丽萍的电视剧剧本写作的研究》,广西师范学院硕士学位论文,2015年。

[5]叶慧娟:《王丽萍电视剧研究》,山东师范大学硕士学位论文,2013年。

[6]弓旭:《六六电视剧女性形象研究》,山西大学硕士学位论文,2013年。

[7]常溪:《论严歌苓小说的影视化特质》,山东大学硕士学位论文,2013年。

[8]蒋琳:《严歌苓小说改编电视剧的探究:以小说〈小姨多鹤〉的改编为例》,西南大学硕士学位论文,2014年。

[9]侯娴:《王海鸰家庭伦理剧研究》,上海戏剧学院硕士学位论文,2009年。

[10]王子泗:《高满堂电视剧编剧艺术研究》,中国艺术研究院硕士学位论文,2013年。

[11]王瑜:《高满堂电视剧作研究》,山东师范大学硕士学位论

文,2014年。

[12]蔡东民:《李渔戏曲编剧研究》,上海戏剧学院博士学位论文,2013年。

四、报纸文章

[1]汪方华:《好剧——得接地气》,《人民日报(海外版)》2012年1月30日。

[2]唐晓敏:《吟安一个字,捻断数茎须》,《光明日报》2016年12月12日。

[3]屈菡:《现实题材电视剧:接地气聚人气》,《中国文化报》2012年8月1日。

[4]张婷婷:《中国编剧被指"想象力"匮乏 与好莱坞仍有差距》,《法制晚报》2014年4月21日。

[5]蓝恩发:《〈闯关东〉开播 高满堂:写这个剧本我被掏空了》,《沈阳日报》2008年1月2日。

[6]傅思:《电视剧〈闯关东〉:百年传奇辉映民族精神》,《人民日报》2008年1月11日。

[7]杨丽娟:《农民史诗巨制〈老农民〉月底开播,编剧高满堂"笨办法"走遍六省农村》,《北京日报》2014年12月4日。

[8]杨丽娟:《〈北平无战事〉七年磨一剑》,《北京日报》2014年09月24日。

[9]周洁:《央视综艺播高满堂〈闯关东前传〉萨日娜主演》,《青岛早报》2013年5月21日。

[10]张世豪:《重身份的梁经伦 廖凡靠眼神演活了》,《成都商报》2014年10月19日。

[11]钟鸣:《优秀编剧何妨登台——一谈破解编剧难问题》,《光明日报》2016年9月26日。

[12]李彦:《〈全球电视剧产业发展报告(2016)〉发布》,《中国新闻出版广电报》2016年8月30日。

[13]谢玺璋:《当前戏剧创作的三个短板》,《文艺报》2015年11月2日。

[14]刘恒:《编剧要永远跟观众在一起》,《光明日报》2014年7月9日,第10版。

[15]罗薇薇、邢虹:《现代剧闻声涨价,最高涨幅达30％》,《南京日报》2011年12月14日。

[16]苗春:《湖南卫视播出电视剧〈红星照耀中国〉新颖视角展现宏阔历史(纪念红军长征胜利80周年)》,《人民日报》2016年10月24日。

[17]苗春:《〈三八线〉树立战争剧典范》,《人民日报》2016年7月4日。

[18]马卓超文:《〈红星照耀中国〉制片白小白是山西人》,《三晋都市报》2016年11月2日。

[19]胡海升:《历史正剧能否迎来春天》,《人民日报》2017年2月22日。

[20]兰弋雪:《〈太阳的后裔〉热播后的冷思考》,《解放军报》2016年3月22日。

[21]张立伟:《一部历史剧的幕后海瑞当官》,《21世纪经济报道》2007年1月30日。

[22]吴楠、宋溪:《大数据读剧本:电视剧每集6个转折最吸引观众》,《北京日报》2017年3月2日。

[23]肖杨:《高满堂谈〈老农民〉:拍中国农民不能失真》,《辽宁日报》2015年1月6日。

[24]吴晓东:《高满堂:〈老农民〉是一部中国农民正传》,《中国青年报》2014年12月23日。

[25]杨文杰:《北京影视著作权专家鉴定委员会成立 精品原

创电视剧将恢复一剧四星》，《北京青年报》2017年3月21日。

[26]徐健：《优秀的剧作家一定是对文学无限崇尚的人——访全国政协委员、编剧高满堂》，《文艺报》2017年3月16日。

[27]钱力：《奋斗成就美好生活——评电视剧〈生命中的好日子〉》，《人民日报》2016年6月17日。

[28]赵志伟：《〈生活有点甜〉：有点唐·吉诃德，有点喜感》，《中国艺术报》2016年6月6日。

[29]刘心印：《专访〈潜伏〉编剧兼导演姜伟：好剧不会"潜伏"》，《人民日报》2009年4月20日第11版。

[30]张祯希、王磊：《〈老农民〉领跑收视榜："乡土中国"应有时代的特质》，《文汇报》2015年2月4日。

[31]海涛：《〈红星照耀中国〉：国家文化的国际化新表达》，《文艺报》2016年10月31日。

五、网络文章

[1]习近平：《在文艺工作座谈会上的讲话》，网址：http://news.xinhuanet.com/politics/2015-10/14/c_1116825558.htm。

[2]习近平：《在中国文联十大、中国作协九大开幕式上的讲话》，网址：http://news.xinhuanet.com/politics/2016-11/30/c_1120025319_2.htm。

[3]西君、雅子：《〈最后一张签证〉编剧高满堂：作为编剧我不能任性》，网址：http://mt.sohu.com/20170119/n479111889.shtml。

[4]金鹰网：《90年代经典电视剧——〈渴望〉》，网址：http://ent.hunantv.com/e/20080728/26776.html。

[5]王兴东：《与研究生的争论：要不要深入生活？》，网址：http://blog.sina.com.cn/s/blog_706cdd3101015fsw.html。

[6]东东:《别再当键盘侠骂编剧了,烂的原因在这呢》,网址:http://chuansong.me/n/1613912138326。

[7]王丽萍:《现实题材的创作思考》,网址:http://www.pailechuanmei.com/index.php/arc/show/id/73.html。

[8]陈家堃:《刘和平:不喜欢把〈北平〉和〈纸牌屋〉比》,网址:http://et.21cn.com/tv/roll/a/2014/1021/11/28413181.shtml。

[9]王潇潇:《刘和平:我为什么要写这段历史》,网址:https://www.shobserver.com/news/detail?id=2254。

[10]李亚馨:《美国编剧何以敢对制片人说不》,网址:http://www.china-train.net/pxjg-it/4885.html。

[11]王宛平:《热点只能流行一时,人性丰满才是王道》,网址:http://www.haokoo.com/film/350022.html。

[12]网易娱乐:《剧评人力荐〈大秧歌〉郭氏传奇口碑好后劲足》,网址:http://ent.163.com/15/1106/08/B7NNHV5B00032DGD.html。

[13]姜炜宏:《〈亮剑〉5年播3000次,为何如此吸引人》,网址:http://www.taiwan.cn/plzhx/wyrt/201302/t20130220_3801741.htm。

[14]新浪网:《专访〈冰与火之歌:权力的游戏〉之父乔治·马丁》,网址:http://news.mtime.com/2012/05/25/1489192-2.html。

[15]茕兔子:《〈鸡毛飞上天〉:镌刻义乌精神,这根鸡毛会将现实题材带往何方?》,网址:http://www.weidu8.net/wx/1000148896462638。

[16]方好:《创作优秀影视作品尤需"匠人精神"》,网址:http://www.qstheory.cn/wp/2016-01/28/c_1117927497.htm。

[17]斯想、雅子:《专访〈大闹天竺〉编剧兼出品人束焕:每一次创造人物就像第一次当编剧》,网址:http://news.tuxi.com.cn/

news/110101999990122826/28266454.html。

［18］《广电总局关于印发电视剧拍摄制作备案公示管理暂行办法的通知》，网址，http：//www.gov.cn/zwgk/2006-04/11/content_250700.htm。

［19］时光网：《电影剧本〈孔雀〉》，网址：http：//group.mtime.com/15729/discussion/801570/。

［20］新浪网：《高满堂谈网剧问题：年轻观众要什么给什么》，网址：http：//film.szonline.net/bfilm/20160306/83431.html。

［21］新华网：《花千骨被赞周播剧王 网络播放量破200亿！》，网址：http：//www.jx.xinhuanet.com/news/ent/2015-09/09/c_1116507501.htm。

［22］克顿传媒数据中心：《〈孤芳不自赏〉凝练真善美 理性创作 感性扎根》，网址：htt：//www.v4.cc/News-3425867.html。

［23］艾漫数据：《数据分析告诉你〈鬼吹灯〉谈论那些事》，网址：http：//www.wtoutiao.com/p/625GBUj.html。

［24］新浪网：《电视剧〈幻城〉启动 招募粉丝参与制作》，网址：http：//ent.sina.com.cn/v/m/2014-11-14/doc-icesifvw7408406.shtml。

［25］李亚馨：《美国编剧何以敢对制片人说不》，网址：http：//www.china-train.net/pxjg-it/4885.html。

［26］赵银平：《文化自信——习近平提出的时代课题》，网址：http：//news.xinhuanet.com/politics/2016-08/05/c_1119330939.htm。

［27］摘自于《中国的减贫行动与人权进步》，网址：http：//www.chinanews.com/gn/2016/10-17/8033654.shtml。

后 记

这本书是由我的博士论文修改而成,也是我出版的第一部理论专著。从动笔到出版,周期很长,经过不断思考,写得很辛苦,反反复复修改了好几遍。尽管如此,限于个人的精力和水平,在观点表达、注释引用上,书中难免仍有讹误、疏漏之处,恳请各位同辈、师长批评指正,我将在再版时加以修改完善,在此表示感谢,敬礼!